第八届鲁迅文学奖

获奖作品集
文学翻译卷

中国作家协会
鲁迅文学奖评奖办公室 编

作家出版社

目 录

第八届（2018—2021）鲁迅文学奖文学翻译奖评奖委员会 ………… 1

第八届（2018—2021）鲁迅文学奖文学翻译奖获奖译作名单 ……… 2

获奖译作《T.S. 艾略特传：不完美的一生》译者许小凡 ………… 1

许小凡简介 ……………………………………………………… 1

获奖译作《T.S. 艾略特传：不完美的一生》作者林德尔·戈登 …… 2

林德尔·戈登简介 ……………………………………………… 2

获奖感言 …………………………………………… 许小凡 /3

T.S. 艾略特传：不完美的一生（节选）……………………………

（英国）林德尔·戈登著　许小凡译 /4

获奖译作《奥麦罗斯》译者杨铁军 ……………………………… 53

杨铁军简介 …………………………………………………… 53

获奖译作《奥麦罗斯》作者德里克·沃尔科特 ………………… 54

德里克·沃尔科特简介 ………………………………………… 54

获奖感言 …………………………………………… 杨铁军 /55

奥麦罗斯（节选）······························

　　　　　　（圣卢西亚）德里克·沃尔科特著　杨铁军译 /57

获奖译作《我的孩子们》译者陈方 ·······················65

陈方简介 ·······································65

获奖译作《我的孩子们》作者古泽尔·雅辛娜 ···········66

古泽尔·雅辛娜简介 ······························66

我的译作，我的"孩子" ·······················陈　方 /67

我的孩子们（节选）·······（俄罗斯）古泽尔·雅辛娜著　陈方译 /69

获奖译作《小说周边》译者竺祖慈 ·····················131

竺祖慈简介 ······································131

获奖译作《小说周边》作者藤泽周平 ···················132

藤泽周平简介 ···································132

获奖感言 ·······························竺祖慈 /133

小说周边（节选）·················（日本）藤泽周平著　竺祖慈译 /135

获奖译作《风的作品之目录》译者薛庆国 ···············211

薛庆国简介 ·····································211

获奖译作《风的作品之目录》作者阿多尼斯 ············212

阿多尼斯简介 ···································212

获奖感言 ·······························薛庆国 /213

风的作品之目录（节选）·······（叙利亚）阿多尼斯著　薛庆国译 /215

第八届（2018—2021）鲁迅文学奖文学翻译奖评奖委员会

主　任：黄友义

副主任：张洪斌　董　强

委　员：（按姓氏笔画为序）

　　　　许　钧　许金龙　孙新堂

　　　　辛红娟　张　冲　党争胜

　　　　凌建侯　高　源

第八届（2018—2021）鲁迅文学奖文学翻译奖获奖译作名单

（以发表或出版时间先后为序）

译作名称	作者	翻译语种	译者	出版单位	出版时间	责编
《T.S. 艾略特传：不完美的一生》	林德尔·戈登（英国）	英语	许小凡	上海文艺出版社	2019 年 1 月	肖海鸥
《奥麦罗斯》	德里克·沃尔科特（圣卢西亚）	英语	杨铁军	广西人民出版社	2018 年 10 月	吴小龙 许晓琰
《我的孩子们》	古泽尔·雅辛娜（俄罗斯）	俄语	陈方	北京十月文艺出版社	2020 年 10 月	王霆 韩晓征
《小说周边》	藤泽周平（日本）	日语	竺祖慈	译林出版社	2018 年 8 月	王玥
《风的作品之目录》	阿多尼斯（叙利亚）	阿拉伯语	薛庆国	人民文学出版社	2020 年 12 月	陈黎 张海香

获奖译作《T.S. 艾略特传：不完美的一生》译者许小凡

许小凡简介：

　　许小凡，文学博士，北京外国语大学英语学院教师，关注英语现代主义文学和现当代诗歌研究，并从事文学翻译。译作林德尔·戈登著《T.S. 艾略特传：不完美的一生》（上海文艺出版社，2019）获第八届鲁迅文学翻译奖。

获奖译作《T.S. 艾略特传：不完美的一生》作者林德尔·戈登

林德尔·戈登简介：

　　林德尔·戈登（Lyndall Gordon），1941 年生于南非开普敦，美国哥伦比亚大学文学博士，以罗德学者身份前往牛津大学，现为牛津大学圣希尔达学院荣休资深研究员。著有 T.S. 艾略特、弗吉尼亚·伍尔夫、夏洛特·勃朗特、玛丽·沃斯通克拉夫特、亨利·詹姆斯、艾米莉·狄金森等重要作家的传记，作品以扎实的研究、深刻的心理洞察力和高度的文学性而享有盛誉。

获奖感言

许小凡

2014 年，我有幸开始翻译这本《T.S. 艾略特传：不完美的一生》。这本书的翻译是与我关于艾略特诗歌与诗学的研究同时进行的。完稿用了四年时间，这期间对它进行反复的、翻译工作内外的阅读、体会，以及逼迫有限的自己在中文上的推敲，还有与朋友围绕这本书的讨论，都让我获益匪浅。是这本书让我真正进入了艾略特的世界。本书的作者林德尔·戈登用最贴近艾略特心灵的方式创作了这本传记领域的重要著作，我很幸运成为它在中文世界传播的媒介，它在读者当中激发的思想回声也让我一再得到启发。作为它的译者，能以获奖的方式得到某种认可，我既受到激励，也惶恐于自己所做的翻译能否禁得起检验。

我是译者中的幸运儿，这本书是我的第一部译作，感谢上海文艺出版社和责编肖海鸥女士的信任，把翻译这个工作交给我。它成形的样子，无论从封面设计、装帧、用纸、阅读感受，都超过了我的想象，这让我感受到了与爱书人做快乐事是多么地喜悦。感谢评委老师对这本译作的垂青，让我们得以继续尝试，用翻译缀连、思考本土与异域的对话。

T.S. 艾略特传：不完美的一生（节选）

（英国）林德尔·戈登著　许小凡译

第十章

完美人生

The Perfect Life

《四个四重奏》起始于"痛楚的、私密的回忆"——与旧日恋人的重逢，或"做错的、害人的事"——又从这里开始，再现了诗人在肯星顿的牧师宿舍里重铸命运的挣扎。从这组诗最初的题目中也能看出这一点，直到 1942 年 9 月艾略特完成这组诗之前，他一直都打算将其命名为《肯星顿四重奏》。在回忆里，这段日子似乎就居于"格林盆"镇——一处泥沼——危险的边缘。① 在艾略特人生中，1934 年至 1938 年间的这段磨难逐渐代表了 1940 年至 1942 年间那个战火中的国家。然而，就在这个人与家国的危机当中，对完美生活的向往仍然莹莹闪

---

① 艾略特《东科克尔村》第二部分中的"格林盆"（grimpen）来自柯南·道尔《巴斯克维尔的猎犬》（1902）："人生已经变成了巨大的格林盆沼泽，人们很容易陷入一块一块星罗棋布的小绿地，又苦于没有指路的地图。"柯南·道尔对这里的命名基于德文郡的一个地名，靠近位于文德康比（Widecombe）的达特穆尔（Dartmoor）之中的葛林斯庞沼泽（Grimspound Bog）。

动，连同这其中蕴含的新生的允诺。

尽管在四首诗里，只有一首的场景位于新英格兰，但作为整体，这组诗复兴了美国清教徒在地上构建完美人生的决心。在 17 世纪，他们严格按顺序排布成为上帝选民的征兆，忠实传达这一点的需求比任何其他艺术上的要求都更加重要，他们也因此扬弃了更具想象力的文学形式，转而选择平实的文风。同样地，艾略特也常常借有意为之的散文化诗体排布着内心的秩序。"诗歌算不了什么。"他在 1940 年如是说。

在弗吉尼亚·伍尔夫的眼中，艾略特早就是个"新英格兰校长"，庞德则对艾略特的血统颇有微词，"新英格兰的奶头里渗出的……稀薄的奶水"。直到诗人生涯的晚期，艾略特都迟迟不愿承认自己身肩的美国本土传统，这实际是出于一种对"偏狭地方主义"的恐惧。他从最早开始就渴望成为一名世界性的、而非霍桑那样囿于一方的作家——尽管他实际上与霍桑多有相似。然而他也并没有丢弃美国本土的传统：通过将布道文和灵魂自传这类文体带向伟大的巅峰，他让殖民时期新英格兰的理想主义、艰苦奋斗的精神和道德力量都得到了复兴。同时，在与欧洲和东方的不断比较之中，他也重振了美国本土的传统，使其脱离了"偏狭地方主义"的围困。

为了信念横渡大西洋的安德鲁·艾略特是他奉为楷模的一位先祖。艾略特在哈佛阅读的《奥义书》《神曲》和《斗士参孙》，以及中世纪晚期的神秘主义者，包括圣十字约翰和诺维奇的茱莉安，都为他奠定了开展比较的传统。这些也都为他描绘了相似的、朝向完美的征程。艾略特把在自己的时代——二战期间残酷的岁月——复兴这一切的任务担在肩上。"现在，"他在 1940 年写道，"所处的情况／看起来似乎不利。"

艾略特所继承并志在复兴的那种人生其实拥有十分简单的形式。他的长诗常因旁征博引令人望之生畏，但不论是那弥漫《荒原》的贫瘠，还是《圣灰星期三》里"转身"所象征的皈依对情感提出的苛求，它们都不过以不同方式指向了同一个简单的观点。正如《烧毁的诺顿》题记中指出的，两条路一样都能通向完美：上升的路和下降的路是同一条路。

"上升的路"是由灵视的瞬间指引的人生，在那之中，人的心智得以感到一种无时间的、永恒的"真实"。它始于烧毁的诺顿里的花园，在那里，艾略特沿着自己的直觉摸索着上升的路。当他与艾米莉·黑尔一同漫步走过玫瑰园，一种令他惊异的情感唤醒了他，让他在一瞬间瞥见了"光的中心"。人类之爱竟能让他再次蒙受神光的照耀，况且他早已不再是个纯洁的青年了，在经历了那一切婚姻的玷污后，这样的福祉竟然在一个中年男人身上降临了。这无异于一个奇迹。叙述者走出了玫瑰园，穿过草坪，走向一个干的水泥铸成的枯水的池子，阳光似乎将池子注满了水。他感到了《荒原》中一样无以言传的狂喜——一个男人沉醉在对胳臂抱满鲜花的"风信子女孩"的回忆里，"谛视光的中心／那一片寂静"。但这份回忆终究坍塌了，沉没在了肮脏的伦敦一段干瘪的性交场面之中。在烧毁的诺顿，这个瞬间也一样消逝了：一片云遮住了太阳，池子重又干涸，灵视的幻景只剩下"前延又后伸的／虚掷的悲伤的时间"。但这狂喜在两个情景中的消逝各有不同。《荒原》中的男人从崇高被抛至虚无，而在《烧毁的诺顿》里，他却在崇高中转而感到另一条道路，沿着它，我们或可超越我们不完美的存在。这样一来，"上升的路"就激励着我们探寻那"下降的路"。

直到《烧毁的诺顿》，艾略特都一直渴望着上帝的选民——那些永远沐浴神恩的光照的人——所踏上的上升的道路，但经历了 1934 年至 1939 年间在想象中那场与复仇女神的狭路相逢，他在后面几首四重奏里选择了与另一群人为伍：那些必须回炉重铸的、不完美的人。"罪是必要的"，上帝告诉 14 世纪的诺维奇的茱莉安。这也是艾略特心知肚明的。下降的路笼罩着居于四重奏中心的两首诗——《东科克尔村》和《干燥的塞尔维吉斯》。这条路无异于对着原罪开刀，切除一个人的所有感觉、知识，甚至整个存在。走上这条路的人必须假装自己是神灵一样陌异的他者；如果他想触及人性与人类知识边界之外的知识，他就必须割舍一切他最为珍惜的品质。

《烧毁的诺顿》在 1936 年首印时尚还独立成篇。此后他创作了《家庭团聚》，随后的三首四重奏又各自出版，这都让我们有理由认为四重奏之间互不相干。然而，这四首诗确是一个整体，这不仅因为形式上五部分的结构一再重复，还在于更富深意的、重复的策略。这也正是爱默生在随笔中采用的策略，每一个句子都独立自主，却都以不同形式重复着同一个思想。这同样也是布道文体采用的手法，其中的每一部分，无论平淡无奇还是富有诗性，都旨在以不同的方式唤醒听众。艾略特作为经文的书写正是美国传统的一部分。他借鉴了《圣经》音律的顿挫，它的长句，蓄积待发的节奏，玄秘的、神谕般的语言，以及它向着那无以言传的神启的流动。读者必须或纵身爱默生句间的深壑，或在惠特曼零落的点阵中串起轨迹，或填补艾略特诗行间的空白。艾略特模仿着《圣经》中的重复，也模仿着它散文化与诗化语言相交织的风格，他认为这对长诗的创作至关重要。

重复本身就是《四个四重奏》说教内容的一部分：一次又一次努力接近完美的人生，并且不求朝圣终点处对努力的回报。在艾略特构想的完美人生里，那看似结局的地方（或是指一切努力的巅峰，或仅指一首诗的结束）似乎变成了一个新的开始。玫瑰园里的一瞬在 1936 年《艾略特诗全集》的末尾似乎成了但丁的《天堂篇》，但就在这一瞬的余音里，一首长诗将从此开始，而这长诗本身就要求着往复不懈的努力。在此后的每首诗里，同样的努力都在新的自我磨灭的险境中重复上演：在《东科克尔村》里，下降的路意味着任凭手术刀在身上摆布；在《干燥的塞尔维吉斯》中，这条路则是穿过风急浪高的海面，"向前行罢"。

尽管每到结尾处，新一轮的努力总又重新开始，但艾略特也的确暗示了前进的可能："我的开始之日便是我的结束之时。"从一个意义上说，他不过是在表达生命无可阻挡向死亡行进的步伐。但对基督徒而言，死亡是永生的起点："我的结束之时便是我的开始之日。"一个探索者在时间的桎梏里生活，双眼却凝视着永恒：这崇高的前进的可能性蕴含在他对"这不可想象的／零夏"的渴望中——那在季节更替的时间图式之外的、更整全的存在。

艾略特自问，时间之内的我们该如何生活才能征服时间？每一部《四重奏》都探索着一个源自诗人生活的、时间与无时间的交汇点。《烧毁的诺顿》中存在一个爱的瞬间，但爱变成了"一抔玫瑰花瓣上的尘土"。对艾米莉·黑尔来说，这将是她终其一生都无法解开的"谜团"。但独自肩负灵魂的重担的艾略特并未脱离他美国故事的蓝本：詹姆斯笔下生命力渐渐苏醒的新英格兰人出于更高尚的、"做对的事"的道德热情拒绝了爱；梅尔维尔放弃了岸上的安逸，选择直面上帝造物的秘密；哈克贝利·费恩溜进印第安保留地（艾略特曾说过，"再没有比哈克更孤独的人物形象了"）；"独行侠"①转身离开家园、策马向着落日奔驰，去直面家中一亩三分地之外险恶的现实。艾略特将要踏入的边疆，恰恰也是时间与永恒的边界。

与这些同类的交谈仅是他孤寂旅途中短暂的休憩。终其一生，艾略特在大多数时间里都是个隐士，只把对世事的参与当作身为公众人物或行善的基督教徒无可推卸的责任。爱是得来不易的：直到生命最后八九年之前，他一直为比女性更崇高的事物蓄积着激情，正如为建立罗马的崇高命运抛弃狄多的埃涅阿斯。诸神唤起埃涅阿斯，敦促他踏上新的航程，允诺他永不衰落的罗马帝权，这个场景让艾略特感同身受。《干燥的塞尔维吉斯》中，艾略特在重温祖先的航行、怀想老安德鲁·艾略特的同时，也努力培养着如同这位古典英雄的虔敬(pietas)："向前行罢，航海的人们。"

"命运"一词无疑也回荡在与《四个四重奏》同时创作的散文中。那个让他谛视光的中心的女人始终只是旧日的一个影子，只当她唤醒主人公命运的时候，才被允准侵入他的意识。因为在这里，在第一首《四重奏》中，主人公奏起的仅是他个人前程的乐章——他尚未成为对着我们说话、激起我们共鸣的英雄楷模。我们听见了那只属于他一个人的时刻，却无法与他分享这一刻。他也没有解释爱为什么要彻底地变成"尘土"。这断然地拒绝在另一个夏夜重又上演：双双对对的男女手挽手跳着舞，脚步和着拍子抬起又落下。诗人抬起头望了望这不断上演的、婚配与沃土的节日，但紧接着的阴沉的审判就像一把匕首当头落下："粪与死"，一切最后都不过如此。这严厉的拒斥让人想起霍桑的故事：清教徒的非难让欢乐山热闹的婚事不欢而散。②比起艾略特，霍桑更明白这类扫兴的行为本身就处于道德的灰暗地带：对腐烂、"粪"与"灰烬"残酷的觉知本身也是腐坏的。它扭曲了情感的联结。

---

① 《独行侠》(*The Lone Ranger*)是美国 1938 年的西部电影系列。——译注
② 见短篇小说《欢乐山的五月柱》。——译注

在与无时间的相交中，那个定点并非爱，而是艺术：一个中国的坛罐创造于时间中的某个点，却能"静止／永久地在其静止中运动"。还在弥尔顿学院读中学时，一位室友的祖母收集塞勒姆的商船运回来的中国坛罐，这曾让艾略特艳羡不已。在这里，这只坛子代表了艾略特此时向往的古典艺术。正如这坛子中凝聚的中国文明的成就，也正如在仪式感与神秘感笼罩下的花园凝聚着英国文明的成就，艾略特尝试着延续属于他自己的传统，像新英格兰的神学家一样传递上帝的道。普通的言语"松脱、滑动、消逝／因为用词不当而衰退，势必不得其所"，但要对付时间的河流里语言永恒的衰退，就要效仿"旷野里的道"——那好像法律一样镌刻在石板上的、经文般历久不衰的永恒言语。

这一宏伟事业最早的推动力，来自烧毁的诺顿里那个静默的、没有面目的同伴：不是那个有着血肉之躯的女人，而是爱的化育之力。这首诗源自"我们"的共同经历，但艾米莉·黑尔催生这一切的力量却大多来自回忆与想象，而并非他们间频繁的会面——分别或许还能让这力量益发滋长。于是艾米莉·黑尔被从这些诗的公众面孔上抹去了，这个过程不仅意味着将生活合理地变成艺术，还意味着将她未经言说的诉求并入《烧毁的诺顿》末尾处"引诱的声音"。对艾略特来说，引诱是爱的肉感滤出的残渣。艾略特自最初的少作起就表现出了对感官的疑虑。他坚信爱太脆弱了，经不起人的消受。

在艾米莉·黑尔的身上，艾略特寄托了非同一般的厚望，他希望她的爱能契合他自身的需求，将小写的爱转化为大写的"爱"——经过提纯而永不蒸发的爱的凝露。语言无法传达这样的厚望："我只能说，我们到过那里；说不上是什么地方。"玫瑰园里的时刻，雨打花亭的时刻，十一月的雾霭里风穿透教堂的时刻——这些场景指向特定的地点，确保我们分得了无限。如果他用诗把她的存在变得空灵，信件则忠实地记录了坚实的日常：她穿着厚重的鞋去乡下散步；他去火车站接她；他陪她去库克旅行社买去格恩西与迈克菲琳一同度假的船票。然而，艾略特向诗歌索求的却是"自由"——让他摆脱欲望，摆脱庸常的"行动"的义务，摆脱一切"外部冲动"的羁绊，在"神赐的感受"里生活的自由。

T.S.艾略特传：不完美的一生（节选）

　　我们尚无法得知艾米莉·黑尔本人对此是否理解，又如何接受。我的猜测是，艾略特崇高的理想鼓舞着她，正如爱默生的听众醉心于他递出的精神的伟力。她在史密斯学院的一位学生回忆起她朗读《东科克尔村》未发表之前打印稿的情景，"就好像那是来自上帝的一封情书"。在赠给一位学生的复印稿上，她写下"来自 T.S. 艾略特的朋友艾米莉·黑尔"。一段时间后，她在与艾略特即将见面前收回了这份复印稿，交还的时候纸上多了一行字，"来自艾米莉·黑尔的朋友 T.S. 艾略特"。很自然，她对于美好的友谊不甚满足，希望（甚至企盼着）他们有朝一日能够结婚。

　　在艾略特的笔下，上帝的道最易受到"引诱的声音"的攻击。在手稿中，这引诱既包括（以薇薇恩为原型的）"复仇女神的围攻"，也包括（基于艾米莉以及与她结婚的前景的）"甜美的"引诱。把这两者强扭在一起，或许正如《荒原》注释里"一切女人都是同一个女人"的断言，未免是把问题过分简单化了。然而在我看来，他在这里坦承了自己的恐惧。像一度屈身于薇薇恩（她现在化身"葬舞上呼喊的幽灵"）一样屈从于美好，就是让诗人从呈递上帝之道的任务中分神。

　　就这样，艾略特把生命里不相关的丝丝缕缕都编织进"一个情感的整体"——他曾对安·里德勒如是说。对薇薇恩的怕，对艾米莉的爱，艺术的目的，宗教生活的无垠——一切都融为一体，在四重奏的形式与结构中相吻合。诗歌之外，这些丝丝缕缕各不相干，这也解释了为何众人对艾略特林林总总的描述时有矛盾：他时而风趣，时而虔诚，时而温馨，时而冷漠。由此还生出了一种常见的猜想，认为他在舞台上变着戏法，在操纵公众的游戏里老谋深算地玩弄着一张张面具。然而，这类看法无视了他诗歌中那个情感的整全。只有借助诗歌，我们才能看见那个完整的人。对他来说，那些能激发他某种感受的人类联结才是最重要的联结——这感受可以是恐怖，可以是热情——只要它够强烈，够极端，能让他在"常人感受的边界之外震颤不已"。

　　早在 1914 年至 1915 年间的诗作中，艾略特对宗教生活极端之处的迷恋就已经初见端倪。《四个四重奏》中让你在其中"跳着舞者的舞步移动"的精炼的火，就源于《燃烧的舞者》和《圣那喀索斯之死》。1935 年，艾略特让燃烧和舞蹈的意象重见天日：这里的舞特指古典芭蕾精确、克制的动作（艾略特常观看芭蕾演出）。芭蕾的克制一如宗教生活的克制。正是在对圣十字约翰极端克己的理解之中，艾略特对这种克制也渐渐有所领悟。

这位圣徒向他展现了下降的路径。对于圣十字约翰这位追寻者，上升的路已经关闭了，但对它的回忆将"永远"代表他所到达的高地。在《烧毁的诺顿》一份草稿的结尾处，不断闪烁的神光在诗歌之外的疆域搏动着：

光

　　灭。

光

光的光

灭

艾略特不能奢望重现这自发的直觉。前两首四重奏之间的四年里，背负着罪疚的艾略特必须开始他漫长的、自我改造的试炼了。开始——这个词在《东科克尔村》中回荡着。他又一次从时间内部存在的基石上启程了。他志在寻找那完美人生的范本。

这类完美人生的楷模早在童年时期就沿着母亲的诗，沿着她笔下清教徒先辈移民的形象进入了他的心。她的儿子向着新大陆的航行将在《东科克尔村》的末尾处启程。艾略特其实在 1930 年就对这一幕进行了预演：在《玛丽娜》中，一位清教移民迫近着新英格兰海岸，在历经 17 世纪海上的磨难后，应许之地在他面前出现了。《玛丽娜》描绘了"船首的斜桅在冰里断裂"，脆弱的索具，腐烂的船帆，漏水，需要"堵紧"的船缝——这些细节与布莱福特对清教徒先辈移民航海史的记述十分吻合："……船体破损不堪，上方机械严重漏水；中央一条主要船舷弯曲断裂，船上人心惶惶，生怕航行受阻。"有些人想掉头回家，另一些人则为他们打气："至于甲板和上层的机件，他们会尽全力敛好已有的缝隙……他们全然将自身奉献给上帝的意志。"他们这样做，是因为正如另一位早期历史学家爱德华·约翰逊（Edward Johnson）的描述，他们坚信自己注定"要踏上那片将由上帝创造一个新天堂、一个新人间的地方，那里将有新的教会，和一个新的共和制度"。

艾略特梦中的航行也朝着天堂进发，见证他启程的则是东科克尔村。也正是从这个萨默塞特郡的小村庄里，安德鲁·艾略特开始了他的征程。在诗里，他对尘世生活与其轻浮的欢乐的扬弃驱促着他的起航；那远古时代围成圈跳集体舞的纵情欢乐的人们被他抛在了身后。对他们"粪与死"的轻蔑，就是对《玛丽娜》中布拉德法官判词的再次上演："那些享受动物的狂喜的人"必死，那些衣饰闪耀的虚荣的人必死，那些"端坐在满足的猪圈中的人"必死。（霍桑也许会就此发问：这是神圣的上帝之道吗，还是萦绕在艾略特唇边的、萨勒姆先祖们的遗魂？）

让艾略特最为避之不及的是性的结合。他对此的排斥，放在英国国教传统中也并不常见。他迫切地让"死亡"收留那些双双对对的男女，不容分说的坚决让人想起他自己中途夭折的婚姻：他人生里的一条死胡同。1936年6月，他从一个叫作"约维尔的三只山鸦"的小酒馆步行来到美丽的东科克尔村，这是他第一次到这里。那时正是他人生中最惨淡的日子：就在这个月，薇薇恩叫嚣着要去美国，不然就非像黛西·米勒一样落个悲惨的结局不可，与此同时，艾米莉也陷入了崩溃。约翰·海沃德在1940年2月首次阅读《东科克尔村》手稿时，发现这首诗几乎惨烈地袒露着作者本人的人生。这首诗的"忧煎"源自爱的痛楚：这痛苦被拒绝、被抛弃，却仍不屈不挠地露出头来。[1]正如《圣塞巴斯蒂安的情歌》所唱，宇宙向着混沌崩裂，性的骚动在其中反而益发强烈了。艾略特心下害怕这就是魔鬼的拥抱。年轻的准"圣徒"对性欲视而不见；年岁渐长的诗人——他甚至夸大了自己的年纪——也轻蔑着"春的骚动"。隶属于另一个人就意味着变成"夏热"

---

[1] 有人称这里与叶芝的诗有相近之处，但其中的联系似有些牵强。艾略特似乎借鉴了叶芝的《一亩青草》。在这首诗中，叶芝拒绝承认秋天般的智慧和宁静与年纪一同增长，认为岁月带来的不过是愚行和狂乱——但艾略特对这一用典稍作改动，使其符合自己特殊的情况：一个年岁渐长的人对隶属于他人的恐慌（《东科克尔村》第二部分）。

的"造物"。艾略特心中想着霍桑笔下的新英格兰青年古德曼·布朗：他与新娘正站"在火的天穹下"时，在幽暗的丛林里发现了罪孽，而魔鬼的罗网正向他步步逼近。

1937 年 8 月，艾略特来到西科克尔村的一处庄园宅院，与弥敦爵士一同居住，并从这里出发再次造访东科克尔村。这首诗重新勾勒了他在这夏末的一天走过的来路。他在热浪里俯视小径。大丽花沉睡着。接着他听见一声微弱的笛音，当下于是融进了旧日的梦中：先祖们抬起笨重的、满是泥巴的脚，围成圈跳起了舞。艾略特不会"合着时间的节拍"。他始终保持着一个观看的距离。这距离不仅由于他与先祖隔着时间的长河，还因为他拒绝世俗时间中人生的往复回环。清晨的风召唤着早期移民者前往新世界，也让他敏觉起来。就在此时他加入了他们。

"我在这里，"他突兀地说，"在我的开始之中。"

1939 年初，艾略特来到大英博物馆，在《艾略特家族简话》中搜寻着自己的开始。他发现家族在早年有一段时期生活在德文郡，在 14 至 15 世纪曾是德高望重的大乡绅，约 1430 年时，其中一位先祖还曾是德文郡的男爵。然而在诗中，艾略特选择略过这一切，只着眼先祖们在东科克尔村居住的两个世纪。他对号入座的是都铎时期庄严的道德家托马斯·埃利奥特爵士——他是东科克尔村西蒙·埃利奥特的孙辈——以及 1669 年离开东科克尔村的皮匠安德鲁。因虔诚而富有勇气的两人都践行着家族的座右铭，Tace aut face，"要么行动，要么沉默"。

在艾略特看来，家族的命运自 1914 年左右就衰落了。到了 20 世纪三四十年代，他的兄长和未婚的姊姊们简朴的公寓与父亲在安角筑的大房子不可同日而语。自从 1915 年后，艾略特就再也没有回到过那里——他们一家人一定是把那栋房子遗弃了——但当他描述东科克尔村被田鼠啃噬的荒屋老宅时，他心中怀恋的仍是他们在安角的那栋房屋。

正像向着新大陆的航行打破了世代的范式，艾略特在 1915 年也打破了家庭的期许，踏上了一段孤独的航程——这次航行终将复兴家族的显赫，重振其在道德与灵魂上大胆开拓的传统。艾略特在踏上《东科克尔村》中的航程时已年过五十。"老年的人当是求索的人。"他说。虽然从某种意义上说，他的一生一直是向内航行的一生，但他在1940年为自己确立的航道却艰险得史无前例。

此前，艾略特也做出过种种改变的尝试——1915年的婚姻，1927年的皈依，改换国籍，发誓禁欲，了结婚姻。尽管如此，1940年初的他仍感到内心真正的变革尚未开始。然而实际上，变革已经随着战争的爆发到来。英国对德宣战改变了他在1933年至1939年间保持的惯例，即与艾米莉·黑尔每年春夏的固定会面。1939年9月，动乱在她离去后陡然降临，这也意味着新一轮更艰苦的禁欲与苦行。

在苦修的过程中，艾略特自觉追随着数百年前的先辈，并谦虚地称对他们不敢妄称效仿。试炼尚未开始，正像在那些甘愿冒险横渡大洋、殖民美洲的人眼里，"浩瀚的水面"和极目之外的对岸一定显得无穷遥远。英国式的宅院从视线中隐去了，海面连着天际。探险者决意打碎尘世生活的框子，看着它的一幕幕在自己身后消隐，听着它的声音淡去。他将孤身一人，他明白。他向前进入那即将受到重铸的"黑暗"："哦黑啊，黑啊，黑啊。"他与一切光亮（可见的世界、感官）隔绝了，接着就来到灵魂神秘的暗夜。

圣十字约翰曾经提及一个"幸运的夜晚"：没有光，只有"那在我心中燃烧的东西"——它的指引"比正午的光亮更加确定"。力士参孙，艾略特的另一位楷模，同样曾置身"正午的烈焰"，在目盲的暗夜里静静等待。这就是艾略特在四五十年代所望见的未来：他穿过与盛名一同到来的烈焰，在火光中向着这未来前进。在前两部四重奏的中心部分，艾略特都将一种黑暗与另一种作出区别。一种是地铁中的黑暗，在这里，灵魂空虚的上班族沿着各自人生的铁轨毫无目的地来回穿行；另一种，则需要降下去，再降下去（艾略特曾对兄长亨利提到，在这里，他心想的是格洛斯特路一站的电梯——在上下班高峰期间，很难想到比它更不含一丝精神意味的东西了），在那里有一种截然不同的黑暗：人们自觉地蜕去自我的道具、知识、情感，以及最危险的，脱下自己的身份。如果神是不可言说的、陌异的他者，漠然地藏身于未知的云雾里，那么为了与之遭逢，就有必要蜕去一个人所知的一切。

艾略特曾经说过，暗夜与"干旱"是同一的，后者也是神秘主义者的心灵征途上关键的一步。纵观其写作生涯，艾略特始终探询着"干旱"的要义，无论是在城市的荒地、旷野、崎岖的阶梯、三博士不安的旅途、艰险的航海之中，还是在这里，在参孙一心沿着成为上帝臂膀的路途上行，却被为非利士人卖命的妻子出卖、堕为凡人的时刻。像弥尔顿书写参孙一样，艾略特也聚焦于黑暗中的等待，对于他来说，这等待显然是通向完美人生的路径，以至于在他的诗里（其中本就鲜少触及什么成就），这条下降的路成了完美人生本身。这一切肉体和心灵上的折磨都只指向这样一种状态：在恐惧、虚空与耐心的重压下经受试炼。艾略特描摹这一状态的笔力益发精微，直到《东科克尔村》，他终于能借圣十字约翰谜一般的语言说出那蜕变的奥秘：

> 欲了解你所不知的
>   你须通过无知的路
> 欲拥有你不曾有的
>   你须先要一无所有
> 欲想进入无我之境
>   你须走过无我之路[①]

　　这种方法戒断了灵魂的自省，也戒断了聒噪的自怨自艾，取而代之的是一种安静的、非存在的状态："你所在的恰是你所非在。"

　　修士托马斯·默顿（Thomas Merton）曾将圣十字约翰描述为"最隐秘的圣徒"，"对于一切肩负在他人眼中伟大的天职，实际生活却低贱、艰难、微末的人，约翰都是他们的主保圣人。对于一切被上

---

① 艾略特对圣十字约翰的借用并不像早年诗歌用典那样时有窜改。这些词句来自《攀登加尔默罗山》I. xiii，艾略特的藏书中有一本 E. 埃里森·皮尔斯的译本。原文如下：

> 欲想了解你所不知的
> 你须通过你所不知之路
> 欲想拥有你所不占有的
> 你须经过无所占有之路
> 欲想进入无我之境
> 你须通过无我之路

T.S.艾略特传：不完美的一生（节选）

帝带往沉思默祷的那片了无生趣的旷野上的人，约翰也守护着、指引着他们"。了无生趣？这个词驱策着我们去了解他，理解他那与那些一目了然的神圣相迥异的、冲淡（neutral）的境界。

就这样，艾略特立志否定感官，否定一切对成功的世俗理解，以虚空等待神恩的充满。这条"否定之路"①要求一种新的、更极端的放弃，像艾略特所描述的"精神……的枯僵"。圣徒绘出的朝向完美的窄路标有"无—无—无—无"的字样。什么都不做并非被动——贝德·弗洛斯特（Bede Frost）神父在《圣十字约翰》（1938 年 4 月的《标准》也刊登了这本书的一则书评）中如是说——"而是灵魂所可能的最高行为，它意味着灵魂有意并持续地耐受（并接受）上帝欲在其中实现的一切"。《东科克尔村》记载了艾略特将其付诸实践的尝试：

> 我对自己的灵魂说，安静，让黑暗降临于你
> 这将是上帝的黑暗

艾略特早就想象过在暴死中实现激烈的蜕变：这种想象见诸"圣徒"系列诗作，以及《荒原》诸多有关死亡的手稿。《四重奏》中下降的路则更为循序渐进。这个过程中的主要困难在于耐心地"等待"。天主教神秘主义者强调这一过程的漫长，等待往往持续数年。《不知之云》（The Cloud of Unknowing）就坚称一切都不应强求：愿你不要只为获得满足而忍受鞭打，不要为引发幻觉而禁食过度，不要瞪目而视，不要故作羊羔谦逊地哀鸣。圣十字约翰的加尔默罗山改革派教宗的确戒律森严，但还不至狂热。圣徒告诫教士与修女们切勿惩罚自己：自我惩罚会带来自我宽慰，也就会变成了"动物的惩罚"，机械的惩罚一旦失去节制，就会让人一无所获。依据这严格的标准，艾略特少作中那些误入歧途的"圣徒"所醉心的禁欲表演都不过是缘木求鱼。同样徒劳无功的，还有 1911 年艾略特本人在巴黎殚精竭虑的哲人的失眠。1940 年，他教诲的则是一条相反的路："不作思考地等待吧，因为你还

---

① Via negativa，字面义为"否定之路"，在天主教中指一类否定神学，认为天主不可知，只能以否定的方式窥知其所不是的东西。——译注

没有准备好思考。"这句话也重复着 14 世纪的一句箴言，"在无知、耐心与爱中，有内在的功夫"。

这修行的确也为爱留出了位置。艾略特没有忘记烧毁的诺顿，但现在却决意摆脱"散兵游勇的杂乱情绪"。为了孤身投入对完美的追寻，他必须克制自己的爱意。"爱人"，他在笔记上涂写着，"因爱而生了病"，病得太严重，需要手术。艾略特曾对安妮·里德勒说，手术是这"这一切的心脏"。这是一颗奇异的心脏，它冷酷又只迷恋着痛苦。从一个乙醚作用下"意识全无"的病人，场景切换至一个感觉得到手术每一步动作的病人。"双手流血"的医生（基督）在病人的"患处"不倦地移动钢刀。艾略特有意让我们在慢动作中见证这一幕。一个不喜见折磨的读者只会觉得像个被迫窥私的人。

这治疗也意味着把热切的感官痛苦地冻结起来。"热让我晕厥，"艾略特手稿上的笔记解释道，"——必须在孤独的北方冰冻起来。"

病人"在从脚向膝盖升起的寒气"中颤栗。热在消散的同时"歌唱着"，成了诗。最终，冰山"主宰"了摧毁一切的火。这得胜的、现在"僵冷"的爱人炫耀着象征他受到的惩罚的蔷薇。带刺的蔷薇暗示着基督的荆棘冠，但这样的联系似乎站不住脚。这里突出的血与痛苦还是太接近艾略特"圣徒"诗中令人厌恶的性虐景象了。

他承认这种做法"太不符合英式风格"。当乔治·艾弗里（George Every）叫他"詹森主义者"时，他立刻欣然采纳了这个称号。詹森主义是法国 17 世纪的一次思潮，在坚信人的堕落与无助方面几乎能与清教主义平起平坐。在艾略特看来，对于某些洞察力天赋异禀的人，"他们的生平总不免带着几分杨森主义的痕迹"。

正当艾略特上下求索内心生活的种种磨难，他外在循规蹈矩的生活也在继续，他每日仍戴着圆顶高帽乘地铁上下班。或许他的那一种"了无生趣"的"冲淡"就是这样。威廉·福斯·斯泰德勾勒了此时艾略特的形象：他仍未变白的头发梳向一边，光可鉴人地向下垂着，或许还略涂了些发油。他眼镜背后的神情十分热切而略带思虑，嘴角挂着一丝笑意。他仍旧扮演着他老顽固的形象，尤其当弗吉尼亚·伍尔夫在身边时——他知道她总能看穿他的面具。1940 年 2 月 16 日，她看到"一只硕大的黄铜面具耷拉在一副铁架子上，一张压抑的、紧张的、线条下垂的脸——好像时刻要被沉重的、私密的忧思绞死"。

1940 年，与内心的极度求索相对应的，是外界的极度困厄——德军对伦敦的空袭开始了。艾略特自身对苦难的耐受也帮助着战时的人们。1940 年 2 月 8 号，艾略特写道："寄希望于任何立竿见影的改变是不现实的；比起让世界瞬间焕然一新，我们更愿意寄希望于微小的、一时一地的开始……我们抱持的希望必须能熬过这全人类的灾祸，在最漫长的黑夜都不会熄灭。"《东科克尔村》对远古的追溯，对地方深刻而切肤的感受，对古老的英格兰的感情，对在当下依然鲜活的过去的感知，都让人燃起信心，相信英国村庄的日常节律历经了几世沧桑，也终能挺过当下的灾难。尽管《东科克尔村》的笔调十分冷峻，但它仍不失是《四重奏》中最乐观的一首。海伦·加德纳曾忆起这首诗在战争最黑暗的年月里非凡的影响。这首诗最初发表在《新英文周刊》复活节号增刊（1940 年 3 月 21 日），后来不得不在 5 月与 6 月分别再次重印，一年之内卖出了将近一万两千份。

此时，公众们渐渐厌倦了"塔门的小伙子们"——30 年代的由费伯出版社扶植的一批年轻诗人。[1]凯恩斯在 1939 年为《新政治家与国家》撰稿时，称左翼知识分子把反纳粹的口号叫得最响亮，但"还没过四个星期，他们就记起自己原来是反战的，给您专栏的去信充斥着不战自败的情绪，把保卫自由的工作拱手交给了毕林普上校和公立学校的贵族子弟"。一贯犀利的约翰·海沃德称一位叫巴科的诗人感动了上苍，被支去了日本。其余的作家们落荒而逃（奥登和衣修伍德去了美国，麦克尼斯去了爱尔兰），叶芝刚刚去世，《东科克尔村》又恰好大获成功。自此，艾略特成了英格兰最著名的诗人。

这首诗完成之时，艾略特告诉约翰·海沃德自己在周末下了棋，享用了大餐，也读了彼得·切尼（Peter Cheyney）的侦探小说。这个闲适的艾略特与弗吉尼亚·伍尔夫看到的那个写下《东科克尔村》

---

[1] "塔门的小伙子们"（Pylon Boys）代指 30 年代由费伯出版社出版成名的一些有左翼倾向的作家，其中包括以奥登为首的四位左翼重要诗人——奥登、路易·麦克尼斯、斯蒂芬·斯彭德和塞西尔·戴·路易斯，四人的名字连缀起来又称"MacSpaunday"。这群作家里也包括后文提到的乔治·巴科（George Barker）与克里斯托弗·衣修伍德（Christopher Isherwood）。——译注

的痛苦的悔罪者是一个人吗？我不认为艾略特使了什么障眼法。这些相互冲突的各个侧面——一边是举止遵循着些固定习惯的家猫，一边是不断开拓意识疆界的先锋——各司其职，互不干涉。战时的特殊情境也允许这两个侧面更加自在地共存，因为此时没什么东西来干扰它们的平衡：他的工作量减轻了，并且完全卸下了社交的负担。艾略特在战时担任空袭检查员，职责是走街串巷、进入人们家中，告诉人们关于汽油弹火攻和手持灭火气泵的信息，每周还有两夜负责监测火情，与知识分子们几乎从不见面。伍尔夫夫妇则在罗德麦尔村躲避空袭，自从 1940 年他们在麦克伦堡广场的家遭到了轰炸，他们就永久搬到了罗德麦尔。海沃德的小集团也被拆散了。弗兰克·莫雷去了纽约的哈考特·布雷斯（Harcourt Brace）出版社工作。约翰·海沃德本人在罗斯柴尔德勋爵的帮助下从碧拿花园里撤离了，后来成了罗斯柴尔德的门客，随他借住在剑桥的默顿学院。从海沃德向莫雷寄去的通报中我们看到，艾略特明显对海沃德的试探不闻不问，只自顾自地讲着他在罗素广场地下室遭遇的空袭和灯火管制期间的趣闻。威廉·福斯·斯泰德曾提到 1940 年艾略特对自己的住址严格保密。"我相信，"他又说，"绝大多数时间里他都是个活在自己世界里的、内向的人，仅在偶尔的时候让自己分分心。"

艾略特的两首最伟大的作品《荒原》和《四个四重奏》似乎都直接针对各自的时代发声，但也都在私密的、有时还十分离奇的个人经历中概括了一切时代的现实。在《东科克尔村》里，内心的骚乱在外部的战争中得到投射，战争又反过来倒映着宇宙的失序。艾略特跨着超验主义的大步，从一种存在的秩序跃向另一种秩序，直到宇宙最远端，然后又陡然落回散文式的白话，承认这样的做法实际源于爱的痛楚。他的文学参谋海沃德和费伯都为艾略特没能维持住这高昂的文风而惋惜，没能领会到其中的幽默。风格上的突降是艾略特蓄意为之的："那是一种表达的方式——不怎么令人满意。"诗或哲学被嘲弄成对私密真理的一种荒谬的阐释。直率的真理中有中年人克制情感骚动的挣扎，也有他从习惯僵死的怪圈中的突围。

艾略特感到中年意味着抉择——并非是青年时代可以挽回的选择，而是那些不小心就搭上灵魂的抉择。最可怕的危险莫过于逃避选择，遁入"秋的静美","用健忘的雪埋没了你"。这是艾略特一直恐惧的活死人的生活:《普鲁弗洛克》里波士顿觥筹交错的茶会,《荒原》里循规蹈矩的伦敦上班族,以及《东科克尔村》里满载知名作家、商人、公职人员、诸多委员会的会长、经理、《证券交易所周报》读者的地铁。地铁带着他们去汉普斯特德,去帕特尼和拉德盖特。艾略特就是这众多经理中的一员,乘着地铁去往汉普斯特德(他去那里是为了到费伯出版社洗澡,因为他的女房东只能给他提供一罐水)。在他任经理期间,他就是那些跳圆圈舞的、古老的英格兰艾略特先祖的后裔。《东科克尔村》不仅反抗着往来回环的交际场,还反抗一切无意义的重复:一次又一次的世代更替,以及在历史中一再重演的毁灭。诗始于纯粹的肉身存在——"我的开始之日便是我的结束之时"——最终却在另一种生命形态里胜利获得了永生,"我的结束之时便是我的开始之日"。

每个人都必须让蜕变的普遍准则在自身经验中得到核准。在《东科克尔村》里,随着圣十字约翰让位于勇敢出海的美国殖民先驱,这准则也就活了起来。艾略特必须追随他们。他必须起航——这并不意味着实实在在地出海(尽管他确实调动了记忆中的航海经历),而是精神的起航。这将是他在下一部四重奏中面临的试炼。他必须重振祖先的冒险精神("家是我们启程出发的地方"),以及他们自愿地——几乎义无反顾地——踏入未知之地的勇气。

艾略特在英国与美国之间来回切换着视角。《四个四重奏》被认为是一首英国诗歌,只是对美国时有指涉,但事实却恰好相反。旧世界的概念恰恰隐含着这首诗来自新大陆的视角:从这里看去,"旧世界"才"进入视野,变得分明"。自1940年初起逐渐成形(此时艾略特正设想用第三首四重奏结束)的这一组诗此时正拥有一个美国故事的内核:从文明中撤退并纵身荒野。大海就是这里的荒野。"三首四重奏"将冲出英国花园古雅的围墙,走出她的黄杨树丛、笔直的小径、水泥池子,来到狂暴的大海;它们将告别英国村庄一成不变的生活,去遭遇

这昏暗的寒冷,空旷的寂寥
浪的怒吼,风的呼号,茫茫的水面

只见海豚，海燕。

　　广袤的水域召唤着美国人——梅尔维尔的以实玛利、马克·吐温的哈克贝利·费恩和爱伦·坡笔下的亚瑟·戈登·皮姆。艾略特的海到处是危险的礁石与溺水的人，在他笔下，密西西比河春涝期的惯常"货物"就包含尸体和鸡笼。这并不是英国式的自然。它不是护士，不是向导，不是守卫。它全然异于人类，无法与人的情绪相容相通。人或可像亚哈或格洛斯特的渔夫们一样与它为敌，或可顺应它的掌控。艾略特在1939年4月27日写道，诗必须探索灵魂的边境，"然而这边疆并不像地理探险家的勘察，一朝到达便永久定论"。他想象的是一个永恒存在的边境，是已知世界的边境之上永恒的谜团。

　　这场航行的目的与终点（end）都是神的召唤。《玛丽娜》的速写中描摹了这一任务的整个梗概，但《四重奏》却只着手了其中的一部分。带着令人感佩的诚恳，《四重奏》向我们表明现实中的航海者无法完成这一切，至少无法以同样的方式。这缺点累累的航海者无法像预想中那样接近神恩，只能企盼着来到避风的港口，过上有序的、祈祷与敬奉的生活。在写作《东科克尔村》的过程中，艾略特改变了计划，决定在系列中加入第四首诗。用第四首诗推迟希望的达成，这本身就是对谦逊的身体力行。在水的试炼之后，紧接着的又是一场火的试炼。

　　艾略特在1940年至1941年间或许还配不上获得神恩，但他至少有能力恪守爱的承诺。[①]战争把他们二人各自困在英格兰与美国，与艾米莉隔海相望的艾略特于是将爱描述为在"此处彼处并不要紧"的情况下才最真挚的感情。爱持存着，怀抱对更"浓烈"的爱的期许。这一封艾略特公之于众的、如梦似幻的情书或许是他不敢在私下里说出口的。这份跨越大洋、像灵视中的幻景般被小心呵护的爱只有经历了最英勇的冒险方能获得。这场梦比艾米莉的真实存在更深切地扰动

---

①　艾略特告诉海沃德，正是从这时起，他开始将四首诗看作各自基于四种元素（空气、土、水、火）。这一后来的想法仅在表面上把四首诗组织在一起。1949年1月19日，艾略特在给威廉·马切特（William Matchett）教授的信中写道："这首诗［《东科克尔村》］完工的时候，我开始看到一部由四个部分构成的完整作品，它们也渐渐开始与四季和四种元素相联系——这样的联系或许也仅是为了方便起见。"

着他。

分离与守贞，这是艾略特继续爱下去的条件。艾略特在诗的结尾用铅笔涂写着：

独身—冰山
与人类的表面隔绝
又在交融中重聚

这份初稿说得很明白：一个人必须"隔绝"，才能最终走向那"进一步的合一，更深的交融"。

一个人的起点自哪里开始？是沿着先祖一路上溯，还是一个人在不觉中就被童年情景塑造了？早年在伦敦时，思乡的艾略特给母亲写信道："我一想到回圣路易斯，就总觉得桌上的蓝色果篮盛满了康科德的葡萄。"现在，在1940年12月，艾略特回到了他在圣路易斯的起点，从育婴室，到儿时玩耍的小院，再到19世纪90年代初煤气灯下的夜晚，浩荡的密西西比河一直在他心中律动。即使在"秋天餐桌上的葡萄香味里"，大河也一直流淌着。艾略特曾说过，密西西比河"在我心中的印记比世上任何地方都来得深刻"。他记忆里的这条大河是个"喜怒无常的暴君"，暴涨的时候"能用水抹平伊利诺伊州低洼的河岸，即便平日相对安分的时候，人或走兽也不能在它湍急的奔涌中幸存。在这样的时候，它一路席卷着人的尸体，卷走牛群和马匹。在圣路易斯，东西两岸就至少有两次因大桥倒塌而断了联系"。对在这里生长的人，这条河不仅是眼前的风景，而是进入了他的经验之中——河神成了他自己的神。

在第三首四重奏中，艾略特直面着自传的难题：如何解读自己的人生。他要将过去和未来细密地编织进同一个图案，而这首诗精彩地呈现了这个过程。为了达到这个目的，他必须再次潜入过去，提取出那些具有决定意义的场景：在最长的大河边上度过的童年；十岁的男孩凝视着安角上一个岩区的潮水潭；一个青年在花岗岩礁石的利齿间冒险航行。这些遥远的场景中蕴藏着对神圣自然的直觉，洪水期的密西西比河是一个"棕色皮肤的强神"，它骇人的力量让它成了一个暴戾的毁灭者，而海则"有许多神，许多声音"。

青年艾略特从安角航向缅因州的航线上，一片叫作"干燥的塞尔维吉斯"的礁石曾是路上最后的标的物。这些礁石距石港（麻省伸入大西洋的陆地最远端）的岸边有四英里半，由两块大岩礁构成——大塞尔维吉斯和干燥的塞尔维吉斯。大塞尔维吉斯总露在水面之外，干燥的塞尔维吉斯在浪高时却常不可见。传说这些时而部分隐藏的危险礁石让早期殖民者想起了那些"红皮肤的"野人，这也是它们名字的由来。[①]这两块延伸至深海海底的大岩礁撞沉了许多船只，也常激起巨浪，只有熟悉这条航线的水手能安全地驶过这片区域。在茫茫的雾气里，艾略特和同学哈罗德·皮特斯听到了"浮标"的呜咽，这个撒切尔岛东方向的浮标曾见证了17世纪一场著名的沉船事故。在一片白雾与汹涌的波涛之间，艾略特与皮特斯两人驾一条十九英尺的单桅帆船，环绕芒特迪瑟特岩航行。他们在大鸭岛暂行躲避，经过了风急浪高的一晚之后，顶着仍然强劲的狂风驶到缅因州萨默斯维尔的一处小港湾。他们的航海日志里有一幅艾略特在风中为船起锚的速写，还附有一行小字："水手的英雄事迹"。

藏有暗礁的险恶的海域和"海的怒号"，向雾中的船只发出警报的雾角，以及成批葬身海底的渔民——这些都向极远的天际拓宽了《四重奏》的边界。水手赤身裸露在人类无法控制的力量之下，在历史之外的时间中感到了"创世之初海的啸动"。海与自身的创世相衔，在海上漂流就如同在宇宙创始的表面移动。

艾略特最初的计划是只描写"海的景象"，接着从河衔接到海。河在某种意义上被人类历史驯化了，它为人通商，被人架桥。但海从未驯服，从不改变。海是永恒的。在大陆的边缘，海（永恒的时间）与陆地（历史的时间）相互侵咬。海盐沾上了蔷薇花，陆地最远端的岩石伸入海中。在诗人眼中，这些海礁是他出发的地方。他将从时间之内的一隅启程，驶入永恒的大海。

艾略特自己在时间边缘处的种种经历——作为水手、作为诗人、

---

① "野人"（savages）与原意为"海上的救助"的塞尔维吉斯（Salvages）谐音。——译注

作为朝圣者——都为他提供了可以概括提炼的原材料。对许多读者来说，一首关于时间与对时间的征服的诗会显得过分哲学，但艾略特坚称自己不是哲学家。他不关心抽象的思想，只关心感受的状态。他曾经说过："我想，诗人身上那种常被人们当作抽象思考的能力，其实是一种抽象感受的能力——这也与诗人的工作更相吻合。"《四个四重奏》为这些感受排布了顺序；对于那些对例行的日常并不满足的人，这样的顺序在任何时间、任何地点都适用。在谦卑的摸索之后，紧接着是灵光的照耀，其后则是几乎莽撞的冒险，最终是决绝的镇静。这些感情极少见于传统的陈述中。它们在四种风景里得到了逐一探索，但对于灵魂进取每一阶段复杂的内心风景而言，每首诗都不过是一个起点。每首诗都坐落在艾略特称之为"时间与无时间交叉"的边缘。虽然他说置身那里是"圣人的伟业"，并谦逊地补充说"并不是我们大多数人的事"，但这首诗恰恰证明，随着艾略特从个人生活狂暴的感情中爬梳出一种理想的秩序，他同时也来到了这一交汇点上。

一个皈依的人必须试验自己信仰的广度，并非在世人面前，而恰是在世人的视线之外，在"礁石之间"。在更远处，在阒无人烟、没有智性令人分神的、空无一物的创世的怀抱中，人与那艾略特只能间接言说的事物相遭遇。他总是冒险直面"真实"（reality）——他的"真实"意指"不真实的城"之外的一切。他坚信这样的"真实"存在——在让世界的喧嚣瞬间静止的寂静里，这"真实"曾降临于他。艾略特鄙视予人甜美允诺的、被稀释了的赝品基督教。他的目光向汹涌的海面看去。

在庞德从《荒原》手稿整段删去的长篇叙事诗中，艾略特首次预演了这一航行。那些勇猛的格洛斯特渔夫——他们在冬季的海面乘风破浪，向着纽芬兰大浅滩航行——曾是艾略特少年时代的英雄。他们的航行虽然可怕，但仍是对城市荒原的反抗。这来自美国本土传统的冒险精神与过人胆识的确曾一度为艾略特所用，以与伦敦相抗衡。这部分草稿就像取自梅尔维尔小说中的场景，或者更确切地说，其中的冰雪与幻见的恐怖又仿佛爱伦·坡《亚瑟·戈登·皮姆的故事》。这来自美国本土的血脉贯穿着艾略特诗中一切艰险的旅程，又在《干燥的塞尔维吉斯》中得到了最终的表达。

1921 年时，他预见到的是灾难：船撞上了冰山，沉没了。这是上帝的意志吗？"如果另一位 [或指神] 知道，我就知道我不知道。"1940 年至 1941 年间，一位航海者再次勇敢地出海，明白一切从天然的居所向外进发的人将遭遇的威胁。他驾着"一叶扁舟"，把自己交给风浪，但心中仍保留一丝乐观。"向前行罢"的驱策中激荡着惠特曼的声音，以及由他唤起的哥伦布——在这些航海者的头颅之中，灵视的幻景长明不灭。"向前航，"惠特曼敦促道，"航向那海员不敢前往之地。"《干燥的塞尔维吉斯》以其果敢复苏了惠特曼式的先行者置生死于度外的胆识："我们押上这艘船，押上了自己和一切"，只为寻找"你，身上遍布骷髅残骸的你——他们活着时从未向你接近"。艾略特也在沙滩上见过枯骨。他撒下宽阔的六节诗①的大网，在前进时紧抓着这网，捕获着海洋的恐怖：海中密布的，是那些曾与陌生的海洋相搏而落败的人的遗骸。

出海本身就是信仰之举。水手们的信仰本无所凭依，在漂流中忽然听见丧钟与审判之钟的敲响。在直面毁灭、看着世间一切生命在"无声的哀号"里"静静凋零"的惊骇中，他问出了那个振聋发聩的问题："哪里是终了（end）啊！"这发问中没有怨恨，有的只是对深不见底的现实的屈服。后来，在像是事后反思的一段中，一再重复的"没有终了"终于找到了答案：存在并没有什么意义，除了——他补充说——那支持基督生命的圣灵。死不再令人畏惧，艾略特也沉入伟大的长眠。他欣慰地躺在东科克尔村的圣米迦勒教堂，这里离祖先并不遥远。

这宁静的尾声被一些人视作诗的败笔。但艾略特构想的伟大就在于他诚实地从有所成就的梦想里回退，向更加谦逊的期望转身——这是比烧毁的诺顿中窥见的神圣的光，《玛丽娜》中的召唤，以及再向前追溯、波士顿街头的"寂静"都更加谦逊的期望。他自身进取的征途并不符合完美的顺序。在再三努力之后，他必须承认自己生而为人的局限和必死的肉身。他必须回到他一度唾弃的黄土中，去滋养土壤。

---

① 如《干燥的塞尔维吉斯》第二部分的六节诗体（sestina，或 sestine）是一类"由六个有六行诗的诗节构成的诗。这一诗体要求第一诗节每行的末尾部分在后面五节里以不同顺序反复"（见《牛津英语字典》）。——译注

他现在相信尘世的生活就算不被幻见的光芒照耀，仍然可以是"有意义"的、"重要"的。第三部四重奏的尾声奏响着他对生命及其限度的接受。这种接受得来不易，本身也标志着道德的进步。他毕竟不是圣徒。在对谦逊的锤炼中，认识到这一点本身就意味着进步。

《荒原》以扣人心弦的向山的进发作结。《四个四重奏》中没有这类巅峰般的成就，也没有雷霆的话。艾略特坦承对自己与他人来说，最需留意的都是那罕有的"不经意"的时刻里奇异的暗示与猜想，正是这些时刻让我们漂入时间与无时间的交点。对谦逊的锤炼在很大程度上都在于对进取的不在意、不企盼。艾略特致力的是精确，而并非戏剧般的轰动。《家庭团聚》里，哈里追随明亮的天使退场。这类自我陶醉的英雄主义在后面几首四重奏中得到了修正。只有在隐微表达的自我克制中还留有一丝戏剧效果，但连最敏锐的读者也觉得这不免失于寡淡。这些读者没有看到的是，戏剧效果也是被艾略特拒绝了的慰藉。来得更勇敢，也无疑更现实的，是直面人的平庸，不期待神的召唤，像 G.M. 霍普金斯描述中那样写信给"那远在天边的——多可叹哪——最亲爱的神"，并仍执着地以完美的标准砥砺自身。这就是艾略特此时对"行动"的定义。航海者们孤注一掷的英勇让位于不可见的行动，而后者可能发生在那些最默默无闻的人生之中。

艾略特早年曾将那喀索斯放逐到城市之外，以躲避日常的摩肩接踵，成为"上帝的舞者"。他也曾让《荒原》的朝圣者走进遥远的群山，屈身于神的控制，把《圣灰星期三》中"转身"的皈依者送进荒漠，让他的呼喊声"来到你的身边"。但艾略特在这里终于放下了这样的抱负。回避这个可鄙社会的冲动在 1940 年至 1941 年间发生了转变。此时的艾略特渐渐承认自己与人类间的相互惠赐，因为一旦失去人类，他寄托于宗教的希望——长久以来这希望似乎一直将他隔绝开来——也必将化为泡影。海的恐怖与荒凉让他在绕了一个大圈后又回到起始的地方，回到那被时间充盈的陆地，"第一次真正了解这个地方"。而他必须生活、行动、为未来的诗与剧寻找素材的地方，不在滔天的白浪间，而就在那里。

这并非退却，而是迎接新的挑战。他必须找到一个方法，好让精神贵族的完美人生对普通人的生活有所提升。他提供的劝诫——"祈祷，敬奉，磨炼，思考和行动"并不像奥妙的"哒嗒，哒亚德万，哒密呵塔"一样令人着迷，但它们却像十诫一样，有着平实简明、易于理解的优势。

在《干燥的塞尔维吉斯》中，行动的边界锻造了有意义的人生。这里上演着与过去和未来的幽灵的两场搏斗。回忆与企盼都必须融解在灵魂自传无时间的范式之中。

对烧毁的诺顿的回忆或许足够让其他人奔向家庭的"爱意"和"安全感"，但在艾略特这里，这回忆却奠定了另一种截然不同的人生——这人生似乎也一直都在视线的尽头等着他。他必须改写自己自传的脚本，就像预示他命运的哈里转而走上救赎的剧情。基督说，离开你的父母，跟随我。艾略特一度打算深究"'父母'二字的深意"，但又放弃了这个想法，只保留了对圣母的乞灵。他回顾烧毁的诺顿，认定"我们有过那经验但不知其中深意"。那次经历其实是个信号。奇迹般的光亮和孩子的笑声（正如让圣奥古斯丁最终皈依的孩童的声音）——所有征兆都指向同一条路。

艾略特从无时间的永恒回视自己的人生，对自传的形式充满怀疑。他不由分说地表示，过去并非简单的"延续"甚至"发展"，以这样的方式看待过去就好像通过掌纹、茶叶的形态、内脏和心理分析辨识命运一样虚妄。在艾略特看来（他下此考语时心想着弗洛伊德），由日常的琐屑搭建起的自传形象"拥有一切人造替代品的缺点；这些形象的一举一动毫无新意，让人生厌，没法让人信服，往往自身也是虚假的"。有意义的生活是充满想象的行动。一个艾略特这样的人变得重要，恰恰因为他想象中人生的样态与那试图箍住它的模子相反。艾略特对传记的不信任让他不可避免地禁止后人为他立传。他的禁令不仅出于他自身的矜持，还因为他对这个世纪事无巨细的传记书写存疑：那些细节把"不经意"的瞬间给淹没了，但只有这些瞬间才构成了我们存在的织锦上那主要的图案。[①]

---

① 艾略特在完成《干燥的塞尔维吉斯》之际写道："我们在诗人和小说家身上寻觅着亨利·詹姆斯口中那'织毯上的图案'。"见艾略特编《吉卜林诗选》中关于吉卜林的编者序（London: Faber, 1941, p.15）。

在琐屑的外部行为之下，蜕变的时刻"不经意"地潜藏着。艾略特明白地表示："……我们自身的过去被行动的湍流遮蔽着。"从一份手稿中，我们瞥见了他自身历史中"关键的时刻"——巴黎的那些失眠的夜晚和青年时代从安角的海岸启航后情感的苏醒：

> 要记得那些关键的时刻
> 　　那些死生与变化的时间
> 　　　痛苦与孤独的守夜。
> 也要记得怕，恶与恨，
>
> 新一季的新鲜的船索，干净的桨上
> 　　新漆的气味，晾干船帆的气味，
> 　　　这些东西似乎无足轻重。
> 正当你划出枯燥的环形航线
> 　　人生就随之倏忽飞逝……

似乎更困难的是，在生命里接纳与快乐的瞬间一样持久的"痛苦的瞬间"。"永恒的旧日苦痛是个问题。"他在笔记上写道。他无法也不能忘记"汹涌的波涛里参差的礁石"，忘记那纠缠着他的无形的折磨（比如薇薇恩曾对他的折磨）。在平静的日子里，这海礁似乎只是记录旧日危险的一块碑石，但在"突然的狂躁"里，旧日的险情一一重演，复仇女神——《烧毁的诺顿》的一稿中"转圈的复仇女神"——重又追索着他。艾略特的人生像最长的大河一样继续奔流，裹挟着腐烂的污秽和那些"害人"的事，道德的重负永远都在。

他从过去转向未来，但未来被这过去玷污了，对必在时间里凋零的爱的怀恋与怅惘也夹杂其中。1913 年艾米莉·黑尔在波士顿的客厅里唱着歌，年轻的艾略特与欣克利一家拍手称赞，那《狂喜》和《五月清晨》的歌声已经褪色蒙尘。爱将成为回忆，夹在书页中的一小束薰衣草也随着时间变黄。在体验过爱意之前，他就已经看见了这样的未来，也因此从一开始就对爱保持距离，但这不应与世俗的冷漠相混淆。他的冷漠是自时间本身抽身的、绝对的超脱。

艾略特决意以"同等的心智"看待未来。这一想法源自他在哈佛学习过的《薄伽梵歌》。他从印度经文中学到了不计行为后果的、公正的评判。他在第三首四重奏中提到了一场战争，其中奎师那神向反感这一暴行的阿周那解释杀死一位亲戚如何是正义的。奎师那劝说身为刹帝利的阿周那履行自己的"法"①，扮演好他在宇宙中被指定的角色，并称上帝的意志是杀人者与被杀者都不能理解的。这无异于允准了谋杀——我们很明白艾略特为什么借此平抚自己的愧疚，但在一首如此伟大的诗里这类伪善的自利又尤其格格不入。在他的智力面前我们或许可比虫豸，但我们依着十诫"你不可杀人"的原则却可以说不，最坚决地说不，因为作为基督徒的艾略特也理应遵守十诫的教诲。不管他人的毁灭、自顾自向前航行的指令何以能成为"正确的行为"？

在伦敦遭受轰炸时，艾略特仍然拒绝与薇薇恩发生任何瓜葛。务实的玛丽·特里维廉鼓起勇气建议他把薇薇恩挪到一处安全的地方。尽管艾略特本人已经在伦敦外安顿下来，但他仍答复自己无权干涉法庭关于妻子的命令。

艾略特标志性的行动是从外部世界转身，转向内心的酷刑——正如他在一份手稿中提到的，"赎罪让行动变得可能"。他仍当前行，但这前行中的他是个身负过错的人，是那些竭尽全力但仍不能如愿以偿的人中的一个。他属于那些没有确定的使命、却仍冒险向无时间的永恒进发的人，他面临的风险，是在蜕变的虚妄希望里放弃自我。这条路上遍布的精神残骸像被冲上沙滩的枯骨。唯一的希望是完全不去希望，也就是将个体对未来的一切期许都交给那些未来世代的人们，那些同样努力追求完美的人们。他眼中的未来始终在过错与完美人生的两极之间悬置着，就好像一个行人离开了一边的海岸，却没有抵达另一边，只好犹疑地漂荡在人生的空间里。

1940 年 10 月，艾略特搬出伦敦，来到萨里郡的吉尔福德附近，成为霍普·米尔利斯和她母亲与姨母门下的租客。她们的家坐落在沙

---

① 法（dharma），指佛法或者一切世上的事物和现象，在印度教中指一个人的正当义务与责任。——译注

姆利草地上一座陡峭的小山山顶。此前的六年，艾略特一直住着单身宿舍，莱纳德·伍尔夫形容他"身边全是副牧师"。现在围绕在他身边的却是一群女人，他为她们朗读瑞摩斯叔叔。这座房子住着十八到二十二个从大伦敦地区的旺兹沃思区和巴金区撤出来的女人和孩子，周六晚上不时还有几位她们的丈夫。在这暖洋洋闹哄哄的"乱杂居"①里，艾略特乐得成为这些热爱猫狗的女人最爱的家养宠物。一位名叫考琪的女人还相信能在来世与自己的宠物再相遇。艾略特一定十分享受他向心灵深处进发的冒险与周围环境间的错位。女人们在沙发上谈论着兽医的重要性（对于喂得太饱的狗来说兽医多重要啊），乘着夜色冲出家门的"陆军元帅"（玛格丽特·贝伦斯）四处搜寻她喜欢在月下逮兔子的京巴儿。他身边的男性只有一位怕老鼠的老园丁特纳先生和一个为皇室成员代笔慰问信的作家（他出具了他们的感谢信为证）。艾略特从乱杂居寄出的书信幽默地记录了女伴们带给他的平静和满足。1940 年 11 月 3 号，艾略特在寄给波莉·坦迪的信中称德军空军每晚必定掠过他们的头顶，但迄今为止方圆一英里之内还没有受过轰炸。使他们更感抚慰的则是一头源源不断输出牛奶和黄油的奶牛。伊妮德·费伯观察到艾略特自在的神情活像一只精明能干的猫，她因此认定这儿的生活于艾略特十分相宜。艾略特也告诉弗吉尼亚·伍尔夫这是他多年来最健康的一段日子。

艾略特最大胆的想象就从这最不可思议的场景中生发出来。每周对伦敦的闪电式空袭一次次打断《干燥的塞尔维吉斯》的创作。他通常在周三乘菲利普·吉布斯爵士的车进伦敦城，简要处理一些事务，晚上或下榻肯星顿的贝维德雷酒店，或借宿费伯夫妇家加固的地下防空洞中。周四周五火情监测值班时，他靠单人纸牌戏打发时间，周末再去沙姆利草地的住处休养。周一与周二是他的写作时间。1940 年至1941 年的冬季他几乎谁也不见，在这前所未有的自由中为诗歌倾注了全部心血。他一直都能够断断续续地创作剧本，但诗歌却需要长久的专注。

---

① 艾略特将这里戏称为"乱杂居"（Shambles）。作者此后有时使用这个名字指代这处战时的临时居所。——译注

正如艾略特所说，在《干燥的塞尔维吉斯》的天际渐渐消失的那个神秘难测的自我已经不是那个扬帆起航的人。对这个隐于表面下的人来说，沙姆利草地上那个闲适自在的艾略特和那个戴着重重面具的公众人物都实在无关紧要。没有面目的他在航行"催眠的节律"——或诗歌——涌上心头时感到一阵放松。他仍未成形、随波逐流，身处永远的塑造当中。这段航程和诗歌本身都重现了艾略特在肯星顿时期和战争年代居无定所的生活。要想凭着他的过去、甚至他理想未来中圣徒般的人生把他钉在一处是不可能的。与他血脉相通的只有那些体验过个人感情的消逝，又在朝向完美人生的路途上惧怕失败的人。

　　艾略特不像他的清教徒祖先那样，对应许之地就在前方充满确信。在烽烟四起的二战之中写作的他更清楚失败的可能。他每周来到满目疮痍的伦敦，这座城市比史上任何一个时刻都更接近毁灭。就在艾略特正要采取行动、在想象中航向新大陆之时，他发现自己与旧世界的牵绊已经深深扎根。艾略特前进的路于是变成了后退的路。他在笔记中写道："挣脱时间也是与时间更深的纠缠。"他现在必须心甘情愿身处时间之内，悬停在"暗示与猜测"的边界。

　　要使这边界一直保持开放，就需要保持一种美国本土的心态，这正是那不绝于耳的"向前航罢，旅人"所暗示的开放心态。艾略特被一个没有身躯的声音驱策着，这声音正像在《玛丽娜》航海者手臂的血脉上搏动的、陌异的节拍。未来的行动必须能让他影响其他人——尤其是那些尚未降生的人——的人生。帆索之中降临的声音正如贝多芬 A 小调四重奏终章部分弦乐悚然的急进。创作这部作品时的贝多芬已经全聋，艾略特称这时的他耳中听见了天堂的欢乐。声音降临在灵魂，"而非双耳"之中。它"不说任何语言"，正如艾略特对自己的期许，他希望自己"像贝多芬晚期作品超越音乐一样，实现对诗歌的超越"。在远方的海上，在时间最遥远的边界，不朽的形象重又变得亲切，它在最后一部四重奏中，将他带往与永恒的前辈诗人的交融。

　　艾略特现在着意于想象"那不可想象之物"。最后一部四重奏竭力触碰着崇高，虽然艾略特明白那崇高存在于他之外——也是所有人都无法触及的。上帝说过，"你不能看见我的面，因为人见我的面不能存活"。基督和圣徒都各有面目。但这个不可想象的神更加遥远。他是无法称名的造物者。艾略特曾说过，比起《圣经》带来的宗教体验，它的诗性（以《诗篇》与《以赛亚书》为首）是次要的。阅读《圣经》，必不能把它当作文学，而必须将其看作对上帝的道的体验。艾略特继续说，宗教诗人的问题在于他倚赖自己的经验，但这经验却不归他支配。只有在神的火花进入他心中时，他才能够说出道。

这将是一部灵魂自传理想的结局。在中间两部四重奏里，艾略特自觉下降到谦逊的暗夜中。现在，他把上升的可能性摆到自己面前，但他必须为此交出自己的生命。

艾略特搭建出了一个框架；上帝以息相吹，为它带来生气。这气息拂过烧毁的诺顿中的花园，但从第一部与第二部四重奏之间，他眼中（而非公众眼中）一生最沉重的罪却浮现出来，对至福的希冀因此搁置在悔过的藏地。他对罪的化解，是唤回一种必先屈身和下降才能在神圣中得到复原的人生：这样的范式最早出现于《出埃及记》，后来在先知、基督、圣徒和神秘主义者的人生中都一再重现。艾略特从戏剧重返诗歌，或许正是由于他感到需要再次探索这灵魂自传的形式，探索，再探索，直到第四次探索。这探索的目的，是从自己的人生里沥出这古典的范式。

这样的人生，无论在远古，在过去，还是在当下的 1941 年至 1942 年间，都只朝向复原神性的唯一目的。这自然并非一日之功，《四个四重奏》的篇幅也未必足够，但它终将在未来上演，哪怕到那时生命已经结束。《荒原》结束后仍余音绕梁的"善蒂"，以及它代表的超越理解的平静，就是对这一完美结局的预言。

最后一首四重奏的开头吹拂着静谧中对复苏的渴望。但愿那复苏现在就降临。他想象着复苏的情景，想象太阳的光焰如何舔舐他身体的坚冰。艾略特的中年也即将结束，他的感官冻结了，他望向自己生命的寒冬，好奇那远在天际的神的火焰是否能将他唤醒。

内心的挣扎总与灵魂自传固定的套路如影随形。对于艾略特的一代人来说，将古典艺术中内心的骚动与固定形式间的张力表现到极致的，当属俄罗斯芭蕾。尼金斯基在《玫瑰花魂》里的纵情一跳——尼金斯基说他不过是忘了落地——被古典而严格的优美姿态收敛着。艾略特写作最后一首四重奏时，心中始终上演着芭蕾舞剧中的这一幕。1941年12月10日，正当希特勒兵临莫斯科城下，艾略特却兴致勃勃地给《泰晤士报》写信，希望能够邀请《玫瑰花魂》的芭蕾舞团来伦敦上演一季。

他意识到加上这最后一首四重奏是危险的，每首诗各自不同的挣扎可能会因此遮蔽。整体的程式如果喧宾夺主，每首诗就丧失了自身的生命。在第三首四重奏的结尾处，程式本身与诗人间达到了平衡，一同致力于一个并不雄伟但不断延续的行动。第四首四重奏对艾略特来说是巨大的冒险。他小心翼翼地平衡在旋转的巨轮边缘，现在又要向中心的静点走去。这就是艾略特尼金斯基式的腾空一跳。他能在高处保持住吗，还是必须落回那一再反复的、罪的洗涤？我们要坦诚读解他臻于完美的程度，了解他终点的位置：他究竟停在了炼狱，还是最终沐浴了天堂的福乐？

艾略特最早的笔记和1941年第一份打字稿都表明，他最初的冲动是向天堂的至福望去。暗哑的灵魂在他想象里惊醒。日出时迸发的光亮回应着他旧日里那些极乐的时刻。

最初的景象就是这燃烧的光焰，与一名在幽静的教堂里双膝下跪的朝圣者——在17世纪，这里曾有一群虔诚敬神的教众。四个四重奏的题目中，只有小吉丁与艾略特的生平毫不相关。在艾略特的写作计划中也从未提及这个地点。他坦承这首诗可以选择任何一处圣地，小吉丁不过是顺手拈来，"历史便是此时，此地——英格兰"。他在想象中故意把自己安放在那里，安放在冬季冰雪灿烂的光芒之中，以及祷告之中。"现在"，在一个"祈祷曾经见效"的地方，圣灵会降临吗？

艾略特必须找到一个落脚的地方歇息，这个地方也必须满足他特定的需求。他希望重建曾在小吉丁一度践行的宗教生活：在这里，两兄弟尼古拉斯和约翰·费拉尔与姊妹苏珊娜·费拉尔一起，探索出了一套家庭与修道生活相结合的独特模式。他们约四十人的宗教社群来到亨廷登郡一个偏僻的角落，寻找着属于他们自己、同时又与他们信仰的教规严格相契的生活方式。这或许是英国国教史上最接近那些亲入荒野、建立"山上之城"①的美国清教徒的举动了。

"现在"一词对《小吉丁》十分关键。"现在",正当艾略特在1941年上半年酝酿这首诗时,德军的空袭也正如火如荼。1941年5月16日,仅仅一场空袭就导致了三千平民死伤。希特勒的铁蹄正践踏着欧洲大陆,随时可能入侵英格兰。此时正是重提小吉丁的最好时机,因为它也曾在战火中遭受重创,最终挺了过来。小吉丁的宗教社群曾在内战时藏匿了查理一世,于是克伦威尔的军队在1646年冬洗劫了这座教堂。②他们扯下了管风琴,拆毁了布道坛,把它们拖到教堂外面烧了,又把洗礼盆、读经台和铭文一股脑扔进了附近的水塘。身为执事的尼古拉斯在1637年就去世了,但约翰和苏珊娜一直维持着他们的生活模式,直到1657年双双离世。

小吉丁另一处吸引艾略特的地方,在于它与烧毁的诺顿一样隐于英格兰深处。烧毁的诺顿将文明的精美与秩序深藏在世界之外,只留一条不知名的小径与外界相连,很难发现。小吉丁玲珑的教堂也同样埋没在亨廷登与奥恩德尔镇之间连绵的乡野之中,那里现在仍少有人烟。当你沿着一条"崎岖的小路"下行,左手边就是一个中世纪的村落旧址——这个村子在14世纪的黑死病之后就被遗弃了。尼古拉斯·费拉尔1625年来到这里时,庄园主宅和中世纪的教堂都已经废弃,他和家人花了五年时间把它们重建起来。它们现在仍完整地站在那里,"当你离开那崎岖的小路/在猪圈后面转身"。像烧毁的诺顿中的花园一样,这里现在也仍保持着艾略特笔下的风貌。对他来说,这里正是意义"启齿"的秘密之地。

陪伴艾略特来到小吉丁的是帕斯卡尔学者休·弗雷泽·斯图尔特(Hugh Fraser Stewart)和他的妻子杰西。1936年5月25日的下

---

① "山上之城"见于《标准》中伯纳德·布莱克斯通(Bernard Blackstone)对A.L.梅柯克(A.L. Maycock)著《小吉丁的尼古拉斯·费拉尔》所作书评(刊于1938年10月号154—157页)。随后,在1939年1月号的《标准》中,小吉丁再次出现。在这一期的366—371页,查尔斯·史密斯(Charles Smyth)评论了布莱克斯通编撰的《费拉尔书稿》(他提到费拉尔被称为"英国国教教会的圣徒")。

② 这座教堂在18世纪得到了重修,19世纪又进行了增建。

午，艾略特刚刚结束应凯恩斯的邀请参加的一场答辩，就与斯图尔特夫妇来到这里。就艾略特到达四重奏四个地方的时间顺序而言，小吉丁紧随在烧毁的诺顿之后。二者也因此在想象中相连：稍纵即逝的光亮和升起的太阳；稍纵即逝的人类之爱和永不凋零的、神圣之爱的玫瑰。诗人对"我们没有走过的那条走廊／朝着我们从未打开过的那扇门"的怀恋唤起了对哭泣的少女的记忆："他们走到一起会怎样。"在《小吉丁》第一稿中，艾略特回到那个他唯一一次来到这里的5月，5月嬉戏的时间再一次微微撩动着感官。这情景唤起了那个5月里"肉感的芬芳"，苏醒的感官"嬉戏的时间"带给人"人类的喜悦"，但却并非"更强烈的狂喜"。海沃德质疑了"嬉戏的时间"的用词，艾略特则称他在这里暗指了《烧毁的诺顿》里的玫瑰园和《新罕布什尔》中荡进苹果树的孩子们。作品间私密相连的网也连起了《烧毁的诺顿》草稿末尾处肉感的芬芳：那心中"芬芳又忧郁的幻影"。就在那一年，1936年的晚些时候，艾略特横渡大洋，来到美洲大陆，帮助艾米莉·黑尔渡过她抑郁症的苦海。

艾略特来到《四个四重奏》这些场景所在地的具体时间，也正值他心绪最动荡的几年。从1934年9月烧毁的诺顿，到1936年5月的小吉丁，再到横渡大洋前往新英格兰的1936年8月至10月，以及最后在1937年对东科克尔村的第二次造访，他都一直忍受着心灵的撕扯：一边怀恋着未臻满足的爱，一边是良心狂躁的折磨。对这四年的回忆——这也正是艾略特的新生渐渐清晰成形的四年——位于《四个四重奏》的核心。四重奏在艾略特心中发酵滋长了七年的时间，这并不亚于《荒原》创作的总时长。《荒原》是一袋散乱的断章拼接起来的作品，在相当一段时间里，这些断章都没有一个中心。《四个四重奏》则是从内向外层层包裹而成。诗的内核是他个人的回忆，这内核也一直从表层之下的深处滋养着整首诗。

1940年至1941年间，艾略特禁欲苦修的选择冰封住了这个内核。回忆里玫瑰园中的狂喜和5月间柔嫩的感官都在灵魂的暗夜里被压抑了。这是《四个四重奏》致密的中间层：肉体的受罚，以及灵魂的试炼、前进与（仍然遥不可及的）奖赏。

最后的一层无非是与公众对接的一层外壳：战争的主题。包裹在灵魂的坚冰外，又加之一层炸弹的火焰。理想中这里应当出现神圣的火焰。但艾略特选择了更普遍的、惩戒的火。在空袭中监测火情的艾略特看到了"吐着火舌的黑鸽"。轰炸机再次抛出了那个人类无法承受的、在每首四重奏中都一再重复的问题：人生的虚掷。爱的玫瑰化为灰烬。显赫的家族败落，被土掩埋。密西西比河的巨浪卷走了黑色的胴体。那些让我们延续的东西也摧毁着我们。第四首四重奏谈到了战争的受害者。他们或许也会发问："哪里是终了啊！"

圣灵之鸽附着在轰炸机之上。精炼的火焰——双手接过的上帝递出的痛苦——或能为艾略特在大纲中提到的"魔鬼般"的战火带来救赎。这痛苦吸引着艾略特，这不仅是他自身性情使然，还因为这磨难让他产生了与第二祖国的认同。E.M. 福斯特重读《小吉丁》时，他的热情被对艾略特"向苦难的致敬"冲淡了（他的反感完全情有可原）："除了人，还有哪种动物会这样想？当然了，每个人的人生都总不时要遭受痛苦……这是免不了的。但如果这许多痛苦的根源完全是人类的恶行和欺辱，那我们为什么还要等着校长的批准、牧师的允准一直痛苦到火与玫瑰合一的时候？这才是艾略特这个先知让人不满的地方。"

在这最后一首四重奏里，的确有一些伸手触及崇高的时刻让艾略特变得有些不近人情。他对希腊诗人乔治·塞菲里斯（George Seferis）说过，在防空洞中"我恨不得立刻拔腿就跑，逃开那些聚集的面孔，避开一切人类"。

对艾略特来说，作为历史事件的战争与它私密的道德意义相比不值一提，正如第一次世界大战之于内心的荒原。伦敦桥"垮塌了垮塌了垮塌了"标志着艾略特在洛桑精神崩溃后，于1922年1月重回伦敦时内心的垮塌。这一句也蜻蜓点水地指涉了伯特兰·罗素战时的幻觉：他看见骑兵列车载满前去送命的人，从滑铁卢车站开出。①同样，在艾略特看来，德军空袭的历史事件也只标志着他自己的存在和变化（这是爱默生式的用词）。他看到了炸弹像炼狱之火一般医病的潜能，并在手稿中写下：

---

① 罗素的幻觉详见原文页码 133 页。——译注

外在的火与内心的火
驱逐
净化了无法言传的罪

　　每场空袭过后，碎屑与灰烬会在伦敦的空气中停留几个小时，然后缓缓下沉，在人的身上蒙上一层细密的白灰。这是"外在"的火。而"内心"的火将一直燃烧到战争之后。他选择这一象征就算并非为祈福，也是为它持久忍耐的含义。艾略特空袭预警的值班职责要求他从南肯星顿的房顶观测"鞭炮（炸弹）"（这里是位于伯爵府和众博物馆之间一处很安全的哨所），就是在这样的场景中，《四重奏》到达了它最令人震颤的时刻。他从高处凝视着伦敦：这座城已经基本变成余烬里的一堆残砖碎瓦。空袭过后往往接着一段悚然的宁静。路上没有车辆，因为大多数街道都被倒塌的楼房堵塞了。路上也鲜有行人，只有幕布般笼罩着城市的煤烟和到处刺鼻的燃烧气味。艾略特与其他火情检测员——他们大多是退伍的印度士官——交谈着。这恐怖的景象并不使艾略特苦闷，反而激发着他的想象。

　　如果说艾略特最伟大的诗歌胜在将城市的现实转化为噩梦或者灵视的幻景，那么在这里，目之所及无不是现成的幻境。从涂炭的、冒烟的废墟中升起了一个幽灵，"一个熟悉的复合的鬼魂"借艾略特之口从时间之外的一边发声。在这个激动人心的时刻里，诗人遭遇了他的另一个自我，一个已跻身不朽的灵魂向仍活着的艾略特递出了不朽的允诺。

　　幽灵预言了对自我的审判。在第一稿中，幽灵带来了"永恒"的许诺——"它就在这里"。他劝艾略特忘记时髦的理论，忘记那些维系它们的时髦言语。现代主义已经退潮了，这也是一切潮流的命运。与幽灵一道，艾略特看着自己的生命从眼前一幕幕经过，他爱的一切，他恨的一切，那些把他与逝去的世代和将来的世代联结起来的瞬间。他看着旧日消融在时间的雾气里。如果要与"那死去的和未出生的"离得更近，他就必须从活人中抽身，从"那最切近的声音与面孔"里抽身。

第一稿中的时节是"秋季"。诗人与哭泣的少女想象中的分别也发生在秋季;他告诉海沃德,这里的秋天"重现了哭泣的少女的一幕"(正像烧毁的诺顿里,未出生的孩子们重现了《新罕布什尔》里如梦似幻的小孩)。在这战时的秋天,他必须卸下"地上最后的爱"。这是对他意志的试炼。他能像女孩的恋人多年前一样,放弃对她的回忆吗?

> 她转过身去,但与这秋日的天气一道
> 都连日在我想象中挥之不去

对这一幕的一再重现是艾略特内心的试炼。他一次又一次地放下爱,直到这成了他在征途上的象征动作。那个与花园中的女孩作别的青年注定要投身永恒之中:从艾略特动身去欧洲的 1914 年之前,这样的命运就已经注定了。

你所能做的只有这些——幽灵向他保证着。"余下就是神的恩赐。"一声爆炸与这洪亮的允诺一同响起。这爆炸声让诗人清醒过来,回到了现实:"这声音让我一震:太阳也升起来了。"太阳或许带来了他渴望的照耀,也象征他返回到了时间的边界之内。

1941 年夏,为艾略特提供参谋的约翰·海沃德在阅读了构思宏伟的这部分后言之寥寥,这并不多见。他说这部分像第一和第五部分一样"还可以"。海沃德自有他的局限。他对语言吹毛求疵,这也在很多地方促使艾略特去追求更清晰的表达。但像庞德一样,他对宗教体验毫无了解。他完全不明白"零夏"的意思,自作聪明地把它理解成物理里的绝对零度。他也没有完全理解那意味深长的"寂静"。海沃德在鬼魂的显灵面前力不从心,这让艾略特不知所措,以为是自己的问题,于是把这首诗搁置了一年。重新拾起后,他用铅笔粗重地划去了这一段。他后来回忆说:"在我写过的同样长度的东西里,这部分花去我最多的时间和心血,也让我最伤脑筋。"

1941 年夏至 1942 年夏,艾略特认定伟大将不会像他所希望的那样在崇高中降临。通往伟大的必须是近乎野蛮的坦诚。他仍然自觉地向着诗人的最高成就努力着,仍然与不朽诗人的魂灵并肩地行走——叶芝、雪莱和高居众人之上的但丁。他也采用了但丁的诗体。但在

1942 年八九月间的大幅删改中，艾略特仿佛意识到自己无法触及《天堂篇》的高度，于是转而求诸严苛的忏悔。在几经删改的草稿中，幽灵坦承"生根的旧罪又发了芽"，纵然他曾不遗余力地斩草除根。"干枯的枝条无花地徒长，恶臭更甚于从前……"

他告诉海沃德自己想向诗中注入些"严肃的个人回忆"。幽灵的话在修改后的情感冲击来自艾略特对罪疚的披露——这罪疚很明显与薇薇恩有关。他提起回顾往事时"揪心的痛苦"，提到"动机在日后的败露"和"做错的、害人的事"①，都是因为他对美德充满确信。艾略特在 1942 年 9 月 7 号向海沃德细细解释道："我意指的不仅是未曾遭受质疑的事，而且是大家自发赞同的事。"朋友的支持现在只带给他更深的痛苦，"愚人的赞许刺痛着人"。

要放弃幻见的瞬间和它们默示的允诺，让他最渴望忘记的事接受最严酷的审判，就需要决绝的道德勇气。我们记得艾略特曾经向弗吉尼亚·伍尔夫坦承，这世上他最害怕的莫过于羞辱。但当他放弃谋划自我成全的结局，而坦然转向苦痛的寓处，他的诚实就换来了嘉奖：他写出了可能是他诗作中最伟大的篇章。

尽管艾略特打算在修改稿中让"私人"的元素更加突出，但两稿体现私密的方式各有不同。第一稿的自传色彩更加浓厚，第二稿则更

---

① 艾略特在这里隐括了叶芝的《蹉跎》("Vacillation")。他此前在《追寻异神》中也引用了这首诗：

> 多年前说的，做的
> 或未做的，未说的……
> 将我压垮，只要一天里
> 忆起了什么
> 能惊摄良心和虚荣。

叶芝使用烂布和内心堆满枯骨的杂货铺作为意象，艾略特则使用罪去激发新诗。他像叶芝一样提取出同样丑陋的情态：情欲、愤怒、悔恨。但在叶芝那里，内疚是短暂的，他是个信马由缰的坏老头子。艾略特的内疚则一直继续。对叶芝来说，火打磨着艺术；对艾略特来说，火是罪的解药。艾略特与叶芝并不真正相似，从艾略特常用的化解手段里就能清晰地看到这一点。在将这段诗重写为散文体时，艾略特写道："只有一服解药，在那你必须渴想的、净化你的火中，只有痛苦能治愈痛苦……"

接近忏悔。第一稿提炼出他人生的轮廓：诗人走出了自我而步入永恒。第二稿则不留情面地注视着他与其他衰老中的男人都不能免俗的缺陷：感官对那不再给他们以欢乐的事物仍存有冷冷的渴望，那些过了时的讥讽也只为人平添无聊。第一稿将艾略特看作不朽之人的后继者，第二稿则将他抛回自己的位置：一个不乏劣迹的普通人。然而，他犀利而精彩地直指自己的劣迹，也就以另一种方式冲破了存在的迷雾，用内心的澄亮换来了灵视的能力。

《小吉丁》的手稿数量位居四重奏之首。前三首四重奏的创作都下笔有神，并不费力；而最后这首诗共有十八稿（包括复印的创作稿和打印的正本）。这首诗为何经历了如此浩大而漫长的挣扎？当然，《小吉丁》必须为前三首诗和艾略特的整个写作生涯收尾。但是否还有其他原因？他是否在等待生命里的某种收获，但这收获最终没有到来？艾略特否认自己过着圣徒的生活，但这否认本身就践行着圣徒人生中至为关键的谦逊。他驱逐了骄傲，也拒绝了灵魂的野心——但没有这样或那样的野心（我们或许更愿意称之为希望），他又如何能决心投身一次次的宗教磨炼？

这些存留下来的草稿让我们得见《小吉丁》的成文过程，也让我们得以观察它情感逻辑演变的过程。创作过程共分三个阶段：简要的手写大纲，1941 年 7 月的首份完整打字稿，以及 1942 年 8 月至 9 月间的修改稿。最初的大纲将蜕变后的人生按序分为四个阶段，每个阶段都包含着对不朽的领悟。前两个阶段是我们熟悉的：冬季的景象被天堂的光芒穿透，终结了感官的嬉戏，接着被"魔鬼的火"（但丁《地狱篇》）摧毁了。在这之后，大纲中记下了对超脱人伦的渴盼，最后一切生命都被吸纳进"中央的火"。整首诗以对圣灵的召唤结束。

对"超脱"（detachment）的践行居于整个大纲的核心："个体消逝，我们对他们的感情沉入那精炼的火。"最初的大纲对人与群体间的感情不置一词，这些都是后来的笔墨。潜在的愿望是切断人与人的纽带。我猜想艾略特在 1941 年至 1942 年间身体力行的正是这种与人隔绝的冒险。这也让我们得以理解他在四重奏的最后一部遭遇的重重困难：他触不到那神圣的火。

正是在超脱中，艾略特才能追随神秘主义者进入神恩之地。也正是因为如此，他在这一时期的修改里紧抓着超脱不放——从第一稿直到最后一稿，这一段都分毫不动，尽管海沃德不无道理地指出他的想法"过于无情""失于刻意"。对艾略特只有从人的纽带中抽身才能寻找到神灵的假设，海沃德并不是朋友中最先反感的。《斗士斯威尼》取自圣十字约翰的题记就曾激起同样的反应。这类观点无疑可以上溯至修道的传统。14世纪的《不知之云》就激励弟子"忘记一切造物……好让你的思想和渴望脱离对它们的依赖"。《师主篇》也教诲"保持内心的自由清洁，不与一切造物相连"。只有神的眷顾能让你"立刻遣走他人，在独处时只与上帝为伴"。艾略特的目光自然没有投向这样的高处。对他来说，超脱只是为了"动机的净化"。从个人角度讲，只有更纯洁的动机能让自己同薇薇恩的分离变得正义——比与其他女人的结合更加纯洁的动机。

奇怪的是，艾略特对超脱的阐述突兀而平淡，这并非由于他的目的不如神秘主义者崇高，而是因为他对此的感受不同。真的神秘主义者对众生同时还抱有爱，这也是神对他们的恩赐；艾略特的超脱相较之下要冷酷得多。他似乎像哈里一样，对超脱——即便是最纯粹的那一类——施加于他人的影响视若无睹。尽管他对基督教群体抱有一片热忱，但他在实际中并未将想象拓展至那些社会阶层较低的人，拓展至责任（比如1941年8月他就欣然接过编辑《基督教通讯》的任务）和表面的友恭之外。许多人都目睹过艾略特的轻松风趣与为人着想，但我们也一再看到他在私底下有所保留地运用自己的想象力。这或许也是精神生活最危险的一面——自我沉醉。虽然艾略特选择与战时的"英格兰"同在，但他"对一个国家的爱"显得更像是深思熟虑之后理论上的联结。这份爱并非发自心底的感受——如果将它与，比如说，弗吉尼亚·伍尔夫《幕间》中战时的英格兰相比。

依据大纲，超脱应当先于"爱"的降临，但在第一稿中，诗本身发生了故障。在最初一份潦草的手稿中，诗歌始于一个崇高的起点，基督降临，诗人在"欲望达成的巅峰"的"火舌"里说话。在第二节中，艾略特在一处神恩之地发现了罪，他的信心随之崩塌了。诗中的"烙印"直接源于《红字》：对无处不在、无可逃避的罪的一类令人生畏的清教徒式的理解。他沉闷地谈论着一个在救赎的赌局里输光了的赌客。这个人为了天堂押上了一切，但仍将像东科克尔村里那些为艾略特所不屑的狂欢者一样，在坟墓里发霉腐烂。

就在这里艾略特失败了。这里的感情是死的。他被居于大纲中心的火抛弃了。他发现自己没法脱胎换骨，就转而对"无益的罪"和"杂多的快感"施以重责。海沃德在 1941 年 7 月末读到这里，8 月 1 号就坦诚地告诉艾略特这部分"让人如坠云雾"，无法融入诗的其他部分。那幽灵一度允诺的"永恒"他却终究触摸不到，事实如此，不禁让人一声叹息。

艾略特立刻认定第四部分的问题出在第二部分幽灵的预言上。为了能大胆地宣称爱是这个过程的结果，他必须下山，再次用自我折磨净化他的诗艺。这将与艾略特从第四部分保留下来的、救赎"从火来，由火得救"的一节相吻合。能让诗重焕新生的不是灵视，而只能是那总如影随形的"痛苦"。

艾略特称存在一种受苦，在其中"已经蕴含着一类超自然、超人类的存在"。因为受苦者"或因为在真实世界中无所容身才不得不投身天堂或地狱，或因为他感到了天堂和地狱的存在，才弃绝眼前的世界"。这样的解释能帮助我们理解他的观点，但仍无法让我们迫近诗中第四部分所渴望的那种崇高的痛苦。早在 12 世纪，克莱尔沃的圣伯尔纳曾经坚定而犀利地描绘过这种痛苦。据他的描述，燃烧的罪疚感也可以是上帝神秘的恩赐：

> 它燃烧着我们，却让我们不为所动。它甜美地烧着，让我们感到宜人的孤独。它同时也像烧去我们罪恶的火，像我们灵魂上的油膏……如果你感到了这种将你彻底改变的力量，感到了这用火烧你的爱，你须明白上帝在你心中同在。（《布道文》57）

在这里，我探究了《小吉丁》创作过程中的问题，但这并不是说第一稿不如这首诗的成稿那样伟大。1941 年 7 月的这一稿其实已经包含了终稿中的许多内容。第一稿的有趣之处，正在于其中存在一个可能比终稿还要崇高的图景，这崇高的视域或许能将艾略特此前的作品推至一个天赐的巅峰。但这个图景却是他无法实现的，个中缘由我们也只能猜想。

我一直在考虑的是，如果艾略特拖得更久一些，他的人生能否追得上他最初的构想，而如果是这样，一首截然不同的终曲《小吉丁》是否能获得同样的成功。但事实上，他急不可耐地想写完这首诗。他还有其他的事情要做，前几首四重奏通常相隔一年的间距于是显得太长了些。1941年2月，第三首四重奏发表，到了6月，第四首的草稿已经完成。一年后，他回头集中修改这首诗，在1942年9月对海沃德说："在这首诗上花费太多时间可能是危险的。隔了一段时间，最初的那种情感冲动就消失了，继续改动也就不再安全了。这一章应该结束了。"

最后一首四重奏中，那个自省的人一如既往是位隐居的修士，有点不耐烦地等着神的火焰来袭。在我们聚焦的这一幕背后，一个宗教社群渐渐映入我们眼帘。这个社群在这漫长的等待中一直居于背景，但一旦最坏的事情发生——譬如灵魂受挫——那么这里就将变成一处避难的港湾，正如查理一世在内兹比战役败北后，这位披着夜色"落荒而来的国王"就得到了小吉丁的庇护。

亲历过二战不列颠战役的人们都常谈起战时同舟共济的非凡情谊，也对共赴国难时的坚忍精神印象深刻。正是在这特殊的情境下，艾略特尝试着融入这个社群。尽管在他的评判中，英国人"并不全然值得称颂"，也尽管他们"并非近亲"，但他们的坚强和面对失败不屈不挠的精神都让他产生共鸣。艾伦·泰特（Allen Tate）曾邀请艾略特前往普林斯顿，但艾略特却在1943年3月的回信中称自己不能在战时离开伦敦。

在这个时期，有三个场景表明艾略特正试着融入社群——不是一直追捧他的精英知识分子，而是普通人的社群。在空袭哨所值班的长夜里，他和退休的印度士官通宵长谈。在"乱杂居"里，被女人环绕的生活让他学会了温馨的英式幽默，这样的家庭生活天然就是喜剧的脚本。1942年9月，米尔利斯老夫人被锁在了卫生间里，锁被卡住了。家中全员出动，聚集在门外。艾略特身为老迈的园丁之外唯一的男性，沿着梯子爬到窗子边上，却发现老夫人正不慌不忙地读着本恐怖小说。不管怎么说，从窗子上可没法救人。福尔摩斯和华生，他想，或者还能用肩膀撞开门，把老夫人援救出去。可艾略特和老园丁的肩膀都又酸又弱。老园丁拿了把铁锹撬门，但根本无济于事。狗吠着，每个人都央求每个人冷静点儿。最后是一位佣人把门摇了摇，门居然开了。

第三个与普通人打交道的场景则发生在 1941 年 8 月。在这里，艾略特扮演了一个可爱的英国怪人。他正重读《小吉丁》第一份打字稿：

> ……昨天又在火车上重读这首诗（一位小教区牧师——他没准只管着三个修女——从我肩后偷看。我不知道他心里怎么想：我手边有一把大伞，一卷吉卜林——他可能觉得我是大家现在都委婉地叫作"旅印英侨"的那类人）……

那时的他正编纂一卷吉卜林选集。正是通过这身跨内外两界的吉卜林①，艾略特找到了他相对于英格兰的位置。艾略特在编者序中称，吉卜林有一种"普遍的异国性"，然而正是这"陌异"（alien）的身份让他看得更清楚。他能感到"古老的英格兰，感到世代相继在这片土地上耕耘过、又被同一片黄土掩埋的人们，也感到了过去的当下性"。

历史往往是得胜者书写的。艾略特用以与之制衡的，则是对历史

---

① 吉卜林（1865—1936），著名英语作家，也是英语世界首位诺贝尔奖得主。他的《吉姆爷》是艾略特十分喜爱的一本书。他出生在英属印度，在英国受教育，后来又回到印度（他的生平与后来的乔治·奥威尔不无近似），在英国与南非间的第二次布尔战争（1899—1902）年间旅居南非，最终叶落归根，在英国德文郡购置庄园，终老于英格兰乡野之间。他奇崛而生动的想象，以及作品中野蛮与文明的对峙及微妙的共通，都让他的作品深受渴望猎奇的英国读者喜爱。然而，他在布尔战争中支持帝国殖民扩张的言论深受知识界诟病。在艾略特编纂吉卜林诗集的 1941 年，吉卜林早已被知识界抛弃。艾略特在 1941 年选择编纂吉卜林诗集，重振吉卜林的声名，部分原因或许是因为吉卜林诗歌中的爱国情绪在战时有着实际功用（虽然他也承认它们并非一流的诗歌作品）。但更重要的是，吉卜林永远身为英格兰的异乡人的身份让艾略特深有共鸣。在战火与密集的空袭之中，艾略特借吉卜林再次思考着自己与英美两个国家间的联结，以及在更普遍意义上移民与本土文化之间的关系。在英格兰的土地上，他们都是"身跨内外两界"的人；但同时，在艾略特看来，这种文化移民对英格兰自身的传统却怀抱更深刻的感情，也具有更独特的视角。——译注

人物失败时刻的记述。他的草稿提到了在博斯沃思原野上战败的理查三世[①]，也提到了威灵顿公爵——不是那个滑铁卢战役上的胜利者，而是 1831 年失意的政治家，那时的一群暴徒认定他是改革法令的主要反对派，于是打破了他的窗户。在面对每个人物时，艾略特都从幽暗的历史情境中抽取出纯粹的道德符号。在英格兰与希特勒孤军奋战之时，失败面前不折不挠的勇气自有其公众意义，但更重要的则是失败对于他的个人意义——战争过去多年，艾略特却仍坚持在博斯沃思纪念日往西服的翻领上别一枝白玫瑰，就说明了这一点。当艾略特将历史看作一系列"无时间性的瞬间"构成的范式时，他主观地提取出了那些与自己灵魂的特殊历史息息相关的特定场景。他暗示个人可能创造过去，正如爱默生所说："批评家的工作之一，就是当一个美好的传统尚还存在的情况下将其保存下来……但这显然并非将传统看作被时间供奉起来的神圣之物，而是将其看作时间之外的存在。"黑格尔的《历史哲学》又进一步印证了这一看法。艾略特从学生时代就一直拥有这本书，并在书上做了标记。黑格尔将历史看作永恒存在的精神的表现："精神不朽；它没有过去，没有未来，只有一个根本的现在。"对艾略特来说，"现在，英格兰"就代表着那直面失败的精神。

就当他创作这些战时的四重奏时，艾略特也在为余生中都将围绕他的光环烦恼着。从这时起，他变成了炙手可热的人物，为英国文化协会进行广播，并不断在国外讲演。在国内，他讲莎士比亚（1941 年秋在布里斯托），讲"诗歌的音乐"（1942 年 2 月在格拉斯哥）以及"经典与文人"（1942 年 4 月在古典协会）。艾略特告诉马丁·布朗，所有这些公众活动都是与《小吉丁》"孤独的劳作"为敌的"迷药"，在他看来"常常都毫无意义"。他在 1941 年秋收到去冰岛的邀请（后来因病取消了行程），又在 1942 年应邀去了瑞典。就在与瑞典半官方建交之时，他与乔治·贝尔主教一起飞往斯德哥尔摩，在那里度过了

T.S.艾略特传：不完美的一生（节选）

[①] 海伦·加德纳曾评论"理查三世与查理一世并论似乎有些奇怪"（《四个四重奏的创作》，209 页）。她对此解释说，艾略特在 1936 年阅读了乔治·艾弗里的一部关于查理一世来到小吉丁的话剧，剧中对理查三世和查理一世作了联系。

五个星期。贝尔结识了两位德国人，神学家汉斯·舍恩菲尔德（Hans Schönfeld）和迪特里希·朋霍费尔（Dietrich Bonhoeffer）：他们代表一个反希特勒组织，希望能与英国政府开展联络。贝尔主教在回国后立刻负责任地联系了外相安东尼·艾登（Anthony Eden），但外务部没能回应他们的倡议。

艾略特打算在 1941 年至 1942 年冬修改《小吉丁》，后来却不得不推迟到第二年 8 月。这一次，他重写了幽灵的预言和有缺憾的第四部分，并在 9 月 2 日把最终的成诗寄给约翰·海沃德。1942 年版的成功之处，恰在于艾略特接受了自己无法跻身神灵的事实，也不用言语的"烟幕"对此遮遮掩掩。至少在理论上，他与俯冲的鸽子（圣灵）拥有同样的血脉。①而他也在理论上将上帝命名为"爱"。"爱"的诗是《小吉丁》创作演进过程中来得较迟的部分，直到 1942 年 9 月，才在修改的最后一个阶段出现。在这段诗中，一个悔罪的人穿过炼狱的火，向那"不熟悉的名字"接近，就好像艾略特必须自己承受剧痛，而后才能为这种情感命名。在这最后的修改阶段，他确实曾试着重温烧毁的诺顿，为诗注入更温暖的感情（"谁堆起了脆弱的玫瑰花瓣？爱。"），但在最末的一次修订里，他从被他称为"脆弱"的爱处转身离开了，转向一种由折磨中生出的、更高的爱：他穿上了"这无法忍受的火衫"。

到此，这首诗仍然有所欠缺：它似乎缺了些对成就的暗示。艾略特最终增补的是两位 14 世纪神秘主义者的声音：诺维奇的茱莉安的《神圣之爱的启示》，以及将爱带入写下《不知之云》的无名氏作者心中的"召唤"。一位是心怀悲悯的未受教育的女士，另一位是渊博的学者：他们对艾略特来说象征着"神秘的两极"。

除了神秘主义者的声音，和诗歌开始时的直觉——太阳的火焰融化了冰雪——最终一部四重奏完全是炼狱式的。在艾略特看来，这瞬间的了悟和持续的忍耐之间的平衡就是他自身处境的写照。从某个意义上来说，诗的结论仍旧是阶段性的。灵魂自传永远都处于成形之中。

---

① 这里化用了《小吉丁》第四部分"俯冲的鸽子"（"Dove Descending"）一句，既指空袭中的德国轰炸机，又指圣灵。而传记原文中的"descent"一词又暗含"血统"一义。——译注

正如艾略特所有的诗作一样，《小吉丁》一直在诗歌之外的未来回响着。这个未来是诗人的未来，也是我们的未来。这首诗或许没有他最初的计划那么辉煌，但这也让它更加亲近那些人生并不完美的我们，那些无法拥有至福的人们。

《小吉丁》记述了旅程的终点／目的（end）："终点""目的""完成"的回音不绝于耳。它的"终点"或者"目的"，是在神学的正统中找到栖居。然而，我们就算不同意艾略特的信仰也不要紧，因为这部作品的伟大正在于探索的过程本身的真实。[①]艾略特并不口吐上帝的道。他只是来到那些真理显现的地方，用手指向它的方向。

这首诗的另一个"目的"，是对此前四重奏中隐含的经验的范式作出总结。这样的范式也内在于艾略特的人生之中。在早期的诗作里，从神圣的"真实"回到平凡生活不啻于横越宽阔的鸿沟带来的震荡，因为在那时的他看来，平凡生活是恶的，朽坏的，注定与精神生活相对立的。《小吉丁》的一个成功之处就在于它闭合了这一鸿沟。空袭之后，时间与无时间的两域变得近似。诗人在两地"令人惊叹"地"自在"行走。

隐含的问题——或许这又回到了困在时间之内的普鲁弗洛克无法问出的重大的问题——是如何将平凡的生活从无谓的平庸里解救出来。答案现在变得很简单：那就是层层削去当下的焦躁——感官的拉扯，时髦的讥讽，关于浮名的一派胡言——并紧紧抓住如旷野里的道一般无时间的、永恒的判决。在克伦威尔路上，来自永恒的幽灵出现了，他以艾略特先知般的声音说话，并与艾略特自己迎面相逢。他的出现正表明无时间与时间的交汇——如果我们有悟性看出这一点的话。

艾略特在《小吉丁》中做的一切都是为了我们：在它的每一部分

———————

① 艾略特 1929 年关于但丁的随笔中写道："在哲学的信仰和诗性的赞同之间是有区别的。"（《文集》218 页）1932 年 12 月，在波士顿国王教堂的圣经演说中，他提醒教众们欣赏但丁的诗歌不一定要采纳但丁的信仰，尽管要充分欣赏但丁的伟大，还是应当对他的信仰有所理解。后来，艾略特在 1945 年于巴黎的一篇未发表的讲稿中又重申了这一点。在他看来，卢克莱修和但丁都无心说服读者采纳他们的信仰，但都传递出了持有某种信仰时的感受（见演讲《诗人的社会角色》：一份英文翻译稿存于剑桥国王学院的海沃德遗赠资料室）。

里，无时间的永恒都刺透了日常生活熟悉的表面。它隐藏在英国乡村的猪圈背后，铺满灰烬的伦敦街头，以及海浪中间的寂静里。它是永久的存在——而这一点，艾略特自儿时在安角的海滩上就知晓了。有了对这一点的觉知，一个普通的人生也可能从此蜕变。这就是《小吉丁》乃至作为整体的《四个四重奏》的"目的"：这并不亚于再度创造我们的存在。

艾略特重筑了一个真实的场所，将小吉丁重塑为一次人生蜕变的范本，正如他先祖梦中那个将为世界所师法的、神圣的社会。相比于艾略特冰冷的火焰，小吉丁本身倒是次要的，这团火只是借由艾略特对小吉丁造访的回忆——5月末"风和日丽的一天"——而燃烧。在寄给波士顿的珀金斯的信中，他称这一天为1936年春季里唯一的一个好日子。

小吉丁只代表了能够纳受永恒的一种生活的样态。它从旧日之中向未来投射出了一种人生的形状：这人生像是一个完美的容器，等待圣灵的充满。诗中词语的律动必定是上帝燃烧的箴言之外的另一种选择，正如此后，在一个每时每刻都在燃烧的人生之外，奉神的人生与重复的仪礼成了艾略特的另一个选择。一种古典的语言，精确、有序，对旧与新都保持敞开，容纳着思想与感受的细微之处——这样的语言或许能像人生一样，成为臻于完美的容器，容纳着无时间的永恒。

*

1937年，在一篇未发表的讲稿中，艾略特提到有一类情感的模式让人的行为逸出他性情的边界，转而遵循某种隐藏的、神秘的律令。《四个四重奏》所依从的种种情感就逸出了我们通常熟悉的人类情感的边界，虽然我们也自有我们的暗示和猜测。从草稿可以看出，这些情感多来自诗人的生活，反复的修改则体现了艾略特对这些私密内容的控制：他保留下来的刚好使这首诗因为有了个体的挣扎而灵动起来，但这挣扎又被收敛在理想的范式之下。艾略特并没有沉浸于挣扎本身，他从中灵巧地抽取了永久的意味，又近乎无情地将他的人生像一层空壳一般蜕下，好让它成为我们看到的这完美的人生。

在这试验中，三种形式的人生层层套叠。起先一层，是平行的近似：在此前的世代里一再反复上演的人生和奉神的人生里仪式的重复。与之并存的，是一条充满热望的、进取的线：这与皈依后的人生的线性形态相吻合，这条线一边衔着荒野中的磨难，一边连缀着幻景中的应许之地，圣杯，或是天上之城。然而艾略特的旅程在它的起点结束。它最终的形态是环形的。在为蜕变付出努力之后，艾略特却意识到这新的面貌早已蕴含在了他的起点之中。只要他忠于儿时对存在的觉察，那么他就从未改变。那乏味的重复之轮似乎曾暗示着存在的虚妄，如今却消隐成一个环，成为了单一而纯粹的存在，自足，完满，正如艾略特最终回归了他在美国的童年时代，试图重获旧日的简单与纯真。从相反的角度回视，这一自传性的圆环同样也是完整的，艾略特"返回"英格兰的旅途补足了安德鲁·艾略特驶向新大陆的"前行的路"。艾略特曾设想让生命结束在东科克尔村祖先的土地上，他的骨灰现在也确实长眠于此。这样的安排比他的诗还要工整。平行、线条和圆环构成了一个抽象的图案，但这图案却提纯自实实在在活过的人生。

将《四个四重奏》作为整体阅读会带来积少成多的效果，正像体验一曲伟大的音乐。四首诗像音乐一样拥有固定格式：每首四重奏都始于艾略特生命中的真实经验；位于中心的都是某种行动或旅程；都以与语言的搏斗结束，这搏斗也近似于为完美人生做出的努力。然而，《四重奏》在渐进与堆叠之中，传达了一类比格式的重复更加深刻的统一，一种超越了人类、又让他希望以格式为其精确赋形的范式。通过接连相继的诗歌，艾略特讲述了他发现这一格式的过程。一切都始于直觉的闪念。接下来，他一丝不苟地在经验中验证直觉：他自己人生的经验，他人在其他时代的经验。那最为核心的直觉来自他的童年，这直觉并非是他刻意寻找的，只是"在遥远的陆地，遥远的海上／听到的，隐约听见的，寂静"（来自第一稿）。①探险把他带回了童年的旧日，让他重新拥抱那些直觉，拥抱它们背后那些死去的人，那些竭

---

① 这两句曾是最初的结尾。后来，"遥远的陆地，遥远的海上"被替换成"在两潮的间歇"，讲究炼句的约翰·海沃德询问可否存在海浪之间的"寂静"（silence）。艾略特于是将这个重要的词换成了不那么醒目的"静止"（stillness）。

力在人生中涤清罪恶的先祖。他们说着：

> 我们与死者同生；
> 瞧，他们回来了，与我们一同归去。

伊迪斯·西特韦尔曾打算从《四重奏》中选取一首编入选集，于是向艾略特去信："我不知该向您索要哪一首四重奏（我每选出一首，就想把另外几首也一并选入），这让我太为难了。"①尽管四首诗分别发表（最后一首《小吉丁》也在1942年10月独立发表），但正像西特韦尔所感到的那样，它们构成了一个整体。完整的组诗于1943年5月11日在美国首印，过了18个月才在英国出版。艾略特曾提到这四首诗渐入佳境，"第四首是最好的"。在一次采访中他告诉海伦·加德纳，在自己所有的诗里，《小吉丁》最经得起准确达意的考验。而正像她评论的那样，这样的满意在艾略特的自我评价中无出其右。"《四个四重奏》：我就靠它们了"，在1959年最后一次重要的访谈中，艾略特就曾如此表示。在谈话里他也说过同样的话："我的声名端赖于此。"

在艾略特的早年，灵肉之间横亘着鸿沟，荒原与雷恩所建教堂的白色塔楼之间横亘着鸿沟。随着诗歌在颠簸中移步换景，两极的对立似乎无法弥合。在《四个四重奏》中，时间与永恒之间的对立在艾略特寻找到的交汇点上得到了解决，这些交汇点寓于艺术之中，基督的生活之中，以及教堂之中。

1931年3月28日，艾略特在给斯蒂芬·斯彭德的信中写道：

> 我的留声机上响着［贝多芬的］A小调四重奏，我感到这部作品的深意是无穷的。在他的晚期作品中有一种天堂般的、至少比人类更高明的欢乐。我猜这是在巨大的苦难后降临于他的、由和解或宽慰结下的果实；在我死前，我希望能用诗写出这样一类作品来。

---

① 她最终选了《烧毁的诺顿》。

在青年时代，艾略特大胆地希冀着天堂的至福（"你的心灵……/会欢快地响应，听命于/那节制的手"），但成熟的艾略特必须满足于和解与宽慰。在《四个四重奏》最后的几行，他把手伸向（虽然无法触到）受苦与神性的爱之间的和解。这是火与玫瑰的合一。在这里，那"无法想象"之物得到了吐露：那相对立的，却同为上帝赐予的感官力的并存。艾略特敢于对他渴望的、"真实"的感受加以阐述，或许某一天，这样的"真实"会再次唤醒完美的人生——却并不一定是他自己的人生。他曾引述道，真正的艺术家"明白自己仅是一个情感的容器，从中啜饮的将是他人——而非他自己"。

结尾的数行不仅是《四个四重奏》的终章，也是艾略特整个诗歌创作的终曲。他的作品一再地力图阐释一种范式，为我们稍纵即逝的存在赋予意义，并令我们的存在与我们之外的世界相互和解。他说，艺术的功用是通过对生活施加某种秩序，让我们对人生的秩序有所感知。

然而，除非这秩序触碰到读者的人生本身，否则它就是没有生命力的。据战时曾在伦敦服役的美国小说家玛丽·李·塞特尔（Mary Lee Settle）的回忆，当生活中真的布满"浮悬在空中的灰烬"，成排毁弃的房子像空壳般矗立，屋内的墙纸沾满雨点时，《四个四重奏》引起了轰动。艾略特在人们排着队领取日需口粮，每日承受着丧亲之痛时，"将他想告诉我们的、超越了庸常的失望与无望的话语，都奇妙地精炼成了钢一般的诺言"。在与多舛的年月的赤手相搏中，四重奏的第一代读者热烈地响应着那"非凡的胆魄"许下的复苏的诺言。她记得在那个时代，他成了"我们教堂之外的神父"。

《四个四重奏》也获得了来自其他时代的读者的欢迎——当我们忽然"感到了那只能在余光中瞥见，却从来无法全然聚焦的感受……在这样的时刻里，我们触到了那唯有音乐能够表述的、感受的边界"。艺术家手底的节奏和秩序将我们带到"静止与和解"的情景中，而此后——艾略特继续说——又必须"像维吉尔离开但丁一样离开我们，让我们只身前往那向导无法导引之域"。

艾略特的确只身踏入了一片新的地域。那是在秋季的空袭之后，或许是 1940 年 9 月 7 日至 11 月 2 日间伦敦每晚遭受轰炸的一段日子。

"那的确是秋天。"他在 1941 年 8 月对海沃德说。在悚然的寂静里，仍然活着的诗人望见了不朽之中的复合幽灵，他现在知道自己终将跻身他们的行列。在战争遭遇失败之时，他们一起漫步在街市的废墟之中，漫步在艾略特自身时代之外的炼狱当中。就这样，他超越了个人的试炼，获得了一种超验的镇静。这镇静来自诺维奇的茱莉安，一个智慧的女人。她从同样历尽劫难的世纪走来：

> 一切都会平安无事
> 世间万物都会平安无事。

获奖译作《奥麦罗斯》译者杨铁军

杨铁军简介：

　　杨铁军，诗人。山西芮城人，1988年考入北大中文系。1995年北大世界文学硕士毕业，赴美国爱荷华大学攻读比较文学博士，后退学从事软件咨询开发工作。出版有诗集《且向前》《和一个声音的对话》。翻译著作包括弗罗斯特《林间空地》，希尼《电灯光》，佩索阿《想象一朵未来的玫瑰》（获选2019年深圳读书月"年度十大好书"），休斯《诗的锻造》，沃尔科特《奥麦罗斯》（获得2019年袁可嘉诗歌奖·翻译奖，第八届鲁迅文学奖翻译奖）、《阿肯色证言》等。

获奖译作《奥麦罗斯》作者德里克·沃尔科特

德里克·沃尔科特简介：

德里克·沃尔科特，诗人、剧作家、画家。生于圣卢西亚的卡斯特里。先后就读于圣玛利大学和西印度的牙买加大学，后来在波士顿大学教授文学。代表作有史诗《奥麦罗斯》，短诗集《阿肯色证言》《白鹭》，散文集《黄昏的诉说》等，是国际作家奖、史密斯文学奖、麦克阿瑟奖、艾略特诗歌奖等的获得者。其作品多探索和沉思加勒比海地区的历史、政治、民俗和风景。1992年，他因作品"具有伟大的光彩，历史的视野，献身多元文化"获得诺贝尔文学奖。曾被布罗茨基等誉为"加勒比地区伟大的诗人"。

获奖感言

非常荣幸能够获得第八届鲁迅文学奖翻译奖，感谢鲁迅文学奖评委会的肯定！从来没有想过自己会获得鲁奖，听到入选提名，本来已觉得很不容易了。没想到两天后，真的获得了这个荣誉。

《奥麦罗斯》是一本伟大的书，为沃尔科特赢得了广泛的声名。不管哪个诗人，"经过一番沉思"之后写出这样的作品，都有资格像保尔·瓦雷里那样喟然而叹："多好的酬劳啊。"如今，沃尔科特已经可以安心地"放眼远眺神明的宁静"，不管什么荣辱，都已和他本人无关。但是，他最个人化的声音，却已经被压缩，写入人类记忆的磁粉里，如果愿意，任何人都可以用耳朵凸起的磁头，去播放、去倾听那个从大海呼啸中涌起的声音，没有时间限制。

但在现代社会的各种噪声中，听到一个诗人的声音已属稀奇，听到一个遥远的加勒比海诗人的声音，更加需要一个人具备特别的"同情"心和辨识力。沃尔科特的声音虽然强大，但隔着文化的海洋，抵达中文世界的大陆，那一浪一浪的潮汐声，微弱到几乎听不见。然而你们听到了，你们辨认出了那个声音，你们的脑海里还原了那个声音。这可能是我们现代社会一个不大不小的奇迹，因为我们很多时候，自以为见多识广；生活里的奇迹，如果有的话，也已混同于日常，顶多成为一种可有可无的装饰。我们很难在"岁月静好"的自我陶醉下，跟随冯至的"风旗"飘扬，获得一种激动，把握"一些把握不住的事体"。

我翻译《奥麦罗斯》，就是为了把握这个声音。我想听到沃尔科特听到的，也想把我听到的声音呈现在中文的混音器里，让中文的高音区多一个和声，让听不到的人听到，让听而不闻的人驻足、侧耳。我很清楚，诗歌写作和翻译，就是要把不可能变成可能，从根子上，从定义上就已经是失败，然而，如果不是过于亵渎的话，我想说，这个事业几乎是人类活动中唯一其本身同时也是胜利的失败。

翻译《奥麦罗斯》是一个艰难的过程，其间经过了太多次的修改、定调，如切如磋，如琢如磨。终于一天，所有的混音在脑海里凝成一个形象，我忽然听到了那个声音，感到了一种不可言说的喜悦。我知道，我终于找到了。那个飘忽不定的声音，一旦涌起、成形，就再不可能丢失了，因为它是那么具体可感，仿佛海浪在呼啸，不容忽视。但这和神秘没有关系，不过是以最艰苦的努力，从"柳暗"之处找出"花明"，从"疑无路"中找出"又一村"罢了。阅读这部史诗可能也需要经过类似的劳作吧！

谢谢大家的聆听！

奥麦罗斯（节选）

（圣卢西亚）德里克·沃尔科特著　杨铁军译

第一章

一

"就是这样，我们砍倒它们，凿独木舟，
时辰呢，是黎明"，菲洛可提提①笑对那些
想用照相机摄走他灵魂的游客说。"风

一把消息传递给肉月桂②，叶子便开始
颤抖，正当阳光之斧，砍入杉木的一瞬，
因为它们能看到，映在我们眼中的斧刃。

风掀起了蕨类植物。阵阵的呼啸，如同
渔民赖以为生的大海，蕨类点头，'是的，

---

① 菲洛可提提（Philoctete），加勒比海的渔民，与荷马史诗中的菲罗克忒忒斯（Philoctetes）
　有主题上和身世上的对应关系。
② 肉月桂，原文 Laurier-cannelle 由两个法语词汇组成，月桂－肉桂，是圣卢西亚特有的
　树种。

那些树，必须得死'。鉴于高地上寒冷，

我们把拳头塞入外套，呼出的气息如
迷雾的羽毛，朗姆酒在我们之间传递。
酒劲一来，便豪气顿生，变成刽子手。

我举起斧子祈祷，让双手鼓满了干劲，
去害第一棵杉木。露水注入双眼，但
我又灌了一口白朗姆酒。我们这才继续。"

如果再多给点硬币，他便会在榄仁树下，
伴随海螺袅袅升起的呜咽，把一条裤腿
挽起，给他们晒他被生锈的铁锚扎破的

伤疤。伤疤皱巴巴的，跟海刺猬的头冠
差不多少。他没解释伤口是怎么痊愈的。
"要听的话"——他笑说——"一块钱哪够"。

自从高大的月桂倒下，他便把自个儿的
秘密，交给一道喋喋不休的瀑布，随之
飞流直下女巫山①；让地鸠求偶的鸣叫

传送给沉默的蓝山，七嘴八舌的山间
溪流，迸溅着，携带这音符汇入大海，
却注入平静的池塘，透明的鲦鱼倏然

而游，一只白鹭在芦荡中高视阔步，发出
生锈的嘎嘎声，一条腿抬起，在泥浆里
一啄一啄。寂静被一只蜻蜓锯成两半，

---

① 女巫山（La Sorcière），圣卢西亚岛靠近东北海岸的一座山。

清澈的沙床上，鳗鱼蜿蜒签写它们
各自的名字，这时日出照亮河流的记忆，
巨蕨一浪一浪，朝着大海的呼啸点头。

尽管烟雾忘掉了它从中升腾的大地，
荨麻掩盖了月桂砍倒后残留的树坑，
一只鬣蜥却听到斧头的声音，每一轮

晶状体，都因它被遗忘的名字而模糊，
那时，这座拱背岛，还叫"伊奥那劳"，
即"发现鬣蜥的地方"。鬣蜥却不慌不忙，

只一年便撑起背藤，颈下垂肉扇形展开，
肘部弯曲好像叉着腰，随着岛屿，移动
它慎重的尾巴。它的眼睛似裂开的荚壳，

历经百年一瞬的停顿，最后成熟，直到
一个蜥类不理解、堪与树匹敌的新族类
直立，在阿鲁瓦克人①的腾腾烟雾中站起。

倒下的是它们的支柱，露出蓝天一角：
原来的多神殿，现在却住了个唯一神。
最早的神是一棵高米尔树②。沉闷的

发电机开始闷吼，鲨鱼张开两侧牙床，
木屑纷飞，如鲭鱼跃出水面，落到
颤抖的杂草中。他们抬起还在震荡的

---

① 阿鲁瓦克人（Aruac），南美印第安人，是圣卢西亚最早的土著。
② 高米尔树（Gommier），一种桦木。

奥麦罗斯（节选）

59

灼热锯片，检查它刚才锯出的口子。
然后，刮去坏死的苔藓，把缠绕住
伤口、勾连大地不放的藤蔓，清除

干净，然后点了点头。发动机颤抖着
恢复工作，木屑飞溅的速度，因鲨齿
咬合更均匀，大大加快。他们捂着眼，

生怕被粉碎的巢打到。香蕉园上空，
岛屿耸起了它的双角①。日出的光线
顺着它的峡谷流淌，鲜血溅在杉木身上，

林子里，溢满了一片献祭的阳光。
一棵高米尔树嘎嘎裂开。支柱没了，
只剩一树叶子如大块油毡。渔民们

听到嘎嘎声往后跳开。桅杆缓缓
倾斜，倒入蕨类的沟里；脚下袭来
大地的震动，阵阵波动随之退散。

二

阿喀琉仰望月桂树倒下空出的洞。
一朵堪比排浪的云朵，泡沫翻卷，
默默愈合了洞口。他看到那只雨燕，

远离家园的小可怜，穿过云浪，

---

① 这里指的是圣卢西亚西南海滨的大皮通山（Gros Piton）和小皮通山（Petit Piton），高耸如耸起的双角。这个角的意象或比喻，在后文多次出现。

迷路于蓝岭起伏的波谷。一条蒺蔓
缠住他的脚。他挣脱羁绊。周边，

别家的舟楫在锯子下成形。他用弯刀
画了一道雨燕十字，拇指触碰嘴唇，
这时，高地上充斥斧头的砍劈声音。

他举刀从那死去的神身上砍削枝干，
一节节劈断，同时却也没耽误祈祷：
"树啊！你成不了独木舟，一无所是！"

那些老树胡须披拂，忍受这场针对
部族的大屠杀，没发出它们作为一个
民族，曾使用过的语言的任何音节，

教给它们的小树苗的话语：从杉木
那高耸的低语，到墨水树①的绿色元音。
轻木②钳紧嘴唇，对肉月桂保持沉默，

红皮的洋苏木③忍受它的肉中之刺，
而树脂篝火用卷舌把叶子烤得焦黄，
阿鲁瓦克方言，在那刺鼻的气味里

噼里啪啦烧成灰烬，它们的语言
消逝了。渔民们欢呼着好像野蛮人，
跳过刚砍下的树。神终于被砍倒了。

奥麦罗斯（节选）

---

① 墨水树，又称杨苏木，原文 bois-camp ê che 是法语，可以提炼出黑色和紫色的染料。
② 轻木（bois-flot），亦即 balsa，速生树种，可以长到 30 米高。
③ 杨苏木（logwood），亦即上文的墨水树。

侏儒般矮小的他们，却砍下巨人的
皱皮躯干做成桨橹。他们辛勤劳作，
密密麻麻的，如一支火蚂蚁的军队。

不满于烟雾对森林的伤害，蚊子
纷纷射出吹箭，扎进阿喀琉的身体。
他用朗姆酒擦两膊，保证被他拍作

星号的蚊子，死了也是醉醺醺的。
它们扑击他的眼睛，绕着圈攻击，
逼得他闭眼，流泪不止。一大团

飞上高竹，如阿鲁瓦克箭手逃避
毛瑟枪响似的伐木开裂声，被火焰
之旗和劈枝斩叶的无情之斧压缩出

一条通道。人们用鲜麻绑住粗木，
然后蚂蚁般把木头拖至悬崖，推下，
碾过高高的荨麻。缠藤挂蔓的原木

积攒了一辈子，本是与生俱来的
对大海的饥渴。树干急欲成为独木舟，
犁入荆棘的巨浪，用圆石砸出洞来，

感受其体内的使用价值，而非死亡——
成为船壳，大海的房顶。然后在海滩上
被人们用锛子凿成中空，塞入煤炭。

一辆平板卡车运送其缠绳的躯干。
好些天，炭在凿孔里闷烧，蚀去
木心，灼宽后，始有棱条的船舷。

阿喀琉感到这中空，在凿击中吐息，
渴望大海，船首的尖喙分开水面，
冲向鸟群荫蔽、雾霭轻锁的小岛。

事情就这样成了。沙滩上，平底船
如猎犬蹲伏，嘴咬嫩枝。神父用钟形
法器给它们洒水，然后画雨燕十字。

他嘲笑阿喀琉的"吾人信痒上帝"号[1]，
阿喀琉说，"别管我！上帝咋拼我咋拼"。
一天日出，弥撒之后，独木舟先后进入

披着白罩袍的浅海，上下颠簸，船首
迎着波浪点头同意，忘记为树的岁月；
一个效劳赫克托，另一个，阿喀琉斯[2]。

三

阿喀琉在黑暗处撒完了尿，拴好
遭海风侵蚀的半开门。一手如蟹钳
把鱼缸夹起；他把这煤渣踏脚砖

---

[1] 阿喀琉文化水平不高，把信仰 trust 错拼成 troust，所以这里也故意把"信仰"翻成"信痒"。当代西方文学理论主张，对殖民者的语言（英语）的错拼，包含了被殖民者对殖民者"高雅"文化的下意识"低俗化""模糊化"，因此构成了对殖民话语权威的侵蚀和反抗。有后殖民主义学者甚至认为在当今的后殖民语境下这是唯一可行的反抗方式。

[2] 阿喀琉斯（Achilles），荷马史诗中的希腊英雄，本书主人公阿喀琉（Achille）和阿喀琉斯显然有对应关系，这里作者提到阿喀琉斯并不是拼写疏忽，而是明确建立了两者之间的对应关系。后文还有少数几处作者会明确提到阿喀琉斯，所以译者把 Achille 翻译成阿喀琉，而不是以其对应关系，翻译成阿喀琉斯，正是出于在建立联系的基础上，区别两者的目的。

藏回草屋下的洞里。快到仓库时，
咸腥的晨风吹着他，走过灰蒙蒙的
街道，两旁沉睡的房子，街道的

钠气灯，嚓嚓踩过干涩的沥青；
他数着那几颗小星星，蓝光闪烁。
香蕉叶冲着公鸡波伏浪涌的怒火

点头，尖利的打鸣如红色粉笔
在黑板上画山。海浪如他的老师，
等在那儿，冲他谨慎的步态发火。

他们在水泥房的墙外碰头之际，
晨星已退却一步，只因厌恶渔网
和死鱼内脏的恶臭。头顶的阳光

刺眼，海平线乍现。他把渔网
放到仓库门边，在池子里洗了手。
海浪并不喧哗，瘦骨嶙峋的狗

也静卧独木舟旁，一瓶苦艾酒
在渔民之间传递，他们咂巴着嘴，
酒的苦树皮味让他们浑身发抖。

这是阿喀琉最感幸福的天光。他们
抓紧船舷之前，先是肃立，把大海
全部的宽度纳入，感受新的一天。

获奖译作《我的孩子们》译者陈方

陈方简介:

　　陈方,文学博士,中国人民大学外国语学院教授,先后出版专著《当代俄罗斯女性作家研究》《俄罗斯文学的"第二性"》,译著《文学肖像》《库科茨基医生的病案》《异度花园》《第二本书》《一个欧洲人的悖论》《我的孩子们》等,并在《俄罗斯文艺》《外国文学评论》和《外国文学研究》等期刊发表多篇学术论文。译著《第二本书》获2017年单向街书店文学奖,《我的孩子们》获2020年俄中文学外交翻译奖第一名。

获奖译作《我的孩子们》作者古泽尔·雅辛娜

古泽尔·雅辛娜简介：

古泽尔·雅辛娜，当代俄国女作家，1977 年生于喀山，毕业于国立喀山师范大学外语系，1999 年起定居莫斯科，从事公关、广告、市场营销等方面工作，2015 年毕业于莫斯科电影学院编剧系。自移居莫斯科后，古泽尔·雅辛娜陆续在《涅瓦》《西伯利亚星火》《十月》等杂志发表中短篇小说。她于 2015 年发表的首部长篇小说《祖列伊哈睁开了眼睛》一炮打响，在很短时间里相继获得"亚斯纳亚·波利亚纳奖""大书奖"等一系列文坛最高奖，成为 2015 年俄国文坛最大赢家。2018 年，雅辛娜凭长篇小说《我的孩子们》再次获得"大书奖"等俄罗斯最权威文学奖项，在读者和评论者之中掀起热烈反响。2020 年，作家推出新作《开往撒马尔罕的列车》。

我的译作，我的"孩子"

——获奖感言

陈　方

　　1958 年，帕斯捷尔纳克得知自己获得诺贝尔文学奖后，用"感激，感动，自豪，吃惊，惭愧"这一连串词语表达了他的心情。如果可以借用我喜爱的这位诗人和作家的表达，用来描述我听闻自己获得鲁迅文学奖翻译奖那一瞬间的感受，那么我或许会再添加上两个词，那就是"意外"和"忐忑"。意外，是因为在做任何一次翻译之前，我从未期待过它会给我带来任何实际的回报，假如说有一点功利和私心的话，我仅仅是希望每一部译作都能让更多人看到，希望自己细读、揣摩、转换成汉语的每一行文字都能得到更多人的共鸣。鲁迅文学奖对于我是一份意外的奖赏，是我未曾奢望过的荣誉，我觉得对于得到它，我还不够资深，不够著作等身，不够优秀，或许，还不够年长……我的"忐忑"也由此而来，况且，即便在俄语译者这一并不大的圈子里，就有很多人比我更配得到这一荣誉。

　　《我的孩子们》是我的幸运之书。2020 年 10 月，我因它获得了首届"俄中文学外交翻译奖"，这一年，恰好距我的翻译处女作中篇小说《黄色箭头》在《世界文学》杂志上刊发二十年。二十多年间，我的身份发生了很多变化，我从一名博士生变成了高校教师和俄罗斯文学研究者，从一位战战兢兢、老老实实的翻译新手，变成了试图在作者风格和译者自由间寻找平衡的不那么"听话"的"老手"，我努力在研究和翻译这二者之间寻找它们美妙邂逅与共振的场域……这些年间，我成为了妻子、母亲——记得 2005 年初，我怀着身孕，完成了当代俄罗斯女作家彼得鲁舍夫斯卡娅中篇小说《夜晚时分》的翻译。此刻回想自己的一篇篇译文，一部部译作，似乎也像是一个孕育的过程，每一份文字——让你或许得意，或许遗憾，它永远未完成，永远离完美有一点点距离——其实都是"我的孩子",你为它难受过,为它快乐过,但最重要的是,你和它一起成长,一起改变,我们相互成就,彼此见证。

无独有偶,我做的研究是俄罗斯女性文学,我翻译的两百余万文字中,只有不到四分之一出自男性作家之手,其余均为女性作家作品。很难说女性译者在研究和翻译同性别作家时是否有什么优势,做出这样的推测似乎也过于感性。但是,当我在《我的孩子们》中读到这样的语句:"只要他夜里抱着安娜坐上两分钟,整个世界的美好就重新向他开启……他感觉到大地流出了咸水和淡水,树木和花草积攒了满身的能量,感恩地发芽和开花……"我能立刻感觉到同样身为母亲的作家雅辛娜笔下流淌出的温柔和怜爱,而我在翻译这样的文字时,似乎就能和作家有更多的共情。或许,身为一位女性译者、女性研究者,更容易在女性作家笔下的世界中找到相同的抑扬顿挫和曲折起伏吧。

就像《我的孩子们》中所写的那样,每一个孩子长大后都要离开童话般的家园,进入到一个"大世界",我的每一部译作也终将离开我,开启它自己的生活道路,而对于它,遇到一位能够打开它、读懂它的读者,就是它最好的命运安排,而获得像鲁迅文学奖这样的荣誉,则是命运给它的额外眷顾。

感恩!感谢!

我的孩子们（节选）

（俄罗斯）古泽尔·雅辛娜著　陈方译

献给我的外公，一位乡村德语教师

妻　子

一

伏尔加河把世界一分为二。

左岸低矮，一片嫩黄，平缓地伸向草原，每个清晨太阳都从这里冉冉升起。这一侧的土地味道苦涩，被田鼠钻得坑洼不平，草，又高又密，树，低矮稀疏。一块块农田和菜地伸向地平线，像巴什基尔人的毯子一样五颜六色。星星点点的村庄紧贴在水边。草原上总是飘来阵阵温润的清香，那是土库曼沙漠和咸涩的里海的味道。

对岸的土地什么样，谁都不知道。右岸层峦叠嶂的巍峨山峰就像被削了一刀，从右侧垂直插入水中。岩石中间，涓涓细沙顺着岩壁落下，但山峦并未因此损失高度，而是一年比一年更加陡峭挺拔。夏天，稠密的森林把群山染成深绿，冬天则一片洁白。山后是太阳落下的地方。远处，在山的那边，生长着大片森林，有凉润的冬青林和茂盛的针叶林，还耸立着一些俄罗斯大城市和它们白石头建造的内城，还有沼泽和几片碧蓝的湖，湖水像冰一样冷。右岸永远山寒水冷，那是因为遥远的北海在山后散发出阵阵凉气。有人按老习惯把它称作大德意志海。

雅科布·伊万诺维奇·巴赫老师在伏尔加河水面的正中央，也就是波浪泛着钢铁的光芒和黑银的光芒的地方，感受到了两岸的不同。能与他分享稀奇古怪想法的人并不多，可就连这些人也困惑不解，因为他们更愿意把处于伏尔加河平原包围之中的格纳丹塔尔^①看作小宇宙的中心，而不是一个边缘地点。巴赫不愿意和他们争辩——随便表达点儿什么不赞同的话都会让他难过。就连在课堂上训斥懒学生也让他感到不舒服。或许正因如此，人们才觉得他不过是个很平常的老师。巴赫慢声细语，身材瘦弱，而他的外表如此普通，简直微不足道。不过，他的全部生活也是一样，乏善可陈。

每天早晨，星星还闪亮的时候，巴赫就醒了，他躺在绗过的鸭绒被里，倾听世界的声音。他周围和头顶的某个地方，别人的生活喧哗嘈杂，听起来让人感到心安。风吹过屋檐，冬天它裹挟着雪和冰粒，沉甸甸的，春天它轻快欢跃，飘散着潮湿和闪电的味道，夏天的风无精打采，是干燥的，夹带着灰尘和轻盈的针茅草种子。狗吠声此起彼伏，那是它们在欢迎走出门口的主人们。牲口走在去饮水池的路上，叫声低沉（勤劳的村民们永远不会让犍牛或者骆驼喝桶里的隔夜水或融化的雪水，而是立刻赶它们去伏尔加河边饮水，这是头等大事，要在落座吃早饭和忙活其他事情之前完成）。女人们在院子里扯开嗓子唱起长调，不知是想给清冷的早晨来一丝点缀，还是担心自己尚未睡醒。世界在呼吸，在炸裂，噼噼啪啪，呜呜噜噜，叮叮咚咚，发出各种声音，唱着不同的声部。

巴赫自己的生活发出的声音如此贫乏微弱，他早已听不见了。房间里唯一的窗户一刮风就吱呀作响（去年就该镶一块更好的玻璃，用骆驼毛塞紧窗缝了）。年久未清理的烟囱咔嚓咔嚓响。偶尔有一只灰老鼠在炉子后面的某个地方吱吱叫（虽然这可能只不过是穿堂风钻进地板缝的声音，老鼠早就死了，给蛆虫当粮食了）。这，大概就是全部的声响。倾听大生活要有趣得多。有时候听得入迷了，巴赫甚至忘了

---

① 译自德语 Gnadental，意为"富饶的河谷"。——原注

自己也是这个世界的一部分，忘了他也可以走出家门，加入这多声部合唱，大声唱出点什么热情激昂的调子，比如定居点的村民经常唱的《Ach Wolge! Wolge!》[1]，或者砰的一声把大门撞上，最不济打个喷嚏也行。但巴赫更愿意倾听。

早晨 6 点，穿戴梳洗完毕，他已经手握怀表，站在学校的钟楼门口了。等两个指针走成一条直线——时针指向 6、分针指向 12 时，他就用尽全力猛拉绳子，敲响青铜大钟。经过多年的实践，巴赫练就了一个本领，他能让钟声正好在分针一走到表盘最顶端的时候响起。一听到钟声，巴赫知道，聚居地的每个居民都会转过身来，摘下礼帽或圆帽，低声简短祈祷。新的一天就在格纳丹塔尔村开始了。

老师的职责包括每天敲钟三次：6 点、中午 12 点和晚上 9 点。巴赫觉得，钟声是他为身边回旋的生命交响曲做出的名副其实的唯一贡献。

等最后一丝颤音从大钟上消散，巴赫就跑回学校。校舍是用上好的北方梁木建造的（移民们买的是浮运的木材，从日古利山甚至更远的喀山州顺伏尔加河漂来的）。地基是石头的，用土坯进行了加固，而房顶则赶了时髦，用铁皮替代了干裂的木板。每年春天巴赫都把窗框和大门漆成浅蓝色。

校舍很长，每侧有六扇窗。教室几乎占据了整个内部空间，教室侧面给老师隔出了一个小厨房和一间卧室。一台主采暖炉也在这一侧。它的热量不够宽敞的教室取暖，于是靠墙根又搭了三个小铁炉，因此教室里永远飘着一股子铁皮味，冬天是烤铁皮味，夏天则是湿铁皮味。校舍另一端的教师办公室高出一截，它前面是一排排学生的长椅。第一排叫"小毛驴座"，给年纪最小的坐，也给那些表现和勤奋程度让老师操心的学生坐，后面坐的是高年级学生。教室里还有一张大黑板，一个塞满纸张和地图的柜子，几把大尺子（通常不做直接用途，而是用来教训人），俄国皇帝的画像（这完全是教学督查命令他们挂上去的）。应该说，这幅画像平添了很多没必要的麻烦。买完画像后，村长彼得·季特里赫不得不订阅报纸，上帝保佑，可千万别错过了皇上在

我的孩子们（节选）

遥远的彼得堡即位或退位的消息，委员会再来检查时可不能丢脸。以前消息从俄罗斯人的俄国传到聚居地的时候，晚得不可救药，就好像村子不是位于伏尔加河流域的腹地，而是在帝国的边陲，所以丢脸的事还是很有可能发生的。

有一阵子巴赫想用伟大诗人歌德的画像来装饰墙壁，但这个想法彻底没能实现。经常去萨拉托夫出公差的磨坊主尤利乌斯·瓦格纳答应了他，说那好吧，"要是小铺里有的卖，我就去那儿把作家给你找来"。不过磨坊主不怎么爱好诗歌，对他那位伟大同胞的外表也懵懵懂懂，所以遭到了毫不留情的欺骗，卖旧货的骗子塞给他的不是歌德，而是一幅劣质画像，上面画着一个面色苍白的贵族，穿着一件样式难看的花边领衬衣，唇髭浓密，蓄一把山羊胡，他最多有点像塞万提斯，那还得是光线微弱的时候。格纳丹塔尔村有一个画师叫安东·弗洛姆，他擅长画箱子和碗柜，他建议涂掉唇髭和山羊胡，在画像下方，花边领子底下，用大一点的字体写上"歌德"，但巴赫不同意造假。于是，学校一直没挂歌德，而那幅倒霉的画像送给了画师，架不住他一而再、再而三的求情，据说是为了"激发灵感"。

完成敲钟的使命后，巴赫就去给炉子加火，得在学生们来上课之前把教室烧暖，然后他跑回自己的小屋里吃早饭。他早晨吃的什么，喝的什么，说实话，没什么可汇报的，因为他对此毫不在意。有一点是比较确定的，巴赫喝的不是咖啡，而是一种"像骆驼尿一样的红褐色液体"。季特里赫村长就是这么说的，五六年前，他一大早去找老师问一件要紧事，和他一起吃了早餐。从那时起，村长再也没去吃过早饭（老实说，谁都没去过），但巴赫记住了那句话。不过想起来也没什么难为情的，他真心喜欢骆驼。

孩子们8点之前到校。一只手抱着一摞课本，另一只手要么拎着一小捆柴火，要么拎着一小袋烧火用的厩肥砖（除了付学费，聚居地的村民们还用天然原料为孩子们的教育做贡献——他们给学校送燃料）。午休前学四个小时，午休后学两个小时。出勤率很高——不管哪个学生半天不来上学，家长都得交三个戈比的罚款。他们学德语和俄语，还有写作、阅读和算术。教理问答和宗教史由格纳丹塔尔村的牧师亚当·亨德尔来教。学生们全坐在一起上课，不分班。有时一年五十人，有时七十人。老师偶尔给他们分组，每组做不同的作业，偶尔朗诵、合唱。共同学习是格纳丹塔尔村学校里最基本的教学方式，也是对这么大一群淘气学生而言最有效的教育手段。

巴赫的教师生涯年复一年，毫无特别之处（不算去年翻新了房顶，现在教研室的天花板不滴水了），同样的话和同样的习题他已烂熟于心，以至于他的思想在身体内部分裂成了两半。舌头重复句法规则，手里拿着尺子，给话痨学生的后脑勺不痛不痒地来上一下，双脚稳稳地挪动身体巡视教室，而思想……巴赫的思想在打盹，被他自己的声音和随着不紧不慢的脚步频频摇晃的脑袋搞得昏昏欲睡。过了一会儿，突然发现，他手里沃尔纳的《俄语》已经换成了戈尔登伯格的习题。嘴里念叨的已经不是名词、形容词和动词，而是算术法则了。离下课也只剩下一小会儿，差不多一刻钟的样子。看，这不是很惬意吗？……

唯一一门能让思想像从前一样鲜活灵动的课是德语课。巴赫懒得在书写上纠缠，他会急切地奔向诗歌部分：诺瓦利斯，席勒，海涅，诗句如同沐浴日的水一样，朝一个个乱蓬蓬的脑袋慷慨地喷涌而出。

巴赫少年时就对诗歌爱得无以复加。他那时觉得，滋养他的不是土豆饼和西瓜羹，而是叙事诗和颂歌。他认为这同样能喂饱身边的所有人，所以他当了老师。直到现在，只要在课堂上朗诵自己心爱的诗节，巴赫就会在胸口，心脏下方的某个地方，感觉到一股清凉的颤栗。即便是第一千次读《漂泊者的夜歌》，目光投向窗外，巴赫也能发现伟大的歌德所书写的一切：伏尔加河右岸雄伟幽深的群山，左岸草原上永恒的宁静。而他自己，雅科布·伊万诺维奇·巴赫老师，三十二岁，身上的制服穿了太久已经磨得发亮，胳膊肘缝了补丁，纽扣有好几个花色，他已经开始谢顶，脸上因为即将到来的老年时代现出了皱纹，他是谁呢？或许就是那个疲惫不堪的漂泊者，面对永恒时卑微而又胆怯……

孩子们分享不了老师的爱好，他们的脸——由于个性不同，或淘气或专注——一听到诗句就呈现出梦游般的神情。耶拿的浪漫主义和海德堡学派比安眠药还奏效。看来，比起寻常的大声呵斥和尺子敲打，读诗是让学生们保持安静的妙招。不过并不包括莱辛的寓言故事，因为里面写的是学生们从童年时代起就十分熟悉的主人公的故事，猪、狐狸、狼和百灵鸟，这些让最有求知欲的学生很新奇。但用严谨、高雅而又华丽的德语讲出来的故事，没多久也让这些孩子不知所以然了。

18世纪初，移民们从遥远的历史故乡带来了自己的语言。威斯特法伦和萨克森、巴伐利亚，蒂罗尔和符腾堡，阿尔萨斯和洛林，巴登和黑森。德意志各邦早已结盟，现在在骄傲地把自己命名为帝国，这里的诸多方言就像肉汤煮白菜一样在一口大锅里熬煮，厨艺精湛的厨师——戈特舍德、歌德和格林兄弟最终做出了一道美味的菜肴——文学德语。而伏尔加河畔的聚居地无人操持"高级料理"，于是当地的各种方言混入了他们纯朴诚实的统一语言，就像面包丁加进了洋葱汤。移民们不太懂俄语，整个格纳丹塔尔村人能听懂的俄语单词不超过一百个，那还是上学时勉强背会的。不过，要想在波克罗夫斯克[①]的集市上卖货，这一百个词也够了。

下课后，巴赫把自己关在小房间里，匆忙吃个午饭。吃饭时也可以不锁门，但门闩推上后，不知为什么食物的味道会变得更可口，别看食物已经不热了，要是说实话的话，已经冰凉了。一个学生的妈妈给巴赫送吃的来，价格公道，偶尔是一罐豌豆汤，偶尔是奶汁面条，都是她的大家庭头一天剩下的食物。当然了，应该跟这个善良的妇女谈谈，让她送来的食物哪怕不是滚烫的，至少也是温热的，但一直没得空去说。巴赫根本没时间自己热一热食物，一天中最紧张的时候——**出游时间**马上就要到了。

仔细梳过头发，再洗一把脸，巴赫走下学校的门廊，来到格纳丹塔尔村中心广场一幢灰石头教堂旁边。教堂的祈祷大厅十分宽敞，有尖拱窗和削尖的铅笔一样的钟楼。巴赫给自己选定了方向，偶数日子去伏尔加河方向，奇数日子相反，他脚步匆忙地顺着主街前行，这条马路笔直宽敞，就像优质布料上的一道折痕。他经过一片整齐的木屋，屋子的门廊高大，窗框十分漂亮（别的不敢说，格纳丹塔尔村的窗框看起来总是鲜亮快活的——天蓝色的，浆果红的，玉米黄的）。他经过

---

① 波克罗夫斯克，恩格斯市旧称，1922—1941年为德裔共和国首府，1931年改名以纪念德国哲学家弗里德里希·恩格斯。——原注

光滑的篱笆，大门宽敞（供马车和雪橇通过），小门狭窄（供人通行）。他经过一艘艘倒扣过来等待春汛的小船。经过井边挑着扁担的妇女们。经过拴在卖煤油小铺旁的骆驼。经过中间长着三棵大榆树的市场。巴赫疾走如飞，毡靴在雪地上嘎吱嘎吱的，或者皮靴在春天的泥泞里啪嗒啪嗒的，十分响亮，不知道的还以为他有十来件刻不容缓的事要做，每一件都必须今天做完。而事实上的确如此。

首先，要爬上骆驼山，环顾一直伸向地平线的伏尔加河，看现在波浪是什么颜色，河水是否清澈。水上是否起雾了？海鸥多不多？鱼在深水处还是靠近岸边的地方跃出水面？这是在天气暖和的季节。要是天冷的时候，他会看水面上覆了多厚的雪，晒到太阳的冰会不会融化。

之后，他要穿过干涸的谷地，跨过土豆桥，来到即便严寒季节也不会上冻的士兵溪，喝一口溪水，尝尝味道是不是变了，看一眼猪洞——这是人们烧制著名的格纳丹塔尔砖的取土地。（一开始人们只是把泥巴和稻草混合在一起。有一次为了寻开心，把牛粪掺进去了，结果发现这个配方会让砖头像石头一样结实。正是这个发明为当地贡献了一条最著名的谚语："有一点大粪不碍事。"）要顺着甘草岸走到三牛沟，那是村里掩埋牲口的地方。之后快步向前，穿过木莓田和蚊子沟，走向磨坊山和牧师湖，还有不远处的鬼坟……

若是**出游**时巴赫发现了什么不对劲的地方——雪橇路上的路标被暴风雪毁坏了，桥架歪了——他会立刻为此感到难过。不同寻常的细心让巴赫的生活痛苦忧虑，只要有什么东西偏离了他习惯的世界，他就会感到寝食难安，他在学校课堂上对学生们有多漠然，他出游时对身边的物体和细节就有多兴致盎然。巴赫从未对任何人说过他看到了什么，但他每天都焦急地等待错误能被改正过来，世界回到原初的、也就是正确的位置。之后他才能安下心来。

看到老师——膝盖总是弯的，后背僵直，脑袋缩在微驼的肩膀里，村民们有时会叫住他，跟他聊一聊孩子们在学校的成绩。一路疾步快走、气喘吁吁的老师总是回答得不太情愿，言简意赅，因为时间勉强够用。为了证明这一点，他从口袋里掏出怀表，神情忧郁地看上一眼，摇摇头，继续赶路，草草结束刚刚开始的闲聊。

应该说，他的急切还有另外一个原因——巴赫说话结巴。这个毛病是几年前落下的，老师只有在学校外面才会犯病。巴赫的舌头受过良好训练，上课时从不出故障，能流畅地说出高雅德语中那些多音节的词汇，还能轻松说出一大段话，学生还没等听到结尾就已经把开头忘了。还是这个舌头，等巴赫用方言和同村人聊天时就突然罢工了。比如说，背诵《浮士德》第二章的片段，舌头是愿意的。对寡妇科赫说"您家的小伙子这两天又不务正业了！"，无论如何都不愿意，每个音节都结巴一下，贴在上腭上，就像一块没煮熟的大面疙瘩。巴赫觉得结巴逐年变得厉害，但是他没法儿证实这种怀疑，他和人交谈得越来越少。

出游结束后（有时太阳快落山了，有时已经黑漆漆一片），疲惫不堪又心满意足的巴赫步履蹒跚地回到家里。双脚通常是潮湿的，脸颊被风刺得滚烫，而心脏愉快地跳动着，因为他赚来了每天的劳动奖励——**晚间阅读时刻**。完成当天最后一个任务（整9点时敲钟），巴赫把潮湿的衣服扔到炉子上，在烫了百里香的盆里暖脚，喝点热水防止感冒，然后就拿一本书上床了，那是一本硬壳封面的书，封皮上作者的名字早已模糊了。

德国农民移居俄国的史书，记载了第一批移民应叶卡捷琳娜女皇之邀乘船抵达喀琅施塔得的日子①。巴赫已经读到女皇亲自到码头迎接尊贵同胞这一段："我的孩子们，"她响亮地高喊，在旅途劳顿的移民队伍前威严地说，"新加入俄罗斯的儿女们！热烈欢迎你们来到我们坚实的臂弯，我们一定会保护你们，像父母一样照顾你们！我们想以此换来你们的服从、勤勉和无尽的忠心，希望你们毫无怨言地报效新祖国！若有人不服从——现在请立刻原路返回！心灵堕落、四体不勤之人在俄国毫无用处！……"

但是巴赫无论怎样都无法把这振奋人心的场面继续向前推进了，因为鸭绒被下，走累了的身体像浇了奶油的煮土豆一样软绵绵的；握

① 1762—1763年叶卡捷琳娜二世签署了两份邀请外国人定居俄国闲置土地的公告。1764—1773年在伏尔加河下游建立一百零五个聚居点，为伏尔加河流域的德裔族群奠定了基础。——原注

着书的双手缓缓下沉，眼皮合上了，下巴直往胸前垂。读过的一行行文字在煤油灯的昏黄光线中飘浮，高低起伏，很快就不见了，沉入睡梦。书从指尖滑落，顺着鸭绒被慢悠悠地掉了下去，但落地的响声也无法吵醒巴赫了。如果他知道这本历史书他不多不少已经读了快三年了，他恐怕会非常惊讶的。

生活就这样悠然流逝，宁静似水，满是琐碎的快乐和细微的担忧，让人心满意足。在某种程度上可以说是幸福的。甚至还能算作是道德高尚的，若不是有那么一件事情的话。巴赫老师有一个恐怕无法根绝的致命爱好——他热爱暴风雨。他不是像内心宁静的画家或中规中矩的诗人那样喜欢，像他们那样在家观察窗外风起云涌的大自然，在震耳欲聋的雷声和风雨天刺眼的色彩中汲取灵感。并不是这样的！巴赫喜欢暴风雨，就像醉得不可救药的酒鬼喜欢烧酒，就像瘾君子喜欢吗啡。

暴风雨通常一年有两三次，在春天或初夏时节，格纳丹塔尔村上方的苍穹铺满厚重的青紫色，空气中充盈着满满的电波，好像抖抖睫毛都能点燃蓝色的火花，每到这时，巴赫都能感觉到身体里一种越来越强烈的奇怪躁动。这是血液因为独特的化学成分对磁场波动强烈地做出了反应，还是醉氧引起了最细微的肌肉痉挛，巴赫并不知道。但他的身体突然变得很陌生：骨骼和肌肉仿佛无法安然于皮肤之下，它们往外冲，马上要胀破它；心脏在喉咙里、指尖上跳动，脑子嗡嗡作响。巴赫连学校的门也不关了，他听从召唤，徐徐走向草地，走向草原。这时，村民们正急匆匆地抽打牲口赶它们回群，把它们关进牲口圈，而女人们搂紧怀里的娃娃和刚采的一捆香蒲，要跑回村子避雨。巴赫不紧不慢地迎着雷雨往前走。天空因乌云涨大了，低垂至地面，发出噼啪崩裂的声音，阵阵轰鸣后突然亮起一道白光，哗的一声，低沉而又热烈，硕大冰冷的雨点落在草原上——倾盆大雨来了。巴赫扯开衬衫领口，露出瘦弱的胸膛，扬起脸，张开嘴。雨水抽打着他，顺着他的身体往下流，随着每一次电闪雷鸣，他的双脚都能够感受到大地的颤抖。闪电——黄色的、蓝色的、青黑色的，越来越密集，有时炸裂在头顶，有时在头脑里。肌肉中的血液已经沸腾了，巴赫的身体迸裂成一千个碎块，撒向草原。

很久之后他才恢复知觉，人在泥泞里，脸上有几道抓痕，头发里扎了不少牛蒡刺。脊背像挨过打一样酸痛。他站起身，慢慢走回家，习惯性地发现衬衫领口上所有的扣子都已完全脱落。随后，娇艳欲滴的彩虹照亮了他，有时还是双彩虹。碧蓝的天空透过伏尔加河上空乌云的缝隙流淌出来。但是心灵疲惫不堪，已经无法去感叹这让人凝神屏息的美景了。巴赫用手遮住膝盖上的窟窿，尽量躲开陌生人的目光，疾步走回学校，他为自己莫名的爱好感到难过，羞愧不已。他的怪癖不仅不太体面，还十分危险，有一天在离他不远的地方，闪电劈死了一头离群的牛，还有一次烧焦了一棵橡树。而且这癖好也费钱，一个夏天就要用掉好多纽扣，这是多么大的一笔支出啊！但让自己忍住诱惑，在家里或学校的门廊上欣赏雷雨，巴赫无论如何都做不到。格纳丹塔尔人对老师春天的怪癖有所了解，他们对此态度宽容："随他去吧，你能拿他这种受过教育的人怎么办呢！……"

二

但是有一天，巴赫的生活骤然发生了改变。那天早晨他醒来，神清气爽。窗外5月湛蓝明亮的天空透过没掩上的窗帘照进屋里，云朵冒失地在天空上飘浮，春天和学校的假期要开始了，这一切让巴赫的心情特别舒爽。

在格纳丹塔尔村上学要上到复活节。在装饰得十分隆重的路德教堂做礼拜，尽情欣赏燃烧的节日蜡烛，互赠甜点和彩蛋，去墓地悼念死去的亲人，去邻村探望活着的亲人，把"玻璃"奶酪和黄琥珀色的黄油吃个够，这一切事情做完后，村民们套上拉车的牲口，全家人一起出发去耕地。家里只剩下没牙的老妪和黄口小儿，还有那些家务活多得离不开的女人们。接连几个星期，村民们将犁耕草原，从最后几颗晨星落下一直干到夜晚的星星升起。中午，他们会聚在篝火旁大口喝土豆汤，喝烫嘴的草原茶，那是用甘草根、一小撮百里香和一束新采的青草熬制的。

头一天早晨，敲响学校大钟的时候，巴赫就知道没有多少人会听见——马车队和耕地的农民们半夜就踏着轻薄朦胧的月光出发去草原了。格纳丹塔尔村空空荡荡。然而，村里没人并不影响巴赫准时发出信号，相反，他觉得责任更大了，他要让时间以及事物的秩序和从前一样有条不紊、按部就班。

他正打算把脚伸出鸭绒被，够一够地板上舒服的羊毛拖鞋，突然一道阴影投向他的枕头。抬眼一看，窗户那一侧站着一个人，头戴一顶古怪的三角帽，脸紧贴着玻璃。他正在张望。巴赫惊呼了一声，掀开鸭绒被一跃而起，但陌生人不见了，他消失的速度和出现的速度一样快。因为逆光，巴赫没看清他的脸。他扑向窗户，玻璃上的一团雾气正慢慢消散，那是陌生人的呼吸留下的印记。他慌乱地抓住窗框，试图打开它，但铁窗闩一个冬天死死地镶进了木头，不听摆弄。他披上短大衣，跑到门口，绕着学校兜了一圈，无论小花园还是后院，都一个人没有。他觉得脚下冰冷难受，低头一看才发现，他正穿着在家穿的拖鞋在泥地里走呢。他闷闷不乐地摇了摇头，快步走回校舍。

陌生人的来访让巴赫极为不安。这也不是平白无故的。一大早就遇上了一连串可疑的征兆和让人惴惴不安的事。

巴赫正用一把钝刀把去年起皮的油漆从窗框上刮下去，想之后再重新刷一遍，他不经意地看了看上方，发现天上有一朵云，形状明显像一张人脸，而且是女人的脸。脸颊圆鼓鼓的，嘴巴撮得滚圆，眼睛倦怠无力，这张脸在高空慢慢融化了。过了一会儿，油漆木头窗框时，他听见一只山羊咩咩叫着跑了过去，这只小动物叫得如此急促，仿佛预感到了什么可怕的事情。他转过头——这根本不是山羊，而是一头肥硕的猪，还缺一只耳朵，巴赫有生以来从未见过嘴脸如此丑陋的家伙。

不，他并没有大多数格纳丹塔尔村村民那么迷信。如果燕子窝偶然受到惊扰，奶牛就会挤出血来，或者，要是喜鹊在屋檐上梳理羽毛，家里就会有人受伤——这些都不能当真。但喜鹊是一回事，猪完全是另一回事。巴赫觉得这一天的蹊跷事太多了，他小心地盖上油漆桶，回到自己的住处，他没再看看四周，没去管那些圣像，打算闭门待上一整天，思考思考诺瓦利斯。

他关紧学校大门，插上门闩。自己小屋的门也关上了。他严严实实地拉上了窗帘。他心满意足地转身走向书桌，突然发现上面摆着一个白色的长方形东西——一封封了口的信。

他惊恐地环顾四周——是不是有一个秘密邮递员躲在房间里了？——巴赫谁都没看见，他坐到椅子上，看了看摆在他面前的信封，上面歪歪扭扭地写着"巴赫老师收"。"老师"一词中有两个拼写错误。

巴赫这一生从未写过信，也从未收到过信。第一个念头就是把信烧掉，以这种可疑的方式送来的消息中肯定没什么好事。他小心翼翼地把信封握在手里——很轻（里面似乎只有一页纸）。仔细看了看笔迹，七扭八歪，显然这是一个不常动笔的人写的。他把信封举到鼻子前，嗅到了若隐若现的一丝苹果味。他把信封又放回桌上，啪地扔了一本书盖住它。他调转凳子冲着窗户，坐下来，跷起二郎腿，双手抱住自己，眯起眼睛。就这么坐了一刻钟左右，他忧心忡忡地叹了口气，满怀糟糕的预感皱起眉头，打开了信封。

> 尊敬的巴赫老师：
> 　　向您致以问候并邀您就餐，鄙人有事相商。请您赏光于今晚5点到格纳丹塔尔村码头，有人恭候您。
> 　　衷心祝福！
>
> 您忠实的乌多·格里姆
>
> 　　此外另有一事，请勿害怕我派去的人。他外表可怕，内心善良。

签名时，写信人使劲把笔尖往下压，在纸上戳了个洞。巴赫感到热汗淋漓。他脱掉外衣，只剩下贴身衣服。他从书架上拿起墨水瓶，大笔一挥，把信里的错误标出来并做了订正，一共有八个错误。他写得很有力，钢笔尖吱吱响，墨水四溅。之后他把涂抹过的信揉成一团丢进了垃圾桶。他躺进鸭绒被，决定敲晚钟前不再出门。

如果村子里有人，可以去跟村长季特里赫或其他人打听打听这个格里姆，或许还能让他们陪巴赫一起去。写信的人显然住得不太远，在河上游或下游近邻的村子，既然他邀请巴赫划船去他那儿做客。独自前往就意味着行为不谨慎，甚至不明智。对此没什么可说的。

不知是由于空气中飘荡的雷雨前的微小粒子，还是其他什么原因，巴赫突然感觉身体里升腾起那种强迫他冲进暴风雨、去寻找雷电中心的无法抗拒的激情。他仿佛感觉到一股不受意志控制、吸引他去某个未知之地的电流在体内穿过。这既让人害怕，同时又有些刺激，他无力跟这股强烈的电流对抗，而且他还非常渴望——一切似乎在他之前就已为他注定，他能做的就只剩下服从命运的安排了。

于是，巴赫在指定时间站在了码头上，他头发梳理得一丝不苟，呢子马甲口袋里揣着一块新手绢。他的心脏跳动得如此急促，以至于西服那油渍斑斑的衣襟也在明显地抖动。他手里握着出游时经常带的拐杖，这也完全可以用来防身。

格纳丹塔尔村的码头就是一座小木头栈桥，伸进伏尔加河十来米左右，两侧密密麻麻地停靠着一些木筏子、小艇和平底船，栈桥尽头有一个小码头，就是一个长方形的平台，上面竖着几根漆成红白色的木桩。从巴赫记事起，格纳丹塔尔村就从来没停靠过大船。码头的木桩上没拴过什么东西，除了把小羊羔装进小船运到波克罗夫斯克集市之前拴过它们。

巴赫在吱呀作响的栈桥上来回踱步，想靠移动让哆嗦的膝盖恢复平静。他坐在墩子上，环顾伏尔加河清冷的河面。他掏出怀表，5 点整。他松了口气，已经打算回家了，突然从脚下什么地方，确切地说，是从栈桥裂开的木板下面，哗啦啦地荡出一条小船。一个人就像折叠字母表上的纸板模型，从船上站了起来，他用一只手灵巧地抓住栈桥的边缘，稳住小船，急迫地盯着巴赫。

这就是他，清晨的不速之客，一位身材高大的吉尔吉斯人。他赤膊穿一件皮马甲，戴一顶三角毡帽，帽檐下一双狭长的眼睛。毛孔粗大的皮肤紧绷着他脸上的骨头，都能看出肌肉或下巴上最细微的隆起，下巴上有几根稀疏的硬胡子。他脸上肉最多的地方是大鼻子，又扁又平，鼻梁歪向一侧，看来是某次打架时挨了打。巴赫不知为什么想起小时候母亲经常吓他说："吉尔吉斯人马上就来把你抓走！"[1]

---

[1] 德裔聚居区早年经常遭受吉尔吉斯游牧部落的袭击，后来俄罗斯政权保护他们，平息了袭击。——原注

"嗯——"不知是说了句话还是嘟哝了一声，吉尔吉斯人催他赶紧上船。

"您难道不认为我疯了吗?!"巴赫差点这样大声回应他，"难不成我会跟您走吗?!"

但是今天他身体不受理智的声音管控，已经把一只脚落在了栈桥的边缘，他笨拙地一蹬，跳进了摇摇晃晃的小船。手杖这时脱落了，扑通一声落入水中，漂到了栈桥下面。

吉尔吉斯人松开手，小船调了个头，被水流悠忽一下冲走了。他面朝巴赫坐下来，拿起船桨，把小船划离岸边。他青筋暴起的胳膊一会儿抬起来，肌肉鼓胀，一会儿落下去，而扁平的蒙古人面孔一会儿往前，一会儿向后。他的眼睛一眨不眨地紧盯着巴赫看。

巴赫在椅子上转过身子，尽量躲开那直勾勾的目光，但小船上无处可逃。他决定欣赏欣赏两岸的风光，好让自己安下心来，这时他才发现小船不是沿河行走，而是正在横穿伏尔加河。

巴赫听说过右岸的一些聚居地，巴里采尔、库特、梅塞、希林、施瓦布，它们都在上游或下游，从那里通向伏尔加河的路没有被山阻隔。但有山的那一侧巴赫一次都没去过。靠近格纳丹塔尔村的右岸陡峭得无法攀登，即便冬天河面冻得坚硬厚实的时候也没人去。

有一次寡妇科赫讲过（她确实是从已故的外婆费舍那儿听说的，而外婆是听猪倌高夫的老婆说的，而猪倌的老婆是听亨德尔牧师的小姨子说的），说这片地方不光以前有过，而且直到现在还属于某个修道院，普通人想去那儿必须预约。

"请问，"巴赫手足无措，拉扯着西服上的纽扣，半吞半吐地问，"您这是去哪里? ……我们要去哪里? ……"

吉尔吉斯人默不作声地划着桨，紧盯着老师。桨片切开厚实的波浪——岸边的浪是深绿色的，越往中央变得越蓝。小船一蹿一蹿地用力前行，一刻也没减速，丝毫未偏离既定的航线。对岸的大山像一堵灰白色的石头墙，顶端长满茂密的深绿色树林，从远处看像一条卧在水面、脊背参差不齐的巨蟒，它也一蹿一蹿地前行，坚定不移。某一瞬间巴赫觉得，让小船向前运动的力量并非吉尔吉斯人的双手，而是那座巨山的引力。从上到下，从山脊到山脚，一道道蜿蜒的沟壑劈开山坡。山底的细沙一股股流进水中，这种流动赋予石头表面十足的活力——群山仿佛在呼吸。这种印象因斑驳的光线而变得更加强烈，太阳时不时躲在云朵后面，那些沟壑时而笼罩上一片淡紫色的阴影，变得更深了，时而被照得雪亮，几乎难以被发现。

没过多久，小船的木头底磕到石头，猛地向前一冲，船头扎进裹了一层绿苔藓的大圆石头里。几乎没有岸，石头墙直冲云霄，在高处形成一道悬崖。吉尔吉斯人跳出小船，朝自己身后点了点头，让他下船。巴赫因激动不安而无精打采的心脏哆嗦了一下，但有气无力，似乎他已经和正在发生的这件不可思议的事和解了。他不解地环顾四周，费力地迈向陆地，鞋子在水藻和苔藓上直打滑。吉尔吉斯人把小船拖上岸，藏到一块褐色的巨石后面。巴赫因他瘦骨嶙峋的身体竟有这么大力气而感到惊讶。

不远处，顺着一道由上至下贯通山脉的裂缝的底部，一条蜿蜒的小径若隐若现。吉尔吉斯人跑上这条路，轻松灵巧，就好像他不是在往上爬，而是顺着一个从远处看起来并不那么险峻的坡路往下走。巴赫一边诅咒自己加入了这场可疑的冒险，一边用双手抓住稀疏的灌木丛步履艰难地前行。他精疲力竭地爬了半天，一不留神就双膝跪地，吞一口身轻如燕的吉尔吉斯人的脚后跟卷起来的沙子。终于爬到了悬崖边上，浑身湿透（西服和马甲半路就脱掉搭在手上了），面孔发烧，膝盖哆嗦。

在森林边上，山峰不那么陡峭了，再往前也许会过渡到平原或平缓的山丘。但对此也只是猜测而已——森林是如此茂密。巴赫不得不快步走，免得吉尔吉斯人的背影从视线中消失，在紧贴地面长满卫茅和野蔷薇的林子里，在幽暗茂密的枫树、橡树和杨树当中，独自一人找路是很困难的。但是过了两分钟之后，树木闪到一旁，眼前出现一片空地，中间还有一座大庄园。

主人的房子像一艘大船一样横亘在空地上，巍峨挺拔，屹立在敦实的石头地基上，搭建墙壁的木头如此粗壮，巴赫这辈子都没见过。因为年头久远，木头的截面变得黢黑，风化了，上面的裂缝像胎记一样黑乎乎的，涂了松油。只有几扇窗户上的百叶窗打开了，其他几扇关得紧紧的。高耸的屋檐上铺了稻草，有些杂乱，屋顶伸出两根石头砌成的大烟囱。

其他家用建筑都藏在房子后面，如谷仓、遮阳篷、宽敞的畜栏、低矮木屋罩着的冰窖和水井。后院还有一堆小山般摆起来的箱子，还有几辆大车和小车，一些木桶，劈柴和锯开的木头也堆在那里。再往后似乎还有一个园子，房后的树木变得低矮稀疏了一些，刷了白石灰的树干整整齐齐，微微闪亮。庄园没有篱笆墙，这片空地的边缘就是界限。里面也没有人。巴赫刚一回头，就连不言不语的吉尔吉斯人也不知道跑哪儿去了。

一切看起来就像一分钟前这里还有人一样：粗树干上插着一把长柄斧头，旁边堆放着劈好的柴火；门廊上立着一个装着冒烟煤灰的桶，还有一双不知谁的破皮鞋；扔在地上的喷壶正往下滴水；露天炉子里的煤还在冒烟。而且，一点声音，一点动静都没有。只有被单在空地尽头迎风飘扬，在绳子上被吹得鼓鼓囊囊的，啪啪作响。

"中午好！"巴赫走近几步，用力咧开紧张得发干的双唇，冲着虚掩的房门说了一句，"我找乌多·格里姆先生。"

等了片刻，他走上门廊。故意在门槛上唰唰地大声蹭了蹭鞋子，从鞋帮上把污泥刮掉。他拉开门把手，走进一片寂静的黑暗。

传来一股滚烫而又油腻的饭菜的味道——巴赫走进了厨房。墙边高耸着一台白炉子，上面摆满了大锅、小锅、瓦罐、筛子，小桶、熨斗、咖啡壶、托盘、做香肠的工具和其他器具。旁边，在原木墙上，吊着一个没刷油漆的碗架，上面摆着几排粗瓷盘子，一捆小勺子和一把大汤勺，一把铁剪刀。每个地方，切菜桌，凳子，甚至窗台上，都摆着一些东西：各种颜色的煮锅和平底锅，装牛奶和蜂蜜的杯子，放着捏好的面疙瘩的菜板，上方还飘散着面粉扬起的轻烟，还挂着肉馅的绞肉机，黄油刷，一小捆蔬菜，鱼头和蛋壳。这里一个人都没有。只从旁边的房间，它和厨房隔的不是一道门，而是一层薄帘子，从那里传来了响亮的咀嚼声。

巴赫循声而去，轻轻敲了敲巨大的原木门，无人回应。他撩开门帘，踏进一个谷仓般宽敞的客厅。屋子正中央是一张薄木板桌，上面摆的食物可能都够古代撒克逊神话中的巨人吃了。一个身形庞大的人坐在桌旁，他狼吞虎咽，直接拿手抓起吃的往嘴里塞，不屑于使用摆放在盘子旁边的干净餐具。咀嚼食物的两腮传出响亮的咯吱声。

出乎意料的是，在这幅画面中并没什么让人感觉丑陋的东西。相反，男主人活力四射、容光满面的样子和那张丰盛的餐桌以及上面的每一道菜都很搭配，就好像一个画家用神奇的想象力构成了这个画面。男主人的光头和桌子中间涂抹了蛋黄、又在炉子里烤得十分松软的面包圈一模一样；他肉嘟嘟的腮帮就像盘子里摞得厚厚的火腿；深色的小眼睛和泡酒里的果子完全同色；两只又大又白的耳朵斗志昂扬地朝外支棱着，特别像盘子里摆着的两只大饺子。这个人用香肠般的手指捏起小圆桶里的腌白菜往嘴里放，这一刻，他乱蓬蓬的胡子和白菜丝如此相像，以至于巴赫一开始甚至看入了迷。

"我女儿是个傻姑娘，"这个人招呼也没打就说了这么一句，不过他没停止咀嚼，也没劳神邀请巴赫上桌，"你做点什么吧，让她别傻得这么明显。"

巴赫发现桌上摆了两个人的餐具，但他没敢坐下。他咳嗽了一声，捭了捭西服，他感到空荡荡的胃缩紧了，他今天为了琢磨那封奇怪的信，一整天都没吃饭。

"您——是乌多·格里姆？"以防万一，老师又问了一次。

"还能是谁呢？"那个人做出了肯定的答复，同时从平底锅里抓起一块咸猪油煎土豆。平底锅还往外溅油花呢，但格里姆的手指抖都没抖一下。

"您女儿芳龄多少？"巴赫发现桌上有好几种香肠，有下水做的冷香肠，泛着淡紫色的光泽，有油煎的热香肠，外表焦黄，还有熏香肠，他嘴里突然一阵发咸。

"圣三一节她满十七岁。"

格里姆吃完肉菜转而喝甜汤，汤是西瓜蜜做的，里面小山一样堆着梨干、苹果干、樱桃干和葡萄干。勺子依然摆在桌子上，格里姆又开手指，用手端着盘子，溜着边小口、小口地喝汤。这是鞑靼人的喝法。

"她，就像您刚才说的……"巴赫吞下一大口妨碍他说话的口水，"脑子并不出众。这个毛病有多明显呢？"

"我说了，她是个傻姑娘！"格里姆感情饱满地吐出了一个落在齿间的樱桃核，巴赫因意外哆嗦了一下，但樱桃核嗖的一下从他身边飞过去，滚落到泥地远处的角落里，"她脑子里一团糟！有保姆讲的故事，还有娘儿们的任性。这样的女孩谁会娶呢？本地的窝囊废或许能娶她，没准会的，在帝国肯定不会，哪怕有嫁妆都不行。不行，在德国，她这样的女儿我根本打发不出去……"

移民们按照德国人的说法，把德国叫作帝国。

"你们打算移民。"巴赫小心翼翼地得出了结论，"很快就去吗？"

"你不是老师吗？那就只管教你的书！"格里姆咚的一声把空盘子放到饭桌上，巴赫又哆嗦了一下，"我自己也是提问题的专家！你就教我女儿把话说得流利漂亮就行！要是不会说，能听懂话也行！妻子要是不会说话还好一些。哪怕让她脑子转得正常一点也行，这就够了。我轻松一点，你也能赚点小钱！"

格里姆抓起一块松软的华夫饼，使劲蘸了蘸平盘里的蜂蜜，塞进嘴里，还用手抹了抹从嘴角流下来的蜂蜜。

"请您自重，粗鲁先生，否则我们的谈话到此结束！"巴赫真想大声警告他，甚至还想拍一下桌子。但他并没有这么做，只是垂下眼帘，两手摸摸裤腿，和内心熊熊燃烧的怒火做了一番抗争。

"这么说，您是想让我教您女儿**高级德语**？"过了片刻，他嗓音略微颤抖地概括了一下，"如果这样，我能和学生先认识一下吗？"

"你明天直接带着你那堆东西过来吧，书，铅笔，或者你在那边上课时用来涂涂抹抹的东西。一上课就能认识了。"格里姆边说边从一个结实的白玻璃瓶子里给自己倒了一小盅浑浊的红色甜酒。之后，他盯着巴赫看了看，又倒了第二盅，"你同意吗？"

"格里姆先生，我和您几乎不认识，我还是请您不要不拘礼节，对我……"

"你同意吗？"格里姆打断了他，站起来递给巴赫一杯酒。

巴赫接过酒杯（哦，味道太浓烈了！闻一下就能醉！），耸了耸肩膀，莫名皱起了眉头。终于，他无法忍受格里姆直勾勾的盯视，希望尽快结束这次让人不快的会面，他犹疑地动了动下巴，仿佛想把脖子从勒得紧紧的领子里解放出来。这个动作和脸上的痛苦表情可以解释成很多不同的意思，但直来直去的格里姆把这当成了肯定的回答，两只酒盅响亮地碰了一下，立下了他们之间的约定。巴赫被事件的飞速进展弄得惊慌失措，他举起酒杯，把冰凉的液体一下倒进了自己干涸的喉咙。

就在这一瞬间，周围有什么东西发生了变化。不知是甜酒太浓烈，还是巴赫太虚弱——他饥肠辘辘，对这种提神的饮料还不太习惯，但是此前沉闷阴郁的庄园突然苏醒了，洋溢着活力，窗外闪过不知是谁的结实背影，院子里传来劈柴声和山羊咩咩的叫声，大门砰地响了——有人穿过厨房，步伐沉重，一个老太太声音嘶哑，像要吵架般问道：

"上茶炊吗？"

"等会儿。"格里姆回答。

格里姆从墙上摘下一个弧形的长烟斗，面朝窗户坐下，动手往烟斗里塞烟叶。巴赫明白见面已经结束，他走开了，对男主人非同寻常的表现没有感到丝毫慌乱——苏醒的人们和声音用快乐填满了他的心，他自己的惊恐变得荒谬可笑，就连最后一小时苦苦折磨他的饥饿感也消失了，取而代之的是令人再愉悦不过的轻松和兴奋。在厨房忙活的老太太很瘦弱，就像秋天的酸枣枝，她看都没看他一眼，巴赫把这当成了她的一种礼貌。接他来的那个吉尔吉斯人已经等在门口，他现在看起来没那么吓人了，而庄园也让人觉得舒适宜人。院子里的工人们眼皮不抬、嘴巴不张地往来穿梭（所有人都像经过了挑选一样，全是阴沉的蒙古人的面孔，彼此没什么差别）。毛色花杂的家禽在脚下乱走乱撞，叽叽喳喳，有鹅、鸭，甚至还有一对长着条纹尾巴的野鸡。马厩里马蹄嘚嘚响，马匹养得膘肥体壮，脖颈锃亮，而房后果园的树枝上挂满拳头大小的花，粉色的，白色的，它们的香味如此浓郁，嘴里仿佛能咂巴出要结出的苹果的甜味。

巴赫和吉尔吉斯人往回走时，两旁的树木看起来已经不再是杂乱无章的野林子，而是春天般明亮的小树林了。从中走过简直就是一种享受，而愉悦的想法强化了这种开心的感觉，巴赫觉得，马上和女孩一起上课没什么复杂，而且是件好事，和神圣的教师职责相配，此外，经济上这也很吸引人。很快巴赫发现，他的双腿在小路上以一种惊人的方式移动着，每一步都差不多有三五十厘米，有时差不多有一米，就这样，他没用几分钟就爬上了山顶。

从山顶望下去，景色让人叹为观止，巴赫惊呆了，不知自己身在何处。伏尔加河在眼前奔流，蓝得夺目，整个河面波光粼粼，泛起一道道正午太阳的光芒，从一侧地平线到另一侧地平线。他第一次看见如此悠远辽阔的景象。世界在下面——一览无余：左右两岸，绿草葱茏的草原，草原上奔流的小溪，视野尽头深蓝色的远方，在河面上盘旋觅食的蓝雕。巴赫张开双手迎向这片空旷，把身子探出山坡。他后来也无法准确地回想起这一瞬间，说不上是他像小鸟一样纵身飞了起来，还是在小径上跟着步履矫健的吉尔吉斯人旋风般地奔向前方……

清早醒来，巴赫想起来他马上就要和女学生见面了，之后便感受到一种让人不快的虚弱：他的牙齿上下直打架，酸痛发冷，仿佛嘴巴里吹过了一阵穿堂风，胃里也同样泛起一股令人生厌的凉意。巴赫差点打起假装生病、逃避这份可疑差事的念头，但是他意外地在西服口袋里发现了一些钱，而且数目不小，看来这是格里姆昨天给的预付金，虽然给钱的那个瞬间已经彻底从老师的记忆中消失了。已经无法拒绝了。

巴赫在约定的时间来到码头，他愁容满面，对即将要上的课惴惴不安。他腋下夹了一本歌德诗集、一本德语教科书和一摞书写练习用的纸。马甲里面的衬衫他决定穿一件干净的，甚至还是熨烫过的，虽然父亲是自我中心的人，但女儿有可能对社会通行的礼节有更高的要求。

巴赫从前没给成年女子上过私人课。他担心格里姆投来的嘲讽目光或是某个不经意的词语会让他窘迫不安——两腮不必要的潮红或突如其来的结巴，所以他决定对学生严厉点。他还决定上课时不看她的眼睛（有时女孩们的眼睛简直可怕），甚至压根不去看她，而是欣赏窗外的风景，或者哪怕看看天花板也行。疏离而又冷漠比一副可笑的模样要好得多。他准备了几句话用来打破家庭舒适感，营造严格的课堂氛围，他不是自己编出来的，而是借用了亨德尔牧师的话。他就这么坐上了吉尔吉斯人的船，换着法儿地低声念叨那几句话，尽量选出一种更加威严的语调。

他没留意脚下的路——他在全神贯注地备课。他费力往悬崖上爬，已经没有前一天那么气喘吁吁了。今天的树林看起来静谧安宁。就连庄园也变得殷勤好客、人来人往了。男主人没在。吉尔吉斯人把巴赫带到客厅，这里完全变了样，简直难以看出这就是昨天的餐厅。

巨大的饭桌不见了，不知搬到了哪里（巴赫疑惑不解，想不出他们是怎么把超过门窗尺寸的家具抬出去的）。在摆饭桌的地方竖起来一道亚麻屏风，把空间正好隔成两半。屏风前面是一张雕花靠背椅。昨天的厨娘在这里呢，在窗户旁边，舒服地坐在一张小长凳上，面前摆着一台漆成土褐色的纺车，纺车的轮子嗡嗡地转动，把星星点点的红色光斑折射到原木墙壁上。老太婆用长指甲从旁边满满当当的篮子里抓起一缕亚麻线，送到面前正在绕线的线轴上，捻成一股几乎细到看不见的线，时不时用食指蘸一点唾沫。有时她半张的嘴里流出的口水淌成一条银光闪闪的线，落在条纹围裙上，似乎纱线不是用亚麻、而是用老太婆的口水捻成的。纺线的老太婆工作的时候不穿鞋，光脚丫从蓝色毛裙里伸出来，使劲踩着纺织机的脚踏。巴赫觉得老太婆脚上不止五根脚趾，但是她瘦削的脚掌踩得太快，根本看不清到底有几根脚趾。他打了声招呼，但老太婆坐在嗡嗡响的纺轮后面，几乎听不见，她戴着白色包发帽的头都没转过来。

巴赫没敢往屏风后面走，显然竖起这道屏风是有目的的。巴赫把自己带来的书放到椅子上，一边等，一边看起了挂在墙上的一个大陈列柜，里面摆着男主人的十来个烟斗：黄琥珀色的是苹果树做的，深红色的是梨树和李子树做的，深灰色是山毛榉的，每个烟斗的长度都跟小臂一般长。

"你是来教书的，那就开始教吧，别躲着！"背后突然有人大声呵斥他。

巴赫打了个激灵，回过头来。他发誓这气咻咻的话是老太婆说出来的，但那个人没停手，死死地盯着纺车的线轴。

"好吧，我准备好了。"他还是朝她说，"不过，要想教书，光有一个老师是不够的。还得有一个学生。她在哪儿呢？"

"我在这呢。"屏风后依稀有人在说话，声音纤细，随便就可以把她当作一个小孩。

"小姐，您是在开玩笑吗？"巴赫走到屏风跟前，仔细地看了看巨大的框架，那上面挂着一块没漂白过的亚麻布，用小钉子钉在框架的四周，"我希望您明白，学习这么严肃的事情上是不允许这种顽皮举动的。赶紧出来上课吧。"

"我不能出来，"屏风后的声音变成了不安的低语，"不允许。"

"要是这样，我只能请您的父亲过来，给他讲讲您这些小把戏了。我们虽然认识没多久，但我确信他是个果断的人，受不了拖拖拉拉……不允许是什么意思？谁不允许？"巴赫顺着屏风走了一趟，往那边是三步，回来也是三步，他犹豫着要不要把屏风直接推到一边，中断这个藏猫猫游戏。

"是父亲，"这个词小心翼翼地被说了出来，甚至还有些提心吊胆，"是父亲不让。"

"请问……"巴赫把脸凑到了亚麻折叠门前，他感觉到那一侧的呼吸轻微而又急促，"您叫什么名字？"

"克拉拉。"

"请听我说，克拉拉小姐。您是一个成年女孩了，您一定明白教育是一个复杂的过程。在屏风后面学习，倒立着学，在伏尔加河里边游边学，或者随便用什么奇怪的办法学，都学不成！我可没办法教这堵墙学习**高级德语**！"巴赫使劲抓住屏风框架，想把它抬起来挪到房间的角落里去，但是没挪动，这物件出人意料地重，只轻微晃了晃，而巴赫几乎要站不稳了。

屏风后面一声惊叹，纺纱车的嗡嗡声停了下来。巴赫对自己的笨手笨脚感到窘迫不已，他回过身，撞上老太婆一眨不眨盯着他看的眼睛。她的眼睛已经老得黯淡无光，几乎被灰色的睫毛遮住，就像漂在奶油浓汤里的小面团儿，专注而又冷漠地看着他。她蜷曲的手指没有停止捻搓，但捻的不是线，而是空气。巴赫有些手足无措了。他松开屏风，在西服上蹭蹭手，往后退了一步。老太婆马上抓住那根滑落的线，重新踩住脚踏板，转起了纺轮。

巴赫抓住椅背站了片刻，目光扫过老太婆苍白的、蜥蜴皮一样布满皱纹的脸，转向那扇引起误会的屏风，又回到起点。从屏风后传来轻轻的响动，不知是纸的窸窣，还是水沸腾的声音。

"那好吧……"巴赫拍了一下平滑的椅背,"您对这种奇怪的上课方式有什么解释吗?也许您外表出众?您身体残疾或有其他毛病?您要知道,我永远都不会利用这些缺陷伤害您。现在的问题并不仅仅是基督徒式的忍让,虽然每个受过教育的人都会这样做。请您相信,我对痛苦的了解不是道听途说来的,我永远,您听好了,我永远都不会让自己给他人带去痛苦。"

巴赫突然醒悟他说得太直白了。看不到克拉拉,他似乎是在对自己说话。

屏风后一片沉默。

"也许您特别害羞?我保证肯定不看您,上课时我习惯看课本和笔记本,而不是看学生。如果您愿意,讲课时我可以从头到尾都看着窗户,只看窗户!"巴赫有点气呼呼的,看不见的交谈者不在场,他的不满喷涌而出,"请您相信,您长什么样子,您的眼睛、脸蛋,裙子还是鞋子,这些跟我没有任何关系!对您这个人,我感兴趣的只有一点,就是您会不会用前过去时,会不会把时态联系起来!"

屏风后面还是一片沉默。

纺车的嗡嗡声在一片寂静中格外刺耳,巴赫简直想砸过去一把椅子。

"格里姆小姐,"他用自己所有语调中最严厉的一种说道,"我是您的老师,我想让您解释一下,说说为什么我们必须在这么奇怪的环境里上课。"

屏风那一侧发出一声不由自主的叹息。

"父亲担心……"克拉拉终于开口了,但又不吭声了,艰难地斟酌词语,"他怕我见到陌生男性会犯下过失。"

"见到我?"巴赫意外得语无伦次,"见到我的时候吗?"

他看了看自己的手指,昨天早晨在乌多·格里姆的信上做标记时染上的墨水还在,突然他忍不住开心起来,以至于呼吸变得急促,之后他抿着嘴唇不作声地偷偷笑了,就像为此感到惭愧、想压制住笑声一样,但他越来越忍不住,最终咧开嘴哈哈大笑起来。

"见到我!"他哈哈笑着说,跌坐到椅子上,直接坐到德语教科书上,用手擦拭着笑出来的眼泪,"见到我……会犯下过失!"

巴赫尽情地笑了一阵，笑得小肚子都有点疼了，他喘了口气，想到他已经很久都没这么开心过了，大概也从来没有过。他站起身，拿起自己的书，把昨天收到的钱从口袋里掏出来放到桌上，他对自己的果断也感到有些吃惊，他走出门，他要找到乌多·格里姆，告诉他，说他可没有答应过做这种教学实验。

他绕过院子，时不时叫住迎面走来的工人，问他们的主人在哪里。那些吉尔吉斯人，或者不懂德语，或者惊慌失措，有的人压根就是哑巴，他们双眼肿胀，向巴赫投去阴郁的目光，一句话都不说，继续做自己的事情。他们无动于衷的面孔毫无表情，被风吹得干裂的薄嘴唇张都不张开，额头上的皱纹丝毫不动。

"格里姆先生！"找了半天男主人的巴赫已经无法自持，他大喊一声，嗓门大得把自己都吓了一跳，"乌多·格里姆先生，我要走了！您给女儿再找一个老师吧！"

只有羊圈里的绵羊长一声短一声地回应他。巴赫在工人中间没看到护送自己的人，他决定到岸边去等，他不想再待在这个奇怪的庄园里了。他把腋下的那本歌德诗集夹得更紧了，气呼呼地踢了一脚滚落到跟前的一截圆木头（结果这块木头特别沉，他的脚疼了半天），顺着小路往林子走去。

路是熟悉的。卫矛丛像刺猬一样竖着。敦实粗壮的橡树紧紧抱成一团——用枝条环绕树干。树干上一些黑色的树洞张开大嘴，里面偶尔会闪过几个灵巧的影子，说不准是松鼠、貂还是什么其他小动物……巴赫能认出小路上的每个拐弯，尽管如此，他还是走了很久，也许半个小时，也许一个小时，有些奇怪。

他对这种不顺当起了疑心。他一开始安慰自己，说有人护送的道路总是显得短一些，好走一些。之后他认为，他还是有一点偏离了路线。不管怎样，他应该很快就能走到水边，因为他和水之间只隔着很短的一段路——沿河的一窄条灌木丛。

他加快了脚步。之后把书塞到怀里，跑了起来，在肥沃的土地上跌跌撞撞。身边和之前一样闪过熟悉的画面。小路两旁，参天古树的枝丫纵横交错，乱蓬蓬的——他认出来了。从树冠裂到树根的大椴树——他也认出来了。长满巨大蚂蚁窝的腐烂的树根——他认出来了，见鬼，认出来了！干枯的白杨树他认出来了，还认出了树干上的小节疤！然而河岸还是没看到！天上的太阳也没看到，一大片云遮住了天空，确定太阳的位置，也就是确定时间，是不可能的。

他一边跑，一边从马甲口袋里掏出怀表——表竟然停了。从买来的那天起第一次不走了。他停下来片刻，晃了晃黄铜怀表，送到耳朵旁边，确实不走了。只能听到身边的树枝唰唰响，沙哑而又悠长。他回头看了看，树林是陌生的。从未见过的灌木丛灰蒙蒙的，树干杂乱无章，布满裂纹，喝醉了一般横七竖八地伸向四方。下面茂密的木莓丛放肆地伸展着带刺的枝条，树枝上还挂着去年的球果，乱七八糟的。有一个丑陋不堪的树桩像极了坐在纺车后面的老太婆。巴赫费了好大力气才从老太婆树桩上挪开眼睛，但他已经不是往两边看了，而是用手遮挡着迎面而来的枝条，他感到肚子深处一阵恶心径直涌向喉咙，他打了个冷战。

趁还能喘过气来，他向前奔跑。喉咙火烧火燎的，每吸一口气它都要被劈成两半似的。虚弱的双腿勉强挪动，踏着潮湿的泥土。有一只脚上的袜子突然挂在树桩突出的结节上，于是巴赫的身体，滚烫的、几乎奄奄一息的身体，径直飞了出去。他的额头啪的一下撞在了什么冰冷光滑的东西上，一个硬邦邦的东西戳在他的胸口和大腿上，胳膊肘和膝盖似乎猛地一下同时飞离了身体。

"啊啊啊！"老师大喊一声，期望以此止住把身体撕成碎片的疼痛。

他睁开眼睛，发现自己躺在一条沟里，脸朝着一块平坦的大石头，沟底堆满木头桩和树干。石头滑溜溜的，那是因为绿苔藓和巴赫流的鼻血。他抓住黑莓丛的枝条抬起身子，尖刺扎进手掌。他来回动了动脚掌，踩住一些枝条，他的小腿立刻疼得让人难以忍受，就像断了一样。疼，实在太疼了。

他感觉到心脏在肋骨下急促而又沉重地跳动，他诅咒这片林子，这个大坑，这些木头，想从中脱身就得备受折磨。巴赫把额头抵在长满青苔的冰凉的石头上，喘了口气。他突然感到苔藓变软了。不，不是苔藓，是石头表面在他的头颅的重压下变软了，就像枕头一样，越来越软。石头现在摸起来就像鸭绒被，覆盖的不是一层苔藓，而是温

我的孩子们（节选）

柔的天鹅绒。巴赫支起胳膊想站起来，但手掌无处支撑，双手划过散落在地上的腐烂树叶，穿过碎成渣的树皮，仿佛穿过流动的沙子。他想躲开那些硬木头和刺人的树枝，他的双脚在一片黏腻的地方胡乱蹬刨，就像在一片果冻海里游泳一样。

他晃了晃头，不相信自己的眼睛：周围的一切都飘忽摇晃，宛若平底锅里的肥油。那些东西轮廓模糊，仿佛融化了一般，顺着沟壑往下流淌：巍峨的山丘，巨石，生了青苔的木头，一丛丛树根，腐烂的落叶。各种颜色混杂交错，黑土地和红树叶，灰色的树和绿色的苔藓——一切都在流淌，缓慢向下。巴赫绝望地哆嗦了一下，试图在身边松软的土壤上摸索到点什么东西，不过一样结实的东西都没有，除了树桩、石头和木头汇成的软塌塌的一团。他淹没在乱树丛中，十分可怕，没有回头路，就像蜂蜜里的苍蝇，就像融化的蜡油里的蛾子。

"放开我！救命啊！"他伸长脖子尖叫了一声，但他感觉到，每动一下他就陷得更深。他最后忘了人类的语言，像动物一样嚎叫起来。

他看到低矮的天空被树枝刺破，在眼前摇晃。天空也在融化，顺着树干流淌，从上方淹没世界。明亮的天空一缕缕地从橡树和枫树树冠往下流，把树干染成了白色。巴赫死死盯住远处的这片白色——隐隐约约，被一片褐色的木头栅栏围住了，——他全神贯注地盯着它，就像抓住了一个钩子，因为再没什么可抓的了。他用尽最后一丝力气往那个方向一冲，用胳膊肘和膝盖顶住，他只抱着一个绝望的念头，那就是再次去感受脚下泥土的坚硬和摔倒在地面上的疼痛。

突然，有一个鳞片一样的东西落进了巴赫的手掌，说不上是松果还是树皮，落进来了，然后又滚到了果冻一般的深处。过了一瞬间，有什么东西刮到他的脖颈，是树根吗？还是木莓枝？有什么东西扎了他的肚皮一下……巴赫如同落网的鱼一样绝望地挣扎，渐渐地，身边的果冻中显露出已经消失的世界的轮廓，不徐不疾，就像头年的草从4月融化的雪堆中露出头那样。树枝和树桩显现出来了，之后是土地和石头显露出白色的坚硬表面及其棱角。巴赫抓住了一个什么东西，手脚并用，爬啊爬，享受着每次攀爬带来的疼痛，感受着每一根戳痛身体的树枝或者蜇人脸颊的尖刺。他和从前一样伸长脖子，望向那片救命的白色。穿过云层的阳光直射他的脸，灼伤了已经习惯昏暗沟谷的眼睛，但巴赫的眼睛眨都没眨一下，他害怕那片白色从视线中溜走。爬啊爬，他终于爬到了树干涂了白石灰的苹果树旁。

他把脸颊紧紧贴在粗糙的树皮上，那上面是一块块石灰，他摩擦着树干，直到唇齿间品出了白灰的味道。他在旁边坐下，背靠着树想歇一口气。他在身边看到另外一些苹果树，树干刷了白色，就像背衬着黑色大地的蜡烛。一大片打理得规规矩矩的果园一直伸向远处。头顶上方，云朵般的树冠微微摇摆，摇落下片片白色的花瓣和嫩绿的叶芽。

巴赫不情愿地站起身来。他在白树干上蹭了蹭划出血的手掌，在果园里步履蹒跚地走了几步，他已经全都明白了。他很快走到了主人的房子跟前，只不过是从另一侧。没人叫住他，他穿过庄园，走上了门廊。

红色的纺轮还和刚才一样在转动，老太婆在捻线。巴赫脚也没擦，啪嗒啪嗒地走到客厅中央。他看见桌上摆着他放在那里的钞票，他一把拂开了，纸币慢慢地飘落到地上。他在椅子上坐了下来。

"您还在这儿吗，克拉拉？"他疲惫地问道。

"在。"屏风后轻轻传来了回答。

"请您放我出去。"每一个词从巴赫嘴里吐出来都那么艰难，他的舌头和嘴唇勉强能动，必须得使劲说话才能盖过纺车的嗡嗡声，"我听您的声音就知道您是个善良的姑娘。请您发发善心，别做亏心事。您前面的路还很长，做了亏心事再走下去会很难……"

"我不明白您在说什么。"克拉拉惊慌地，依稀可辨地小声说。

"不，这是我不明白才对！"巴赫提高了嗓门，声音大得他自己都很意外。"我不明白这一切都是什么意思！你们家里里外外这些让人厌恶的怪事！这些睁眼瞎一样的吉尔吉斯哑巴！我口袋里冒出来的钱，我从来都没收过钱！原地转圈的路！会融化的树！纺线的巫婆！"巴赫小心地看了看老太婆，但人家继续不动声色地干活儿，"这些鬼把戏，这些怪事！躲在屏风后的女孩……要是我现在把它推倒呢？"巴赫脑海里突然闪过一个可恶的念头，"我现在就一脚踹倒你们这该死的挡板！"

"父亲会杀了您的。"克拉拉直截了当地说。

"上帝啊！"巴赫把脸埋在手里，呆坐着，听老太太的纺轮嗡嗡响。不知为什么，他并不怀疑克拉拉说的是实话。

"你们找我干什么？"他终于抬起了头，声音有些嘶哑，好像他没吭声的这会儿嗓子突然坏了，"我三十二岁了，我没有亲人。你们在我这里得不到什么，我也给不了你们什么。你们选别人吧，毕竟有更年轻、更漂亮、更有钱的。我不信上帝，我的心对你们来说一点用都没有。你们只要别告诉亨德尔牧师就行。不过，也可以说，我无所谓……所以你们选我做实验是错误的。我不知道你们是怎么做的，而且我也猜不出来为什么要做这个试验。我只想求你们好好考虑一下。你们费不了什么力气就可以让我受苦，但你们也得不到什么大乐子，我身体很弱，精神上孤立无援。你们干吗要折磨一只病老鼠呢？它本来也快死了。你们最好能找一只强壮点的动物来当祭品，它会长时间地反抗，天不怕地不怕。你们要的不就是这个吗？我呢，我会把一切都忘记，我发誓。如果我忘不了，关于你们的事反正我也没人可讲，我的交往圈只有一个人，那就是我自己。我再也不会来河这边了，连看都不会看一眼，要是你们愿意，我再也不到伏尔加河边散步了。"

"我还是不明白……"

"您想要什么？请您直接告诉我，发发善心。你们，见鬼，想从我这里得到什么呢？！"

"我想上学。仅此而已……"

"仅此而已！"他重复了一遍，仔细看了看自己满是血污和石灰的手，"那好吧。要是我给您上一次课，您能答应晚上放我走吗？"

"难道真有人暴力阻拦您吗？"

巴赫疼得眯起了眼睛，他抖掉手上的泥巴和石灰。

"如果我上完课，您能保证叫来那个吉尔吉斯人，当真命令他渡河送我回家吗？"

"当然了。就是这样吩咐他的。"

是父亲吩咐的，巴赫无须提示就已经明白了。他抚平乱蓬蓬的头发，摸到上面挂着一根树枝，把它扔到脚下。他用西服袖子擦了把脸。

"好吧，小姐，我们开始学习吧……"

于是他们开始了。首先，巴赫决定检查一下克拉拉·格里姆懂多少东西——结论是她几乎一无所知。虽然嗓音温柔，交谈时彬彬有礼，但这个姑娘和非洲野人一样不学无术。地理方面，她只确定地知道两个国家的存在，俄国和德国，还有一条河——伏尔加河。而且这条河，按照克拉拉的理解，是联结两个国家的，所以能乘坐水上交通工具从一个国家到另一个国家去。剩余的世界在克拉拉的概念中就是她熟悉的这方土地之外的一片乌云，这个女孩的认知没有超越生养她的伏尔加河河岸。关于地下资源和矿产，无论从科学还是宗教的角度来看，她都觉得和天空差不多。她受过宗教教育，但几乎不知道教理问答(要是听到她讲述的亚当、夏娃故事或者诺亚的不幸遭遇，亨德尔牧师恐怕会大惊失色)，星星和星座她是按农民的方式叫的，把大熊座叫作天秤，猎户星叫作耙子，昴星团叫作抱窝鸡。地球分区和宇宙中存在其他星球的问题让克拉拉彻底蒙了，格里姆庄园里根本没人听说过天文学。不过，更没人听说过歌德和席勒。

巴赫对女孩令人发指的无知感到惊讶，每提一个问题，这种惊讶就更强烈一分。他渐渐忘记了自己不久前的遭遇，饶有兴致地去寻找克拉拉掌握的那些最细微的知识点。他觉得自己就像一个淘金者，为了几粒金子去淘洗成吨的矿石。克拉拉很愿意回答问题，没有躲躲藏藏，但她能讲的只有自己短暂而又懵懂无知的生活，从她出生起到现在，她从未走出过格里姆庄园的大门。

她童年时代就失去了母亲，没有女性的照顾，她被严厉的父亲吓得胆小怯懦，好朋友只有一个半聋的保姆。克拉拉长成了一个腼腆的女孩，温柔动人。一个不经意的词语就会让她窘迫不安，而忧伤的回忆则会引出她的泪水，她会在屏风后沉默片刻，吸吸鼻子，不由自主地叹一口气。巴赫有生以来第一次遇到一个比他还脆弱不安的人。他通常离群索居，就像藏在硬壳下面伸出脖子和爪子的乌龟，不想意外受伤。现在他不得不扮演相反的角色，仔细倾听克拉拉语气中最细微的差异，及时分辨她慌乱或忧伤的最初征兆。他精心构思问题，调动自己的全部分寸感和与生俱来的柔和。

无法观察这个女孩的脸，他只能把注意力集中在她的声音上——

我的孩子们（节选）

柔弱纤细，时不时就颤抖了。她花了好几个小时给巴赫讲女主人，这已经超出了巴赫对同村人的了解。研究别人的心灵也像一种冒险，这战胜了他不久前的疲惫和恐惧。巴赫几乎没发现屋子里的光线改变了方向，而他对格里姆小姐的愚昧无知也从反感变成了同情。

快下课的时候，巴赫把一本诗集塞到屏风下面，想检查一下克拉拉的阅读技能。他紧紧地盯着，看屏风下面能不能露出她纤细的手指，这不知为什么让他感到很重要。没有，没看到，书像遇到一股强大的吸力一下被吸到了另一侧。很遗憾。

克拉拉照着书本读得很不好。巴赫一开始听到她翻了半天书，之后是紧张的呼吸，再后来听到她读得断断续续的，又慢又痛苦，就像低年级的小学生。还没等读完两行，窗外就闪过一张阴沉的面孔，送他回家的吉尔吉斯人的身影出现在了门口。

"您明天会来吧？"克拉拉问，把书从屏风后面塞了回来。

巴赫拿起书，那上面似乎还残存着女孩手指的温度。他从椅子上站起来，一下感到双腿的酸痛。他此刻才突然意识到，几个小时里他一次都没想起过他在森林里迷过路，没想起过沟谷里险恶的泥泞，没想起过他在苹果园里的脱身。今天发生过类似的事吗？如果发生了，那又是什么呢？

他明白了，他今天因为生气而大喊过，哈哈大笑过，害怕过，开门见山过，这是他一生中从未有过的。而且他做这些事的时候一次都没结巴过。

他明白了，他想看到克拉拉的脸。

"再见，格里姆小姐！"他往门边走的时候只说了这么一句。

他的小腿和胳膊剧痛，颧骨因为划伤而火辣辣的，但他不知为什么对疼痛有点漠然了。他累了，疲惫不堪，难以忍受。

而身后，克拉拉执着地问：

"您会来吗？"

他不敢做任何确定的承诺，只是跟纺线老太太鞠躬告别，走出了小屋。

他跟着又高又瘦的吉尔吉斯人在森林里行走。巴赫环顾四周，百思不得其解，他在这么清楚明白的地方怎么会迷路呢？这就是那些橡树和枫树，摸起来粗糙扎人，树干飘出湿润的春天的味道，皱巴巴的树皮上星星点点地钻出几片绿色的树叶。这就是那条还印着他们俩清晨留下的足迹的小路，笔直通向岸边。还有伏尔加河，触手可及，就在褐色的树干之间闪闪发亮。看得见，摸得着，闻得到味道，如此熟悉的世界，怎么可能突然在某个瞬间脆弱不堪、摇摇欲坠呢？或许这一切只不过是想象？是疲惫滚滚袭来，影响到了人的思考？

"这是真的吗？"趁吉尔吉斯人用脚把小船蹬离岸边，抄起桨要划船的时候，巴赫直视他的眼睛问道，他没指望听到回答，这么问了，只是因为他再也不能把这个折磨人的问题憋在心里了，"这是真的吗？"

小艇切开水面，一蹿一蹿地驶离岸边。吉尔吉斯人的眼睛漆黑，上眼皮扁平，下眼皮全是褶皱，瞳仁折射出波浪的光芒。桨叶溅起的硕大水珠落在他赤裸的双臂和肩膀上，顺着肌肉间的凹处滚落下来。桨架有节奏地吱吱呀呀响。

巴赫转过头。他突然想再摸摸克拉拉·格里姆不久前刚刚翻过的书页。他打开诗集——从里面散发出一股隐约嗅得出的新鲜而又陌生的味道——他找到了他想找的那首诗。在题目上方，歪歪扭扭地写着一行字，字母参差不齐，没有标点："别扔下我不管求您了。"

三

巴赫开始每天都去格里姆庄园，一敲完午钟就去。那天过后，他的想象力再也没跟他开过愚蠢的玩笑了——右岸接受了这位陌生人。有那么两次，巴赫跑遍周边，想去找他记得的小树林，还有其中长得像老太婆的树根和填满树枝的沟壑，但是没找到。小树林密不透风，但可以穿行，树干还是那么挺拔粗糙，石头依然敦实，小路和从前一样可靠。近距离接触庄园和它的居民时，他们也并没有显得很奇怪。

干活的吉尔吉斯人原来真的不太懂德语，他们私下交谈用的是自己的语言，断断续续，语调生硬。巴赫竟然学会了几个词，他暗中觉得惊讶，不同的语言中，同一种物品表达出来的感觉是那么不同。比如，拿最普通的名词天空和太阳来说。德语的 himmel[①]，轻盈如呼吸，明亮如碧玉，sonne[②]五光十色，它金色的光线熠熠闪亮，温柔地洒落在大地上。吉尔吉斯人的一切都不同。他们的 kok[③] 是厚实的，向外凸起，就像铁锅的锅盖，从头顶拍一下，你就无处可逃了；他们把红铜色的 kyn[④] 用烧红的钉子钉进盖子。操持这种质地坚硬的语言的人，面孔上也会留下它严厉的痕迹，这是否值得惊讶呢？虽然对吉尔吉斯人来说，一切有可能恰恰相反，多音节的德语让他们习惯了单调清晰的发音的耳朵备受折磨。

老太婆蒂尔达年纪很大，几乎已经老得失聪了，但是她目光犀利依旧，手指依然灵活，比起和人聊天，她更愿意坐在纺车和织布机后面。从她满是老茧的手指中纺出来的线格外纤细（"头发越白，纱线越细"，移民们说的这句话并非空口无凭），而布料平整光滑，就像工厂里纺出来的一样。整个庄园里的人穿的衣服，无论冬装还是夏装，都是她织的，她裁剪缝制的，还有那些桌布也是，桌布像撒上了红花和蓝花的黑色蜘蛛网，床单、枕套和带花边的床罩也是她做的。巴赫找了个适当的机会仔细看了看老太太的光脚丫，每个脚掌上都是五根脚趾，一个都不多。

庄园主，贪吃的乌多·格里姆很少出现，他经常离开，有时连着好几周都不在。好几次，巴赫看见又高又瘦的吉尔吉斯人划船送主人到下游去，去萨拉托夫那个方向。比起陆路，格里姆更愿意走水路，极少套马车或骑马。

划船的吉尔吉斯人叫凯撒尔，他会说话，但不爱说。整个夏天巴赫只听他张过一次口，他骂了一句什么，那是有一天在伏尔加河中央，他们的船桨戳到了一条大鲟鱼，珠母色的鱼肚皮朝上——这是一个不好的兆头，虽然不会招致什么凶险的结局。

每到晚上划船返回自己住的对岸时，巴赫总是奇怪自己以前怎么没在山脚下发现过凯撒尔的小船。不过这也无可厚非，这个地区的伏

---

① 德语："天空"。——译注
② 德语："太阳"。——译注
③ 吉尔吉斯语："天空"。——译注
④ 吉尔吉斯语："太阳"。——译注

尔加河十分宽阔，从右岸看起来，就连格纳丹塔尔村的那些房子也像一片散落的纽扣，中央的钟楼就像一个竖起来的大头针。

　　庄园里的生活与世隔离。主人的每次离开和归来都成为一次事件，由此开始计算时间。除了格里姆，庄园里没人离开过。克拉拉从未去过外面，而蒂尔达在她的古稀之年早已忘了她最后一次出门是什么时候。吉尔吉斯人（说不好是五个还是七个，巴赫一直分不清他们，总是算不对），他们对幽居森林的生活似乎十分满意。巴赫怀疑他们中间有些人，没准每个人过去都有一些污点，他们最简单的方式就是躲在远离人群、无人知晓的地方。不管怎样，他一次也没见过有哪个工人心怀惆怅地望向对岸的故土。不但如此，有一个吉尔吉斯人是名副其实的猎人，每天早晨背着双筒猎枪去林子，而凯撒尔是精明的渔夫，手气好的日子能在晚饭前带回来十几斤鲈鱼和鲤鱼。巴赫以前从来没见过会打猎或者会捕鱼的吉尔吉斯人，移民们认为他们自古以来唯一擅长做的就是养牲口。与这个看法相反，格里姆的庄园里既有野禽，也有鱼类。其他方面人们靠自给自足生活，牲口和禽类应有尽有，菜园供应蔬菜，而苹果的收成几乎够吃一年，能维持到第二年春天。

　　巴赫很快融入了这种从容不迫的生活。他悄无声息地走进那栋矮小而又平淡无奇的房子，他不引人注意，也从不好奇地张望，也不用一些招人烦的问题来打扰他们。厨房有热饭热菜等着他（顺便说说，热气腾腾的，味道不错），而客厅里，在他已经习惯了的屏风后面，他的女学生在等他，旁边是那个默不作声纺线的老太太，一成不变地看着他们。

　　他们从最主要的内容——口语开始。克拉拉讲一点什么，巴赫一边听，一边翻译，也就是把带着方言的短句改成**高级德语**的句子。女学生跟着老师重复。他们不慌不忙地进行，一个句子接一个句子，一个词接一个词，仿佛在厚厚的雪地里踩着前人的脚印前行。

　　克拉拉一开始惊慌失措，找不到谈话的话题：她自己的生活毫无故事可言，而别人的命运她几乎没听说过。但很快就找到了解决办法——他们开始讲童话故事。保姆蒂尔达从克拉拉小时候起就给她讲恐怖故事：瞎子巨人牧羊；大饥荒时代耗子啃啮了坏蛋神甫；城堡一听见赞美诗响起就从湖底或河底升起来，早晨天一亮又会沉到水底最深的地方；凶恶的地神在地下溶洞冶炼银子；父亲剁了女儿们的双手，女儿们逼母亲在火炭上跳舞；残忍的猎人死了之后，注定要在一大群狗的包围之中穿过森林，去追逐受过他摧残的野兽的鬼魂，他会一直追，但永远都追不上……克拉拉能把很多传说背下来，她愿意讲给巴赫听。

这些故事和巴赫从书里读来的那些故事差别可真大啊！它们是用朴实无华的方言讲出来的，没有**高级德语**的优美和光彩可言，没经过编者挑剔的审查，这些内容听起来就像隔壁庄园的故事，平淡无奇，也像报纸上对日常犯罪事件的描述，枯燥乏味。这些故事显然还是在叶卡捷琳娜大帝时代从德意志故土搬运来的，从那时起一直就没太多变化，甚至根本没变过。一代代寡言而又缺乏想象力的蒂尔达们勤奋地把这些故事口口相传。这些童话没有什么魔力和美妙可言，只是讲讲某个东西的命运。克拉拉相信这种命运，就如同她相信腌白菜贴在脑门上能治头疼，而一大坨牛粪能预示庄稼丰收一样。她看不出童话主人公的流浪和摩西的流浪有什么区别，中了魔法的骑士的行军和普加乔夫起义有什么区别，黑死病在世间飘荡的蓝色火苗和不久前萨拉托夫的大火灾有什么区别，伏尔加河沿岸最远的地方都传遍了这个消息。毫无疑问，无论第一、第二还是第三个传说都有可能发生，而且在那片无边无际的黑云中，也就是克拉拉想象的格里姆庄园以外的世界里，多半已经发生过了。谁会着手证明相反的事情呢？

尽情说够了之后，他们开始学习写作：正字法，听写，记录老师讲的故事。这段时间是巴赫最不喜欢的，他听到的不是克拉拉的声音，而只是唰唰的笔尖声，他很快就学会了在老太太纺车的嗡嗡声中区分出这种声音。

但之后呢，之后开始上第三节课，这是巴赫最喜爱的时分，是一天中的高潮——阅读。他把随身带来的书递给女学生，从屏风下面塞过去——这已经是他们的规矩了。于是克拉拉开始读书，慢慢地，一个音节、一个音节地读，呢喃细语。她天真无邪的唇齿间吐出的歌德和席勒诗句获得了一种奇怪的音效：她用天使般的声调朗读热烈的爱情诗句，这种声调神奇地为诗句赋予了缺陷感，而她描述最可怕的场景时也用那种一成不变的温柔腔调，这让人加倍地感觉到了主题的晦暗。

胆怯的骑手……不是在奔跑，而是在飞翔……
婴儿痛苦难耐……婴儿在哭喊……
骑手在追赶……骑手赶回了家……
他怀里抱着的婴儿已经死去……①

　　巴赫听着少年时代起就熟悉的诗行，身上泛起了鸡皮疙瘩——克拉拉的朗读具有十足的表现力，出人意料。他纠正她的发音，假装叨唠几句空泛的大道理，但他内心只想让克拉拉继续读下去。于是她继续读，读那些悲情的德语叙事诗，它们的前身是那些残酷的童话和阴暗的传说：渔夫受海姑娘甜美的歌声吸引，沉入海浪中；国王们在欢乐的宴会上不省人事；那些死去的新娘和还活着的新郎们争夺床铺，吮吸他们的血……

　　有的时候，克拉拉奇妙的嗓音会起到与故事内容相反的效果：诗句中饱含着的再明显不过的绝望感，在她温柔的声调中消失殆尽，让位给希望。

高高的山峰，在漆黑的夜晚沉睡……
寂静的山谷，充盈着清新的雾霭……
道路没有扬起尘土……树叶没有颤抖……
请等待片刻吧……你也会得到休息……②

　　听《漂泊者的夜歌》时，巴赫有生以来第一次相信，等待孤独漂泊者的不是藏匿在山间深渊中的冰冷永恒，而是清晨、光明和温暖，太阳马上就要从远山后面破晓而出，养足精神的漂泊者要站起来出发去远方了……

　　巴赫做好了听克拉拉一连朗诵好几个小时的准备。而克拉拉想听巴赫说话，读累了之后，她请他讲点什么"富有教育意义的内容"（在

────────────

① 歌德的叙事诗《魔王》，由茹科夫斯基译成俄语。——原注
② 歌德的诗作《漂泊者的夜歌》，由莱蒙托夫译成俄语。——原注

我的孩子们（节选）

地理或历史知识中），或者"有趣的东西"（格纳丹塔尔村，对她来说，这就是轰轰烈烈的社会生活的中心）。巴赫会让步，但预计到马上要下课时，他几分钟之后就严厉地命令克拉拉：请继续读！

克拉拉柔和的声音很快填满了巴赫的生活，就像空气填满空瓶子一样。每天早晨醒来，他都会问候这个声音。这个在巴赫心里响起的声音若隐若现，盖住了清晨他已经习惯的多声部合唱：高低起伏的牲口的叫声，鸡叫声，格纳丹塔尔村大嗓门女主妇们的歌声，甚至还有学校悠远的钟声。这个声音有时在睡前若隐若现，从窗外某个地方钻进来，巴赫诅咒自己愚蠢的想象，不抱任何指望，但还是半披着衣服跑到外面，兴奋地环顾四周，之后慢腾腾地转身回来——得赶紧睡觉，好让明天快点到来。

从前，巴赫的梦是一幅幅鲜活的画面，现在则变成了口头讲述的故事：数不清的人物形象汇聚成了他唯一熟悉的声音，这些梦巴赫是听到的。如果这声音安静而又温柔，他会开心地聆听，如果这声音激动得发抖，他会焦虑地聆听。而有的时候，这个声音比平时要低沉，略微有些沙哑，声调中有一丝让人感到陌生的疲惫。这样的时分，巴赫会从被子中一跃而起，鬓角潮湿，因这莫名的恐惧而胸口发闷。之后他就再也睡不着了，直到早晨。

巴赫经常陷入沉思，如果有一天把他和克拉拉隔开的那扇屏风倒了——它自己倒下的，比如说，被突然刮来的穿堂风吹倒。他想过，就连最琐碎的细节都想到了，不知被谁打开的大门会吱呀作响，一阵风砰的一声吹开窗户，玻璃直颤，而屏风吱地响了一下，麻布帘被吹得像船帆一样鼓胀，屏风随之轰然倒地。这一瞬间，他雅科布·伊万诺维奇·巴赫会做些什么呢？他或许会眯缝起眼睛吧。他会用手遮住眼睛，紧紧遮住，把脸埋进腿里，一直这么坐着，直到蒂尔达把屏风归位，拍拍他的肩膀说：好了，站起来吧，可以看了。巴赫不愿意，甚至害怕屏风会倒掉。他害怕看见克拉拉的脸。

不，一开始他是想看见的，特别想。他总想勾勒出她的模样——睡前躺在床上，想象着各种可能性：这女孩有可能是个美女，是个普通人，也有可能真是个傻瓜。他当然希望这是一张可爱的、不那么漂亮的脸，没有明显的美貌标志，是一张圆润或苍白瘦削的脸，翘鼻子的脸或麻子脸，头发颜色太浅、几乎像没有眉毛的脸，或者皮肤像茨冈人一样黝黑……之后他突然很害怕，怕克拉拉是个丑八怪——鼻子那儿长个大窟窿或者脑门凸出。或许她是个残疾人——身体在火灾中被烧伤，缺胳膊少腿。或许她是瞎子、瘸子或罗圈腿。手臂萎缩。驼背。小矮子。比这更糟的是无可挑剔、夺人眼球的美貌……类似的念头把巴赫的心折磨得痛苦万分，他禁止自己想象女学生的外貌，对他来说，克拉拉有迷人的嗓音就足够了。智慧，乌多·格里姆多么智慧呀，他在他们中间竖立了一道救命的墙！

不过，巴赫内心还是不可救药地想了解克拉拉更多一些——不顾他自己设立的理智的禁令。与他们认识的第一天一样，传递听写用的纸或者需要朗读的书时，他在屏风下的缝隙里看克拉拉的指尖。有时他能看见半圆的粉色指甲，这让他格外难为情。有时，天气晴朗的晚上，落日在房间中洒满余晖，在屏风的布帘上，就像在屏幕上一样，灰色的身影若隐若现：那是克拉拉。偶尔——这些时刻尤其让人难忘——克拉拉受交谈或议论吸引，站起身来，在屏风那一侧踱步（每边可以各走三步），这时可以勉强察觉到布帘在微微颤动。巴赫朝脚步方向转过头去，深深地、悄无声息地吸一口气：鼻孔似乎能感觉到女孩淡雅的体香。这不好，这很丢人。他骂自己，让自己赶紧停下，但不知为什么却停不下来。

其实，克拉拉自己也在渴求接近。歌德诗集里的每一页纸上很快就写满了她简短幼稚的留言——她每次一拿到书就用钢笔在空白处尽力地写。翻看诗集——这是他和克拉拉的秘密通信工具——巴赫能够看出她在学习上的进步：字母慢慢变得不那么歪歪扭扭的了，词语的拼写错误消失了，而且，出现了标点。

我今天梦见了一条黑狗鱼。

我的眼睛是蓝色的，您的呢？

格纳丹塔尔村的人穿什么样的衣服？

我不会游泳

您小时候也怕狗吗？

蒂尔达假装是聋子，其实她什么都听得见。

我的孩子们（节选）

再给我讲一点季特里赫村长的笑话。

我今天梦见了一只白狼。

您的声音为什么不开心？

我不想去德国，不想结婚。

一开始，巴赫不知道该不该回复这些秘密信息，要不要以此鼓励这种危险的交流：如果蒂尔达发现了，她会报告男主人，课程一定会停止。之后，他还是决定回复一下，但是手法狡猾，旁人肯定什么都发现不了。他把回答克拉拉的话编进了每天都要进行的听写中（克拉拉，写一下这几个句子，别走神。"我有一双淡褐色的眼睛。"写"淡褐色"之前，先好好想一想。回忆一下昨天讲的复合词拼写规则……）他讲述诗人和统帅的生活时，把自己的生平细节添了进去（……也许没几个人知道，但歌德一生都怕狗，而且他根本不会游泳，别看他出生在一条叫美因河的大河边。您看，克拉拉，谁都不是完美的，即便那些人所共知的天才……）他把自己的话添到那些诗人、政治家、哲学家和君主身上（未来的女沙皇叶卡捷琳娜，她暂时还不是俄国的君王，没被称作一世，只是一个年少的、无人知晓的德国公主，她对自己说："婚姻之冠沉重却不可避免"……）他相信克拉拉会明白，她会解开每个密码，猜出每一句他说给她听的话。

现在巴赫做的一切，所思所想的一切都是为了她。他提前备课，头一天晚上就开始：选择话题；在记忆中搜索——寻找，看哪些故事能让克拉拉开心，或者让她害怕地叹气。他开始仔细观察格纳丹塔尔村的村民，寻找他们外貌中有趣而又好玩的特征，回忆聚居地流传的故事。哎哟哟，身边有多少好玩的事啊！他有生以来第一次发现，比如，画师弗洛姆的脸像极了田鼠，而大胖子艾米·彪里，人们只叫她的外号西瓜女郎艾米，她确实就是一座西瓜山。

"我们格纳丹塔尔村有一个胖得不可救药的女人，"第二天，巴赫一边把手抄在背后讲趣闻，一边狡猾地看看麻布帘，"西瓜女郎艾米。给她起这个外号根本不是因为她的腮帮红润，虽然她的脸蛋在天气阴沉时也闪着红光，一俄里以外都能看见。起外号也不是因为她脸上黑瓜子一样闪亮的小眼睛。是别的原因！"

"是什么原因呢？"克拉拉小声回应，她的叹气声中能听出一种判断。

巴赫没立刻回答，他不慌不忙地展开情节，他就是这么设计的。

"种蔬菜和浆果的时候，在格纳丹塔尔村，或者在任何一个大聚居区，比如苏黎世、巴塞尔、申根和巴尔采尔[①]，这些地方的女主妇们会说些什么呢？"

"以上帝的名义，快长吧！"习惯在园子里干活的克拉拉想出了答案。

"是的，有时候会说：'在苍天之下快长吧，快来我们的餐桌。'"巴赫表示赞同，"可是艾米说什么呢？"

"说什么？"

巴赫做了一个长长的停顿，直到克拉拉快要失去耐心、懊恼地又追问了一遍：

"到底说了什么？她说什么了？"

"这个厚脸皮的女人一边往湿润的土里撒种子，一边小声对每个种子说……"巴赫放低声音，拖长声音，就像在讲什么悲剧故事，"……'长得像我的屁股那么大吧，让我们来个大丰收！'"

屏风后传来害羞的窃笑。

"她对甜瓜种子说……"

"说什么？"

"长得像我的胸脯那么大吧，和它一样甜！"

窃笑变成了大笑。

"瓜果真的长大了！"巴赫的声音重新变得饱满，在客厅回荡，"别人园子里的西瓜又小又不甜。可艾米的西瓜大到一个人都抱不住，就像有股子劲儿要从西瓜里面把它胀破！"他把手伸开，如同舞台上灵感四射的演员。

屏风后的笑声越来越响亮，变成了哈哈大笑。

"7月，艾米在瓜田里，在黑绿相间的漂亮西瓜中间忙活时，她深深弯下腰，朝灼人的太阳撅起著名的屁股，她穿着一条紧绷绷的绿裙

---

① 均为俄罗斯境内的德裔聚居区。——原注

我的孩子们（节选）

子，搞不好真的分不清哪个是西瓜，哪个是艾米。"巴赫困惑地扬起眉毛，耸了耸肩膀，"艾米地里的甜瓜也一样，沉甸甸的，一头有点粗，末端挑衅似的翘起来。正经人看一眼马上就红了脸……"

克拉拉想说点什么对逗趣的细节表示反对，但她笑得上不来气，一句话都说不出来了。巴赫有些兴奋，头颈后仰，头发乱蓬蓬的，还在继续添油加醋。

"听说，丢勒家没毕业的大学生一心迷恋学术，有一天，他观察艾米如何在伏尔加河游泳，他想比较艾米的体形和果实的区别。这么一来，他确信二者绝对是相似的：艾米种出来的西瓜和甜瓜跟她的体形一模一样！"

巴赫用手在空中比画着，忘了克拉拉根本看不见他。屏风后面的她已经累了，再也没劲儿笑了。

"别的主妇臊红了脸，偷偷摸摸地，也想在自己的菜园里试试艾米的咒语，但一无所获。有时西瓜全烂在地里了。她们很难过，撒手不干了。这是对的，因为西瓜女郎艾米是独一个！我们得赞美上天让她出生在了格纳丹塔尔村！"巴赫抓起他平时坐的雕花椅子，咚的一声，非常有表现力地把它在地板上跺了一下，这意味着故事结束了。跺椅子的声音十分响亮，连不动声色的蒂尔达也哆嗦了一下，眼前旋转的线轴她也不看了。

"全能的上帝啊，"克拉拉笑完了，平息起伏的呼吸，喃喃地说，她不久前还如此开心的声音中，现出一丝郁郁寡欢，"我以后能有机会去这个美好的格纳丹塔尔村看看吗？！"

克拉拉的存在真的给巴赫创造了一些奇迹。就连雷雨——伏尔加河流域强有力的大雷雨，地平线上的一团团乌云，半空中的电闪雷鸣——也对他失去了威力。现在让巴赫热血沸腾的不再是肆虐的雷电，而是和躲在屏风后面的女子的低声交谈。对他来说，现在的每一天都是向往已久的雷雨，克拉拉的每一句话就像等待已久的雷声。巴赫宽厚地观察着草原上偶然刮起的暴风雨和伏尔加河上滂沱的春雨——他现在浑身是电，就像天空中飘浮的最有力的一片乌云。

好几个星期、好几个月就这样过去了。

5月，放牧归来的格纳丹塔尔村村民在田里种甜瓜、西瓜和南瓜，在菜园里种土豆，巴赫和克拉拉在读歌德。

6月，剃羊毛，割草（趁草原的太阳没把草烧焦之前赶紧割），他们开始学习席勒。

7月，收黑麦（夜里收，怕白天日头太毒，麦穗上的麦粒会掉下来），宰杀小羊——它们的毛比针茅还软，肉比浆果还嫩，巴赫和克拉拉学完席勒，开始读诺瓦利斯了。

8月，谷仓装满饱满的小麦和燕麦，之后全村人都在熬制西瓜蜜（一整年都要喝它，兑上一捧家用冰窖里的冰，再放两个黑刺李），他们开始学习莱辛。

9月，人们收土豆、萝卜和甘蓝，骑着犍牛在秋耕休闲时开垦耕地，村民们已经从夏季牧场把牲畜赶回来了，用夏天的太阳烤结实了的泥砖修葺房屋和畜棚，这时，巴赫和克拉拉重新开始阅读歌德。

10月初，离新学期开始没剩几天了，克拉拉在一本翻得破烂不堪的书里，恰好在《漂泊者的夜歌》那首诗的上方，写了这么一句："明天我们去德国。"

巴赫看到这个消息时，已经坐在沉默寡言的凯撒尔的船里了。他最初没法儿相信：这么丰富充实的生活不可能在一瞬之间从此地消失，转移到另外一个国家去。怎么可能消失呢，这些山羊、羊羔、火鸡、鹅、马、马车，装在透气箱子里的上百公斤苹果，一桶桶甜酒，成串的干鱼，一大堆没漂白的床单和枕套，餐具架，摆着烟斗的橱柜……所有这些愁眉不展的吉尔吉斯人，凯撒尔和他的小船，蒂尔达和她永不离手的纺车。还有克拉拉，他们怎么可能消失呢?!

之后他想起来了，是的，后院好像确实立着一些箱子，后来搬到了小车上，用皮带绑了起来。好像最近鸡和鹅没在脚下乱走了，它们似乎从庄园里消失了。而果园里的苹果树已经缠上了麻袋布，虽然通常都是冬天下雪的时候才缠。

"停下！"他冲凯撒尔喊，"别划了！你的主人们明天真的要走吗？"

巴赫想起来这个人不懂德语，于是用这个夏天学会的十来个吉尔吉斯单词试着解释了一遍，但什么都没说清楚：他含混不清地斟酌词语，紧张地舞动双手，一会儿指着沿岸的山，一会儿又指着西边萨拉托夫的方向。他不小心把今天的一摞听写纸失手掉进了伏尔加河里，纸页在水面漂散开来，在船尾后面消失不见。凯撒尔面色阴沉，无动于衷地看着他，就像看着一条进行最后挣扎的鱼。他还在划。

"停下！"巴赫抓住船桨，"回庄园去！"

凯撒尔停了一下，推开巴赫的手。巴赫第一次感觉到吉尔吉斯人这一推是多么有力，他又重新去夺桨。

巴赫因为激动和万千思绪上气不接下气，他看见那排白石头一蹿一蹿地离他越来越远。船就像被人推走了一样，冷漠而又一刻不停。风吹动树梢，掀起波浪——它吹在已经斑驳发黄的树叶上，也吹在10月沉甸甸的水面上。上百个白色的浪头在伏尔加河上奔腾，如同苍茫田野上一望无际的羊群。小船摇摇晃晃，但凯撒尔灵巧地掌握着平衡，垂直切向每一个迎面而来的波浪。巴赫把歌德诗集紧紧抱在胸前，缩在座板上，不知道他是因为刮风还是伤心而浑身发冷，丝毫没察觉到飞溅在脸上和身上的水滴。

夜不成寐，心事重重。早晨，一敲完6点的钟，他立刻跑去找季特里赫村长要一艘船和会划船的人。季特里赫没作声，把老师领到窗户跟前，默默拉开了窗帘——玻璃窗上蒙了一层不祥的水汽，窗外风雨交加：吸饱了水分的乌云紧贴在河面，波浪卷起老高，差点就够到乌云乱蓬蓬的尾巴了——根本不可能下河。说到底，巴赫是可以把一切说清楚的，解释情况，求情，下命令……但他只是嘟囔了几句求情的话，支支吾吾的，把余下的话又咽了回去。他一无所获地离开了。

他挨家挨户地跑，一个人，没和村长一道。他恳求每个哪怕只有一艘破船的人：猪倌高夫，磨坊主瓦格纳，寡妇科赫又高又壮的儿子，西瓜女郎艾米的丈夫，没蓄小胡子的彪里（还有一个蓄小胡子的彪里，不过他凶神恶煞的，简直不敢靠近他），还有很多人。他重复着同样一些话，双手按住胸口，就好像要把它和脊柱按在一起，他捣蒜似的点头，盯着别人的眼睛，笑得十分卑微。每个人都拒绝了他："您啊，老师，可别犯傻啦，得为我们的孩子保重自己啊。您要是淹死了，您只能在水底下教鱼虾识字了！千万别去！"

他跑到码头上，一个人坐在那儿，对大风和越下越大的雨毫无感觉。他看着灰色的巨浪拍岸，污浊的黄色泡沫把码头淹没了。漆黑的雨幕后面，根本看不到对岸。

头一天晚上那些小船就被拖上了岸，现在底朝天倒扣在灰色的沙滩上。沉甸甸的雨滴往下落，击打巴赫的两颊，这时他缓过神来，钻到了不知谁家的一艘船帮长满苔藓的平底船下面。他坐在地上，蜷起身子，后脑勺顶着船底。他听着雨滴击打木板的声音，手指不停地在沙地上画来画去。要是现在有胆子大的人把他渡到右岸，他会做些什么呢？仰望乌多·格里姆的大胡子和浓密的小胡子，巴赫会对他说些什么呢？他不知道。但他无力离开岸边。

风刮了两天没停，这两天巴赫去了格纳丹塔尔村，只是为了敲钟。其余所有时间他都坐在岸边，裹着一件羊皮短大衣御寒。用这两天时间可以抵达萨拉托夫，坐上火车去莫斯科，之后再直奔遥远的德国。

第三天晚上，浪变矮变缓了，浪头上的泡沫不见了，云层厚实的天空吝啬地露出了一点太阳，船夫们走到蜷缩在倒扣的小船上的巴赫跟前，去告诉他：“就这样吧，送老师到对岸去吧，既然他迫不及待地要去那儿，不过得等到明天，等伏尔加母亲河彻底平静下来。”巴赫抬起暗淡无光的眼睛看了看他们，默不作声地摇了摇头。船夫们对视了一下，耸耸肩膀，走了。

他又坐了很久，盯着河水，看对岸灰色的远方现出一条亮粉色，那是山的轮廓。他想起他已经很久没睡觉了。想起明天是 10 月 1 号，新学年即将开始。他从船舷滑下来，迈着沉重的步伐回家了。这些天他冻透了，已经连着好几个小时忽冷忽热，但屋子里没有可生火的东西——学生们明天才能带干粪砖和柴火过来。

他走近校舍，发现门廊上有个人影——有个人坐在台阶上，个子小小的，一动不动。他突然觉得一阵燥热，但身体没停止哆嗦，而是哆嗦得更厉害了。

听见黑暗中的脚步声，那个人影抖了一下，仿佛睡醒了一般，慢慢地站了起来。

巴赫停住脚步，离门廊还有两三步远，他感觉到热汗顺着脊柱往下淌。浓重的夜色中看不清来访的客人，只能听见呼吸声，轻柔的、断断续续的，似乎受了惊吓。

我的孩子们（节选）

"请问是巴赫老师住在这儿吗？"那个熟悉的声音轻轻地响了起来。

"您好，克拉拉！"他张开了不听使唤的干燥的嘴唇。

他打开门，克拉拉走进了屋子。

四

那天夜里，他骗克拉拉说煤油灯没油了。点亮油灯，看清她的脸——这简直不可思议，巴赫疲惫不堪的心脏承受不了这些。

在他的坚持下，克拉拉脱掉衣服躺到了床上，躺在唯一的鸭绒被里。克拉拉收拾就寝时，巴赫去了教室，在那儿来来回回踱步，生动具体地想象着她这一天的所有遭遇和艰辛。她讲了她是如何逃离父亲的：她在萨拉托夫之后的第一站溜出包厢（蒂尔达被火车晃悠得昏昏欲睡），到莫斯科之前她是必须一路待在包厢里面的，然后她下了车，谁都没发现。她快步往某个地方走，头不抬眼不睁，直到发现自己来到了很多商铺、马车、马匹和人流中间，他们说的话让人听不懂。她开始打听去格纳丹塔尔村的路，谁都不搭理她。最后有一个红胡子农夫在她的话里听出了聚居地的名字，答应送她过去。他没骗人，把克拉拉送到了地方，先是坐渡船过了伏尔加河，之后坐马车顺着左岸到了格纳丹塔尔村。农夫要了一小袋钱当路费，那是爱操心的蒂尔达拴在克拉拉腰上的，但里面有多少钱克拉拉不知道，因为根本没打开看过。

巴赫在教室了转悠了差不多一小时，也可能是两个小时，他发现他不打冷战了，疲惫感也消失殆尽。他脱掉靴子走进屋子，尽量不让衣角发出声音。听不见克拉拉的呼吸声。巴赫担心她不见了，或者压根没来过他阴暗的小房间，这只不过是他发高烧时的幻象。他碰倒了几把椅子，跌跌撞撞地冲到窗户跟前，拉开窗帘一看——她在这儿！她在这儿，鸭绒被下依稀可辨她的身影，头发散落在枕头上，脸在黑暗中模糊不清。她被响声惊醒了，翻身冲着墙，又睡着了。

巴赫没再拉上窗帘。他小心地扶起椅子，把它们立在床边。他坐下。他把胳膊支在膝盖上，两手撑着下巴，盯着克拉拉看了起来。他不想睡觉，没感觉到他蜷起的身体的姿势是那么别扭。

没有月亮的漆黑夜晚迎来了昏暗的清晨。一片深蓝色的晨昏中渐渐显露出克拉拉的轮廓：小巧的耳朵，颧骨，眉尖。这被清晨的昏暗模糊了的轮廓比清晰的画面更加让人激动，因为可以用它画出任何一幅肖像。巴赫希望这模糊难辨的时刻持续得久一些，尽可能拖延见面的时间，想起该去敲 6 点早钟的时候，他甚至松了一口气。

幸运的是，克拉拉并没被钟声吵醒，于是巴赫又在她旁边坐了一会儿。她离得那么近，这以一种神奇的方式温暖了他，他甚至解开了制服的领口。他突然发现衣襟已经彻底磨坏，而袖子又要修补了。他似乎用陌生人的眼睛又打量了一番自己的房间，很久没粉刷过的墙壁满是裂痕，大肚子炉子遮挡住了空间，藏在角落里的藤编书架上堆满了书，底下垫着一块砖头，代替书架断了的一条腿……是的，应该为这样的住房感到难为情，如果还有这么一次，他肯定会难为情的，为自己破旧的制服难为情，但现在他心里没有难为情的余地，他为即将到来的见面感到十分焦虑。

快 8 点了，克拉拉还没醒，于是巴赫去教室那一侧了，一直没见到她的面。午休时他没回他的屋子，而是给自己在班级里找了十来件事情做：给冰冷的炉子生火，和学生谈话，修补破旧的教科书……两只手忙着没完没了的事情，嘴巴念叨着无数的词句，可耳朵仔细地倾听着墙壁后面的动静。那里一片沉寂。

放学后，送走最后一个学生，关上校舍的门，巴赫已经想回到自己的屋里去了，但他不知为什么没动，而是坐到学生的长凳上，坐在第一排的"小毛驴座位"上。他就这么坐着，用力在膝盖部位的呢子上擦拭自己汗津津的手掌。这时，生活区那一侧的门打开了：克拉拉自己走到了他跟前。

她很漂亮，漂亮得光彩夺目，漂亮得超过了一切尺度。巴赫可不是只凭想象就认定她的外表无可指摘——无论柔嫩的皮肤，光滑的头发，蓝色的眼睛，还是长着星星点点雀斑的脸颊都那么美。他坐在长凳上，佝偻着背，惊呆于这美貌，不知道该说什么。克拉拉走到他跟前，坐到他身边。她专注地打量着他，这让他不知所措，脸颊和发根汗津津的，突然涌上来一阵羞愧，不是为了可怜巴巴的制服和贫寒的住房，而是比这更糟糕的，为他自己毫无个性的柔弱外貌，他头上稀疏的头发和瘦弱的脖颈，为他像小狗一样时常流露出恳求目光的眼睛。巴赫真想用手遮住他羞红的脸孔，但他想起手指甲很脏，已经三天没清理了，于是他急忙放下了双手。

"现在该怎么办呢？"他回过头来无助地问。

"我现在难道不是您的妻子了吗，老师先生？"

巴赫猛地回过身来，就好像有人用教室里的尺子抽打了他的后背。

"不要拿我开心，克拉拉！"他想大声说，"您看看我吧，仔细看看！"他恨不得一跃而起，把她拽到窗户跟前，"您看一看，然后实话告诉我：您想要的是不是这样的丈夫？！"

然而，他只是张了张嘴巴，就像一条从水里刚被捞上来的鲫鱼。确实，他应该跪下来，或者亲吻她的手，或者再做一个什么殷勤的手势，但是，并没有，他只是怯懦地笑了笑，之后皱起眉毛，含混不清地说了句什么，几乎听不清，点了点头，然后退到了门口。他后背抵住门，用屁股顶开房门，一下跑远了——他要去找亨德尔牧师。

然而亨德尔牧师拒绝给两位新人举行结婚仪式。老师家不知从何而来的女孩如此年轻，让人怀疑她是否成年了。她真的像她自己说的那样年满十七岁了吗？能证明她年龄的文件，和其他文件一样，她一份都没有。而最主要的是，她没有每个小移民都有的坚信礼①证明，也没法证明一个女孩在基督教意义上的纯洁本质。牧师和克拉拉谈了很久，检查她的教理知识。考完之后他脸色苍白，双唇紧闭，他建议赶紧找到她的父母，把"蒙昧无知的孩子"交还给他们。而克拉拉则必须暂时搬到牧师的寓所，由一对中年牧师夫妇看管，在那儿住一段时间，直到找到她的父母或者有关她从前生活的证明。

巴赫的脸和脖子涨得通红，意外地卡壳说不出话来了，他搞不懂他身上为什么会发生这样的事，生平第一次反驳了亨德尔，他说，克拉拉会留在学校。他让牧师趁河水没结冰之前去一趟右岸，去证实克拉拉的确在庄园生活过，或许，还能找到乌多·格里姆的痕迹。村长

---

① 天主教徒的宗教仪式和敷油礼，通常由神父给 7—12 岁的儿童施行。——译注

季特里赫回绝了，说所有人都知道修道院的地盘禁止踏入，右岸的山根本爬不上去，那边除了密不透风、走不到头的森林什么都没有。而且，大家也知道巴赫老师有时举止怪异，缺乏理智，所以没法相信他的话。

　　一个年轻的贵族小姐大半夜奇迹般地出现在校舍，巴赫因她着了魔，乃至决定和牧师对着干，这些消息让高尚的格纳丹塔尔村村民们坐立不安了。所有人立刻想起了跟老师有关的所有事情：夜晚时分的无目的漫游，一成不变地喜欢独处，暴风雨中的如醉如痴，从前得到宽容原谅、已经被遗忘的一切，如今又从记忆深处浮现出来："他总是傻乎乎的，现在彻底疯了！"一想到女孩年龄不明，差不多可以给巴赫做女儿了，还在他屋子里过夜，格纳丹塔尔村的女主妇们怒火中烧。聚居地到处都在谈论可疑的贵族小姐和品行不端的老师，这么多年来他假借自己的老实淳朴迷惑了善良的格纳丹塔尔村人。

　　牧师考完克拉拉的第二天，巴赫带克拉拉出门去散步，想给她看看格纳丹塔尔村和周边他喜爱的地方。这个主意以沮丧告终。每个迎面走来的人，刚一看见他们，马上走到马路另一侧，想离这对掀起丑闻的新人远一点，他们停下来，嫌弃又极度好奇地看着他俩，就像看着长了两个脑袋的蜥蜴，或者看一只没长螯而是长了一对爪子的大虾。女人们凑成一堆，脑袋挨脑袋，包发帽的花边都要碰到对方的脸了，她们窃窃私语，投向这一对新人的眼神意味深长。还没走出十户人家，克拉拉就要回去了。

　　从那天起，她就没再出过学校的门，她整天坐在巴赫的房间里，听外面的声音。听到走近的马车的轰隆声和陌生人的说话声时，她会用手捂住脸；马车走远，路人走过去之后，她再抬起头来。她的腮帮变白了，塌陷了，嘴唇的线条变得更加纤细、忧伤。而她的眼睛，正相反，出现了一种冰冷和漠然，就好像独立于身体而存在，属于另外一个比克拉拉更年长、更聪明的人。

　　有一次，一个傻瓜恶作剧地想扒窗户仔细看看"著名的贵族女孩"，于是巴赫早晨不再拉开窗帘。有一次，一个人往窗户上扔了一团泥巴，巴赫把护窗板也关上了，现在屋子里一直都是昏暗的。巴赫特别喜欢这样，这种昏暗让他想起他和克拉拉的第一个夜晚。

我的孩子们（节选）

　　一开始他不停地说话，想让她开心，说读过的书，历史人物，著名的作诗法。但一遇上克拉拉略带询问的忧伤眼神——从中既可以读出忧伤、希望，也能读出某种羞怯的期待，巴赫的话就卡在喉咙里说不出来了。他语无伦次，脑子里一团乱麻。他手足无措，不知所云。无论是书，统帅和国君，甚至最美妙的诗此刻都不合时宜。此外，一个念头一直挥之不去，那就是有人藏在窗户另一侧，好奇地把耳朵贴在护窗板的缝隙上，一直等着呢。就这样，他毫无头绪的唠叨让位于习惯的少言寡语。他安慰自己说，家里有很多书，克拉拉可以随便拿起一本看一看；早晨，他带着教科书去教室那一侧的时候，或者晚上他回到家，怡然自得地背靠炉子坐着，默不作声、满心欢喜地看着自己心爱女人的时候，克拉拉都可以看书。

　　巴赫不断为克拉拉虚幻的希望感到心疼。他觉得有负罪感，同时又很幸福，幸福得无边无际，因为他能看到她，听见她，偶尔，帮她从炉子上端锅或者从书架上取书的时候，还能碰到她的胳膊。看着整小时、整小时地坐在床上，眼神空洞的克拉拉，让人感到心疼，但内心的某个部分又为幽禁了她而高兴，因为这样，她就只属于他一个人了。听到格纳丹塔尔村村民的指责让人很痛苦，巴赫在他们责备的目光下抬不起头来，萎靡不振，他意识到自己的行为越了规矩，为此感到痛苦。但只要打开门走进屋子，闻到依稀可辨的克拉拉头发的味道，听见她裙裾的窸窣声，看到她黑暗中模糊的面庞，那些关于他自己犯了错误的念头就会烟消云散，内心转而充满欣喜和热情——和克拉拉在一起，他觉得自己强壮有力，无所不能，如同处在雷雨中心，如同血液中充满了让人燃烧的春天的电波。他明白克拉拉无法分享他的欣喜，也明白不能再这样下去了——应该有某种东西把这拖延已久的荒诞场面打破。

　　而传闻就像面团一样在发酵。很难说是有恶人故意散播消息，还是它们自己出现的，就像有时品行端庄的基督徒也会长出令人厌恶的虱子一样。谣言五花八门，内容丰富，由不得你不信！人们交头接耳，说女孩根本不叫克拉拉，而是叫库尼贡达；说她不是别人，而是巴赫的秘密女儿，说巴赫先弄死了美人的母亲，而现在想娶他自己的孩子；说她从头顶到肚脐眼都是美的，而从肚脐眼到脚后跟的部分则长满刺猬刺一样的黑毛；说她根本不叫库尼贡达，而是叫卡基利亚；说她右脚的袜子里总是藏着新摘下来的柳条，谁都不知道是为了什么；说她根本不叫卡基利亚，而是没名没姓，今年秋天之前这个女孩曾被用链子拴在一个遥远谷地的井边。

关于老师也有一些传闻，说他晚上散步的时候跪在士兵溪前，把脸贴近水面，像狗那样狂吠；说他用手在三牛沟旁边的牲畜坟墓上挖土，然后把土抹在自家墙上；说他懂土耳其语（光这一个情况就非常可疑了）；说他在草原的土窑里幽禁一个女人多年，现在想娶她，然后移民去巴西。

此外，带孩子出门时，人们压低嗓门，热火朝天地小声嘀咕，说校舍里夜间发生的下流事。晚秋时节，这些传闻已经到了白热化的程度，添加上了各种各样细节，以至于亨德尔牧师听到后，一连三周布道时讲的都是诽谤有罪。

第一个拒绝送孩子上学的是西瓜女郎艾米。三天以后，上早课时一个孩子都没来。一周以后，男人们杀完猪，做好冬天吃的香肠，宰杀完大部分家禽，拔了毛，去了内脏，把它们整整齐齐地摆在自己家的冰窖里，他们去村里参加集会，一般这都是在学校里召集的，他们要求季特里赫村长换个新老师。

这是 11 月末，天寒地冻，大雪纷飞。道路扫干净了，街上人烟稀少，偶尔有人坐雪橇离开土生土长的聚居地，村民们静静地等待圣诞节的到来。这个时候，找新老师基本无望，然而讨论十分热烈。也许探讨的话题让男人们热血沸腾，也许他们知道谈论的对象就在墙壁那一侧——满脸雀斑，长着一双无辜的眼睛和翘鼻子的女孩——他们的嗓门那晚简直惊天动地，村长不得不用尺子敲了三次讲台，让他们安静。

"大儿子战死了，老二被俘虏，小儿子连个学也不能好好上。每天早晨老婆不敢送孩子上学！这算什么事？！"又瘦又小的科尔大声说。

"把全村人召集起来，把那个女孩从学校赶走吧！必须让她走！把她关在牧师家的地下室，三天不给她饭吃，让她忏悔忏悔！"小胡子彪里脸色阴沉地说，"老师呢，让他光脚在格纳丹塔尔村走一圈，半夜走！你看他会不会回心转意！"

"把两个人都赶走吧！让他们在结冰的伏尔加河上示众，让他们带着东西，爱去哪儿去哪儿！去隔壁的村子都行，去巴西都行！"总是随声附和的高斯说。

"大冬天的我去哪儿给你们找新老师呢？拿雪雕一个吗?！"季特里赫村长说，"巴赫自己过日子的时候，工作干得不错。就让他继续过吧，一个人过。让他教孩子们上课！家里那个傻女人呢，其实没什么。有点大粪，也不碍事！"

他们决定让亨德尔牧师圣诞节之前在学校教课，让迷途的老师再反省最后一次，回到大家的怀抱，把克拉拉交给教会，而老师从1月初重新履行自己的职责。

巴赫在炉子旁边漠然地坐了一整晚，他听着集会的人七嘴八舌，但眼睛一直盯着火光。大家问他有什么要说的吗，他只是皱了皱眉头，耸耸肩膀说："没什么可说的。"众人散去，只留下了他一个人。

他回到屋子里。克拉拉脸贴炉子站着。她毫无疑问什么都听到了，没漏过每一句话——教室和住房之间的墙太薄了，是木板的。

"现在怎么办呢？"巴赫想问她，就像几周前那样，但是没敢问。

他把旧皮袄扔在炉子上（床第一天就让给了克拉拉），蜷起身子躺下了。他不知不觉睡着了。

他被一个念头吓醒了：克拉拉不见了。

"克拉拉！"

他一跃而起，环顾四周，只有煤油灯在空旷的屋子里忽明忽灭。他想从炉子上跳下来，但翻身没翻好，一下儿摔倒了，摔疼了胳膊。

"克拉拉！"

他冲到炉子后面——没人。

教室里——没人。

他跑到门廊——也没人。

"克拉拉！"

风吹打胸口，冷气像针一样把额头刺得生疼。巴赫蜷起身子回到屋里，他看见门口的钉子上什么都没有。克拉拉穿着自己唯一一件棉背心走了，那是呢子面的薄棉衣。巴赫披上皮袄，扣上护耳帽，脚蹬棉靴，抱起鸭绒被——要用它裹住克拉拉，冲进了黑夜。

天上的月亮黄澄澄的，朦朦胧胧，月光下的雪地像一块块黄油。教堂钟楼的黑色影子斜映在整个广场上。从校舍的门廊开始，有一串串脚印散向四面八方——今天半个村子的人都来开会了。巴赫愣了片刻，之后转身奔向伏尔加河。他不知道为什么，觉得这样是正确的。

他抱着一大团鸭绒被，吞着刺人的雪，看不见脚下的路，时不时被鸭绒被的边角绊得跟跟跄跄。巴赫费力地走过那些已经被积雪覆盖的黑漆漆的房子，长着三棵大榆树的市场和树下的摊位，水井，蜡烛和煤油铺，终于来到了岸边。

环顾四周：一半世界是墨绿色的天空，一半是河上澄黄的雪。齐腰深的雪里，依稀有一个身影蹒跚而行，那是克拉拉。

他顺着她的脚印，很快追上了她，不管怎样，他还是更有力气一些。追上她，把鸭绒被披在了她肩上——克拉拉没挣扎。他们继续往前走。他说他走在前面——在雪地里踏出一条路来，要比跟在后面走艰难得多。克拉拉没反对。

他走在松软的雪地上，感到身体因为用力而变得暖和了，手也热烘烘的。他没问他俩要走向哪里。他知道，他们是去右岸，去庄园，回家。

在左岸的某个地方，飘散着怒气冲冲的男人气息的教室，没上锁的房门，炉子里没燃尽的柴火，没读完的精装书，没缝好的制服，窗户上长出了霜花的泥点，锅里的粥，灯里的两勺煤油，这一切都留在左岸的某个地方——看来，这就是全部。

五

而庄园在等待他们：房子陷进雪中，连窗户都快看不到了，紧锁的护窗板忧伤地张望着，苹果树从雪堆中伸出冻僵的枝条，似乎在表示欢迎。借着星星的亮光，巴赫和克拉拉把炉子生上了火，在茶壶里烧开雪水，他们喝足了热水，蜷着身子，筋疲力尽地坐在火堆旁。

巴赫被耀眼的光线晃醒了：阳光照进屋子，从闺房穿过客厅照进中间立着一个大炉子的狭窄厨房。克拉拉已经起床了，她打开了所有的护窗板。就这样，巴赫和克拉拉在这栋房子里住了下来，一间房挨一间房，一寸接一寸地温暖了它。

从外面看起来雄伟高大的房子，内部其实并没有那么宽敞，似乎所有的空间都被厚实的原木墙侵占了，每根木头比巴赫和纤细瘦弱的克拉拉还要宽。唯一一个大房间是客厅，客厅连着三间卧室，分别是克拉拉、格里姆和蒂尔达的卧室（吉尔吉斯佣人们则住在有独立炉子的畜棚里）。客厅的窗子已经覆上厚厚一层白霜，遮着白窗帘。宽敞的窗台上摆着烛台。角落里立着摆放柴火的生铁架子、椅背雕花的椅子和藤编椅子。一把未上漆的长椅铺着草席，靠在烧炉子的那面墙边（炉子是在厨房烧的，它宽阔的背面冲着房间，用红砖砌起来，看起来就像一块块蜂蜜饼）。在原木墙上有一些五颜六色的编织袋，用来放剪刀和《圣经》，还挂着一张丝毯，上面精美地绣着一行字："工作是生活的装饰。"泥地打扫得很干净，撒了一层沙子，就好像勤劳的蒂尔达的扫帚昨天才刚刚拂过地面。

蒂尔达的卧室如此拥挤，只有特别瘦小、动作小心谨慎的人才能住得下。一张刨平了靠背的大床凶猛地伸开四条腿，几乎抢占了所有空间。床底下有两个大箱子，里面小心地存放着旧衣服和各种杂物，要想把它拽出来，必须跪下来，用尽全力拽住镶在鼓鼓囊囊的箱子侧面的两只铁把手，只有这样，床底下的存货才会吱吱呀呀不情愿地钻出来，在泥地上留下长长的印子。人只有爬上床，才能有足够的空间打开箱子——箱子一拿出来，房间立刻变得拥挤不堪。巴赫惊讶不已，一个女仆竟然如此喜欢储备：她的宝库里收藏了那么多衣服，恐怕给整个格纳丹塔尔村穿都够了。箱子里有一袋袋防蛀的苦艾，一层摞一层地叠放着很多东西：膝盖下系皮绳的麻短裤，对襟呢马夹，男式和女式的，扣子是骨头、金属和玻璃做的；衬棉里的呢子坎肩；颜色亮丽的条纹袜；有两条缎带的镶花边绒布包发帽，多层彩色蕾丝裙，有毛的，有粗呢的……这些衣服的款式如此古旧，与其说适合日常穿着，还不如说更适合圣诞表演，或许这些东西确实很旧了，或许只是按照老款式缝制的。蒂尔达的床上铺着一床黑色的钩花床单，上面小山一样堆着数不清的枕头，套着彩色十字花枕套。巴赫熟悉的雕花长椅和草莓色纺车堆在门口，另外一些工具五颜六色地挂在墙上，就像节日的装饰品，有编织花边的用具，毛衣针，钩针，数不清的毛刷，大小型号不等的纺架和线轴。巴赫每次进蒂尔达的卧室，他就觉得房间又窄了半尺，短了一个巴掌。

克拉拉的闺房则相反，宽敞又明亮，没那么花花绿绿的空间既干净又规整，就像房间的女主人一样。这一侧的床铺铺得一个褶皱都没有，另一侧是装内衣的抽屉柜，床和柜之间铺着一床草席，这就是全部陈设。巴赫一开始不好意思进来。后来，等他习惯一些，胆子大一点了，他看到剥了皮的原木墙上有些什么东西，这让他跪下来，花了半天时间在屋子里爬来爬去，凑到每一根原木跟前，看完一根再看另一根。每根原木上都写满了字，克拉拉温柔的指甲在因时间久远而变黑了的木头上刻下了成千上万个字：巴赫从中看到了诗行，听写中的难字，克拉拉在歌德诗集中写给他的一些问题，夏天交流时的一些句子，写了有上百次的她自己的名字。字和词盖住了四面墙壁，从下面一直写到上方。很少有错误，多半是克拉拉一整个夏天都在写自己杂乱无章的"日记"——庄园里没有纸，而巴赫没想到要给自己的学生留两页自主学习用的纸。所以她在墙上写字。这可怜的装饰只有在光线特别好，而且必须离得很近的时候才能看见。郁郁寡欢的蒂尔达和永远忙忙碌碌的乌多·格里姆未必能看见。

格里姆本人在隔壁住。他和克拉拉的房间里还有一个炉子，是从父亲卧室一侧烧的。巴赫尽可能不去那边，只是给炉子添柴或者从大衣柜里拿一些必备的东西时才去。男主人房屋里的摆设沉重而又灰暗：深绿色的鞑靼挂毯，手工编织的风景幔帐下的床，窗台上的大紫铜茶炊，这一切让人感到无地自容，就好像不是挂毯或茶炊在看着巴赫，而是乌多·格里姆本人，怒气冲冲，满是责备。因此巴赫睡在客厅的长椅上，晚上用熟悉的屏风挡上，以保持礼数。

房子里的一切和巴赫夏天来上课时一样，只有摆着男主人烟斗的橱柜和两张镶黑漆框的照片不见了。房子看起来还有人气，就好像主人们根本没离开。克拉拉做了一番解释，她说她和蒂尔达只能携带最必需、最心爱的物品上路，因此大部分家什，包括衣服、碗盘和家具都留在了家里。走之前父亲把庄园交给了萨拉托夫一个能干的人，格里姆在德国安顿好之前，他得照看庄园，之后再出售，所有摆设、工具和其他财物都卖掉。一开始巴赫和克拉拉每天都等着那个精明的人过来，但不知为什么，他一点讯息都没有。冬去春来，夏天接踵而至，可那个人一次没来看过托付给他的产业。之后他们不再等了。乌多·格里姆也没来找他失踪的女儿。"也许他诅咒了我。"克拉拉有一次这样说过。

她似乎平静地接受了回到庄园这件事，她还是那副面无表情的模样，和那两个月她在学校时巴赫见到的一样。巴赫安慰自己说，这或许就是她的日常表情。但一开始俘获了巴赫的那种纤柔急切的嗓音，此刻与她决绝的性格和坚强的意志并存：她从未抱怨过，从不指责任何事，虽然巴赫已经做好了挨骂的准备，等着克拉拉骂他，甚至想请求她的原谅，亲吻她的手，满怀歉疚地把额头埋进蒂尔达留下的条纹围裙里。但克拉拉一言不发。只是有一天她说：真后悔那时没把所有东西都好好看一看——车站、市场、陌生人、红胡子男人……之后她就再没提起任何往事了。

他们现在话也说得少了。所有不需要语言的事都是默默做的，靠眼神或点头。很多事情需要去说吗？举个例子，今天钓鱼成果丰硕，钓上来两条肥美的鲤鱼，如果它们，你看，就摆在篮子里，鳞片闪闪发光，这要说吗？或者，应该趁夜里落下来的苹果没被耗子啃啮之前把它们收起来，如果这些苹果在草丛中红灿灿的，一出门就能看见，这要说吗？说谷仓屋顶烂了？说巴赫裤子的膝盖破了，得缝上？说他不久前的感冒已经自愈？说他今天又和昨天，以及很多很多天之前一样，梦到了克拉拉，她穿着自己织的最平常的裙子，戴着白色的包发帽？说他为这个梦感到幸福？……生活就在股掌之间，伸手可及，克拉拉支起耳朵就听得见。生活明亮，真实可感，充满各种色彩和味道。巴赫和克拉拉暗中约定好的言简意赅让生活更有质感，而言语本身则更有分量了。

奇怪的是，他们说的话现在甚至变样了。巴赫晚上偶尔读诗，他和克拉拉并排站在悬崖边上，看着下方的伏尔加河波涛拍岸，这些诗句听起来响亮有力，仿佛是他用黑墨水写在霞光万丈的天空上的，仿佛是他用金线和宝石绣在亚麻布上的。克拉拉唱的歌词，讲的笑话，她的谚语和顺口溜，俏皮话和俗语，相反，对庄园而言亲近又可爱，就像无处不在的青草或蛛网，就像水和石头的味道。它们和这种与世隔绝的生活十分匹配，从她的口中自然流出，因此，巴赫不愿意去纠正克拉拉的话。他和从前一样爱听她说话，但他现在听的时候从不打断，甚至学会了在她的方言中寻找漂亮的表达。他让克拉拉和从前一样给他讲故事，于是她认真地讲，讲一次，两次，十次，讲伐木工和渔夫的故事，烟囱清理工和园丁的故事，讲金苹果和会说话的银鱼的故事……有时巴赫觉得她讲的就是庄园和他们自己。

而巴赫现在既是伐木工、渔夫，也是烟囱清理工和园丁。他学会了做所有活计：砍树，抓兔子，熬松香，用松油修补船底，给屋顶打稻草补丁，用泥巴给地板勾缝，清理水井，年初给苹果树刷白石灰，年终给树干缠布。他学会了生活中真正必需的一切。有些是他自己掌握的，很多是克拉拉教会他的。尽管他的双手不灵巧，动作不敏捷，手指没力气，但做完每件事他都会感到开心，仿佛他不是一个成年男子，而是一个第一次学会用泥巴给小士兵盖房子或者为他们建造稻草城堡的小孩。不是太初有道①，而是太初有工作——他现在对此确凿无疑。

巴赫穿到庄园来的那身衣服——油渍斑斑的上衣和变得肥大的裤子，很快就因为干农活磨破了。克拉拉从蒂尔达深不可测的箱子里给他找出几件衣服，并做了改装：没漂白的亚麻布做的翻领大衬衫，袖口肥大，手腕打褶；不扣纽扣的系绳宽腿裤。巴赫开始不管什么天气都披着一件吉尔吉斯人留下的无袖皮马甲，穿着这件衣服，哪怕寒风最凛冽的时候也不冷。只有夏天天气炎热时他才脱下马甲。这件衣服是各色毛皮拼接起来的，改好后勉强适合他瘦弱的体形，他很喜欢，觉得这件衣服中隐藏着深意：现在，他在庄园里既是乌多·格里姆，也是凯撒尔，还是所有其他吉尔吉斯人。他既是主人，也是工人，还是挣钱谋生的渔夫。确实，他没变成猎人，家里没有猎枪，但是这也是好事，他未必能学会开枪。

他的双手很快变粗糙了，手臂稍微粗壮了一些。很快他就不再为

---

① "太初有道" 系《圣经·约翰福音》首句，俄文版《圣经》中译为"太初有言"。——译注

我的孩子们（节选）

指甲断了或指甲缝里有黑泥感到不好意思了。他蓄起胡子，稀稀落落的，软得像羊尾巴——庄园里没找到剃刀。胡子大概不适合他，但他没法儿知道，因为他只在水桶里看到过自己的倒影，庄园里也没有镜子。很久没剃的头发长过耳朵和脖子时，他就用绳子在后脑勺系上，以免妨碍干活，等头发长过肩膀，他就仿照吉尔吉斯人的样子，扎起了辫子。

他不小心把怀表丢了（钓鱼时掉进了伏尔加河），所以，现在不是按分钟计算时间，而是靠早晚的露水、星象和月亮的位置，靠下雪，靠河里冰层的厚度，靠苹果花的花开花落，靠草原上鸟群的飞来或飞走。庄园里的时间似乎是按另外的方式前进的。可能在其他地方——彼得堡或萨拉托夫，就连在格纳丹塔尔村也一样，时间走得和从前一样迅速有力。而这里，在百年橡树的包围中，在总能带来丰收的苹果树树影下，在不怕风吹雨淋的结实的房屋中，时间的步伐并未放慢，但勉强才能感觉得到，几乎消失了，就像激流消失在长满浮萍和芦苇的小河湾中。

巴赫在同一时间醒来——不到 6 点就起床的习惯留了下来。睁开眼睛，有时他会想起格纳丹塔尔村此时应该响起学校的钟声。但这个念头并未唤起任何情感，除了些许漠然。他什么时候觉得累了，就躺下睡觉。对于巴赫来说，自己的身体就是钟表，比消失在波浪中的机械怀表要好得多。他发现他睡得更沉，吃得更多，也更开心了，有的时候遇到特别好吃的就想用手去抓，食物突然变得美味可口。可能，关键在于这都是克拉拉做的。

克拉拉任何时候都美丽动人，无论什么天气，什么时辰：鼻子冻得通红，睫毛结霜的时候。两颊晒曝皮的时候。秋天嘴唇被风吹干预示着快要生病的时候。生起病来额头滚烫的时候。干活干得手指皲裂、手掌起老茧的时候。她温柔的脸上刚一现出细纹的时候。她是那么美丽动人。蒂尔达那些过时的裙子多么适合她啊！那些数不清的毛裙，蓝色、红色、黑色的，冬天得一条套一条叠穿；领口镶着一串黄珠子的衬衫；腰部镶有花边、绳带上有闪亮纽扣的紧身胸衣；绒里围裙——有条纹的和带圆点的，也有大花薄纱的。她用自己装点了每件衣服。她为每个动作赋予意义。要是有一天早晨她倒立，巴赫也会毫不迟疑地大头朝下，会这样开心地站上一整天，不去问为什么。

　　克拉拉平静而又坚定地料理着他们不需深思的活计。她收拾鱼，给它们开膛破肚（做鱼汤），采嫩叶（泡茶），晒干嫩芽（治感冒），去远处的林子采白桦汁（为春天积蓄能量），去近处的树林挖泥巴加固地板。她给菜园松土，每天早晨站在田垄上，脸朝初升的太阳，祈祷一个好收成。之后，立刻走到果园里再次祈祷，尤其为苹果树向上苍请求。她给巴赫做饭，给他治病，教他干活。她织补衣物。她开始纺线织布了。储存的衣服暂时够穿了，但必须为日后着想。谷仓里找到几包羊毛，看来是准备出售的，于是有一天，一个寒冷阴暗的夜晚，纺车又嗡嗡地响了起来，光影在客厅跳起了群舞。克拉拉像真正的纺织娘那样光着脚工作。看着她脚踩踏板敏捷地运动，巴赫想躺在纺织娘脚边的泥地上，一动不动地躺着，只听声音，只看她。

　　他总想躺在克拉拉脚边。更多的他不奢望——连想都不敢想，他感到羞怯，他驱散了所有的念头。而克拉拉突然自己跑去找他了，半夜，那是第一年快开春的时候。她其实是可以去叫他的。但是她从闺房走进客厅，来到巴赫睡觉的木头长椅旁，在黑暗中摸索到他干活干得粗糙的手，拉着他跟她走。睡意蒙眬的他什么都不知道，任由她领着走，听从她的意思躺下。只是碰到身边克拉拉温暖的身体时，他才猛然惊醒，就像被灼伤了一样跳起来扑到窗户跟前。只要克拉拉说出一个字，他恐怕会大喊一声去回答，他内心轰鸣，颤抖不已。但是房间里安静又昏暗。巴赫只能听见自己粗重的呼吸。过了一会儿，他又回到克拉拉的床上，躺到他那床鸭绒被里……从那天开始，他们就挨在一起睡觉了。

　　短暂的夜间约会时，有一种感觉挥之不去，他总感到克拉拉一直在等待着什么，她圆睁的双眼看的不是原木天花板，而是某个更高的地方，穿过它，看向未来，看见一些巴赫看不到的吸引人的美妙画面。白天，他有时发现，克拉拉在果园里剪苹果枝或者削土豆皮时会突然呆住，就好像在听她内心的某种声音，她放下手里的活儿去岸边，在那儿望着河水，坐很久很久。回来时，她面色绯红，眼睛闪闪发亮。之后，等身体不适的那几天来了，她脸色苍白，看起来一副若有所思、郁郁寡欢的样子。

我的孩子们（节选）

125

巴赫只要一想起孩子就会害怕，孩子的到来恐怕会破坏他们平静的生活，但他不敢违背克拉拉，并且尽力满足她心灵的向往。他尽其所能。看见她又一次疑惑不解、眼神涣散的样子，他伤心地明白她没怀上孩子——就连这一点点他都无法给予克拉拉。很快他就知道，他和克拉拉未接受教堂祝福的婚姻是无后的。

他经常自问他能给克拉拉什么。她给了他一切：父亲的庄园，完好的房屋，果实累累、提供生活必需品的果园，让心灵感到安逸的离群索居的生活，工作和感受生活的能力。最后，克拉拉把自己也给了他。他给她的是那么少：既不是般配她的帅气丈夫，没有愉快的社交（在村子里），也不是强有力的助手（在庄园）。他从前讲的那些关于美好的格纳丹塔尔村及其可爱居民的故事，即使没变成谎言，也变成了空洞的童话，变成了可怜的小鱼克拉拉咬上的钩子。而他自己呢？！难道他仅仅是个饥不择食时咬上的钩子吗？他因罪恶感备受折磨。他绝望地寻找能给予克拉拉的东西，哪怕不那么好，微不足道都行，可是他没能找到。

他或许会在饥荒年代把最后一个苹果给克拉拉，但庄园里的食物很充足。他会在冬日的寒冷中用最后一件暖和的东西把她裹住，但家中的箱子里全是衣服和被子。他能为她工作，他也的确这样做了，一刻不停，从早晨最后一颗星星落下干到晚上第一颗星星升起。但是她干得一样多，有时比他更多，更麻利。巴赫一贫如洗，无法给克拉拉任何他拥有的、擅长的、了解的东西。唯一能给的，而且还那么微不足道，那就是他自己：不太结实的身体和内心，无法倾吐的爱恋和狗一般的忠诚。

保护克拉拉，不让她遭遇危险，这就是巴赫真正想做的。但熊和狼并不走出林子，恶言恶语的人留在了伏尔加河对岸。为防不测，巴赫每天晚上紧紧把护窗板关上，把门锁上，在门口抵一把草叉。克拉拉眼神忧伤地看他张罗这些事情。在内心深处，巴赫知道克拉拉想要的是另外的东西，不是紧闭房门，防御外界的侵犯，而是融入其中。她想让他们的婚姻在教堂中得到祝福，和村里的人和解，去格纳丹塔尔村参加星期日礼拜，之后，甚至还能去波克罗夫斯克逛逛复活节集市。但是他无法克服自己的想法，夜里哪怕只开一扇窗户他都不敢——他感到害怕。

失去心爱女人的恐惧早已扎根在他的内心。巴赫甚至想不起来这份恐惧第一次是什么时候在他体内出现的。但是每一次，活灵活现地想象着克拉拉不见了，巴赫都会感到浑身冰冷：他的肌肉和关节似乎慢慢地蒙上一层霜，逐渐失去知觉。唯一的感觉就是冷。这种冷传遍巴赫孱弱的身体，让他颤抖不已，不管穿着毛皮背心还是盖着鸭绒被，他都会冒出冷汗，浑身鸡皮疙瘩。这种寒冷来得毫无征兆，在各种各样的时刻：种苹果树苗或钉菜园子里松动的木板时，在伏尔加河钓鲤鱼或给稻草屋顶撒盐时。巴赫放下一切——小苗，鲤鱼，盐，跑去找克拉拉。他气喘吁吁，跑得满脸汗水，找到她，他站在她旁边看着她，一句话都说不出来。她不责备他，只是笑意盈盈地回应他。要不是这平静智慧的笑容，巴赫的心脏早就吓坏了，就像最结实的鞋子时间久了也会穿坏一样。

有一天晚上他不由想到，他就像一只守着天鹅的癞蛤蟆。就像企图用屏风把女儿和全世界隔开的乌多·格里姆。想到这里，他久久无法入睡。等躺在旁边枕头上的克拉拉的呼吸变得缓慢，沉沉睡着后，巴赫从鸭绒被里钻出来，抱起自己的衣服，走出房门来到夜间清冷的户外。他决定去一趟格纳丹塔尔村，一个人，不带任何目的。他们在庄园与世隔绝已有一年，该是小心走到外面探索世界的时候了：看看有没有变化？是否可以带克拉拉去那儿转转，哪怕只去一天？

他借着月亮和星星雪白的光亮，花了很长时间走过了伏尔加河。他觉得河面变宽了，虽然这毫无疑问是不可能的。他发现，通常伏尔加河冰面上压出来的雪橇路今年走的人很多，压实了，看来往上游和下游两个方向的车都很多。

雪靴似乎自动地在雪地上移动，而巴赫目不转睛地盯着越来越近的格纳丹塔尔村。整个聚居地尽在眼前，从靠边的第一栋房子到最后一栋，在尖顶教堂的黑影后伸向云天。房子一片黑暗，人们在睡觉。畜棚在睡觉，花园也在睡觉，只有烟囱里升起一股股勉强看得见的深蓝色的烟，烟飘往右边的某个地方，仿佛一面歪镜子中变形的影子。这幅睡意十足的画面太熟悉了，只是烟囱比从前少了，不知为什么不是所有人家都在生火取暖。巴赫脱下雪靴藏在码头边的雪堆里，走进了沉睡中的村庄。

这里和青年时代的记忆一样：木栅栏整整齐齐，粉刷的墙面干干净净，门框和大门装饰得很漂亮。只是主街上的大房子，磨坊主瓦格纳的"宫殿"——用萨拉托夫的彩砖盖的，不是便宜的掺草泥砖，而是工厂生产的高价砖，屋顶是稀罕的龟纹的——看起来有些奇怪，所有的窗玻璃都碎了，玻璃碴儿后面一片漆黑。巴赫走近了一些。栅栏围挡不见了，花楸树丛已被踏平。墙上的爬墙虎断了，一根根枝条甩来甩去的。门廊的铸铁栏杆覆上一层灰色的东西，他以为是霉，其实是霜。半开半合的门里已经吹进去一堆雪。

踩着满地哗啦啦响的碎玻璃，巴赫走进空无一人的房子。他来过这里不止一次，对这里的摆设记得很清楚，但现在这里几乎什么都没有了：光秃秃的墙壁上，变硬的壁纸已经翘了起来（格纳丹塔尔村其他哪家都没有壁纸，所以村里人愿意到瓦格纳家来欣赏"壁画"），地板被掀起来，地毯和家具不见了。簧风琴张开残缺的大嘴，不知被哪个搞恶作剧的人给侧立了起来。脚下和碎玻璃混在一起的是照片、碎餐具、鸟毛和男主人尤为喜爱的石膏模型的碎片。巴赫捡起一张照片，抖掉上面的冰碴，认出那是瓦格纳的母亲。他在一堆垃圾中发现了一只石膏手臂，那是一只和真人大小差不多的女性的手，小指造作地翘着。他把它捡起来放到了窗台上。他看见几台贴有蓝色的斯维亚日斯克①瓷砖的炉子，炉膛结了厚厚一层冰霜。

他走进院子。所有厂房的门都大敞四开。连最后一根钉子都被扔了出来：犁，马车，烙铁，刮刀，镰刀，扁担，熨衣板，马灯，做西瓜蜜的擦板和锅，搅乳器，磨，绞肉机。果园里的树折断了，夏天做饭用的石头炉子被拆掉了，就好像有一个凶残的巨人在这里发过一通雷霆……

那天夜里，巴赫在格纳丹塔尔村又发现五栋被毁的房子，每一栋都空无一人，悄然无声，覆盖着一层冰霜。巴赫像个无声的幽灵一样把这些房子走了个遍，在惨淡的月光下巡视着这死一般的寂静。是什

---

① 鞑靼共和国的一个村镇。——译注

么人残忍地把这些房子变成了一片废墟，让主人们失去了栖身之地？犯罪分子是不是受到了惩罚？主人们都去哪儿了？财产和牲畜呢？这一年为何如此残忍，让伏尔加河畔的小聚居地瞬间失去了最富足的人家？

巴赫急着在天亮之前赶回庄园，他默默把这一年叫作**家园被毁年**[①]。他什么都没告诉克拉拉，不想让她担心。人间无奇不有，涉足其中危险重重。

他真是无与伦比地正确！半年还不到——左岸的草原刚刚开满郁金香和罂粟花，清透的春日的天空开阔起来，一直伸向最远的星球——这片土地就被一群又一群陌生人踏过，而天空掠过一行又一行铁鸟。有的时候，人流在白烟和红尘交汇的地方喧腾、聚集，之后四散而去，在惨遭践踏的土地上留下纷乱的人尸和马尸，烧毁的马车和工具。听不到什么声音，先看到的是爆炸云升起来和天上的云混在一起，然后爆炸声才传到右岸。飞机时而低空飞行，圆鼓鼓的肚皮几乎要擦到耕地，时而比鹰和雕飞得还高；飞机偶尔竖起一只机翼，低声轰鸣，在地平线后的某处坠落……

秋天，草原上的花已经凋零，太阳和轰炸让大地变得斑驳，而右岸的森林绽放出一片深红和浅红，伏尔加河上一列列舰船排成了行。快艇和小炮艇竖起炮筒，疲惫不堪地在河上缓慢前行，就像一群愁容满面的铁鱼。有的船受伤了，船身或船舷开裂。有一艘船修理了很久，停靠在格纳丹塔尔村的码头上。另外一艘直接在村子对面沉没了，悄无声息，凹凸不平的躯体迅速落入了水中。

巴赫和克拉拉在悬崖上观看这一幅幅画面。他们完全看不懂。可能这是战争。可能格纳丹塔尔村村民们已经抢救出了哪怕一小部分种下去的粮食。如果所有男人都被抓去打仗，也有可能没抢救出来，就像此前有人被抓到加里西亚和波兰去打仗一样，俄罗斯帝国和德国在那边已经交战好几年了。可能，那场战争越过了国界，穿过南方草原

[①] 安娜·雅涅克的回忆录（Janecke A. Wolgadeutsches Schicksal. Leipzig: Koehler und Ameland, 1937）中对此有过记载。——原注

和卡尔梅克平原，侵入了万籁俱寂的伏尔加河流域……任何一种推测都让人感到恐惧。克拉拉开始长时间地祈祷，她希望，他们藏在密林中远离人们视线的庄园不为人知。她突然想通了，上帝到现在不赐予他们孩子，是为了保护孩子，使他不会感觉到战争的恐惧，等战争一结束她就会怀孕。巴赫没去打破她的念头。

　　战争持续了一年多。巴赫默默把这一年叫作**疯狂年**：在车毁人亡的一幅幅无声画面中，毫无疑问，某些野蛮的东西已经超出了能被理解的范围。

获奖译作《小说周边》译者竺祖慈

竺祖慈简介：

　　江苏省作协会员。祖籍宁波，1949 年出生。1981 年秋起从事出版工作，先后曾任《译林》杂志日语编辑、副主编，译林出版社副社长、编审兼《译林》杂志主编和全国日本文学研究会副会长等职。有译作二百余万字。

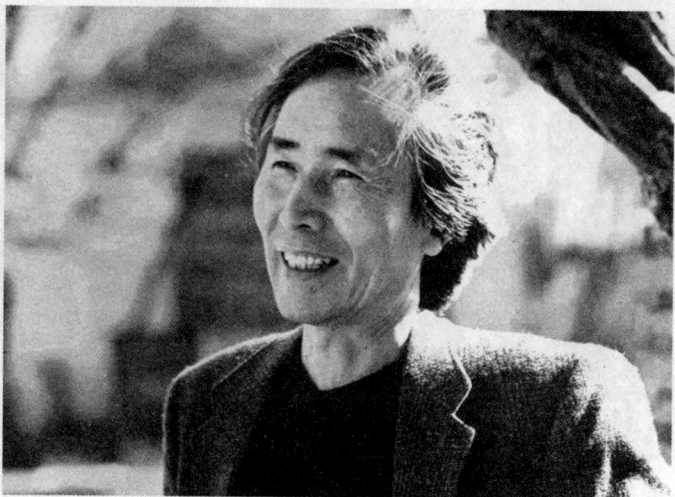

获奖译作《小说周边》作者藤泽周平

藤泽周平简介：

　　藤泽周平（1927—1997）：日本时代小说巨匠，一生低调严谨，"平静有力，平凡至真"概括了他的为人和作品。曾获直木奖、菊池宽奖、吉川英治奖、紫绶勋章等荣誉，主要作品包括短篇小说集《黄昏清兵卫》《隐剑孤影抄》《隐剑秋风抄》《桥物语》，短篇连作《浪客日月抄》四部曲，长篇小说《蝉时雨》《三屋清左卫门残日录》《密谋》《市尘》等，其中多篇入选日本中学语文课本。村上春树说他是日本战后"写法最高明"的小说家。作品多次被改编为影视和舞台剧，三浦友和、木村拓哉、宫泽理惠都曾是他笔下的江湖儿女。人称"读罢金庸读藤泽"，藤泽"日系武侠"为小人物"立传"，歌颂平凡英雄——绝技傍身却无意弄潮，只为保有抗拒潮流的力量。史航评："他让你走在上班路上，却仿佛看到远方。"

获奖感言

　　获奖后接受各路媒体采访时，我最多重复的就是"没想到"三个字，这是肺腑之言，另外想说的就是感谢译林出版社给我翻译这本书的机会，并以基本无可挑剔的形式出版了它，感谢省作协和译林出版社在四年内这么多文学出版物中挑出这本书申报鲁奖，更要感谢鲁奖评委会对这本书的认可。

　　我长期从事翻译图书出版工作，为了不致成为一个眼高手低的编辑，从入行开始，我就利用业余时间翻译过一些东西，但对这项事业的认识并不深刻，无论是作为一个编辑还是一个译者来说都是这样。直到1999年有幸参与了译林出版社《播火者译丛》的编辑工作，我对翻译尤其是文学翻译的认识有了一个新的飞跃。这套书收辑了瞿秋白、张闻天、沈雁冰和胡愈之四位革命先辈的译作，我惊讶于这些职业革命家竟然在翻译方面投入了那么多的精力，而文学作品在其中又占了那么大的比重，仔细读后更惊讶于这些作品选题之精到，选材之广泛，其中包括很多小国不为人们熟知的作家作品，但每一篇都能让人体会到译者选来译介的苦心孤诣。于是又联想到鲁迅先生也是这样，翻译作品在他所有作品中占了极大比例，其中也有不少弱小国家和民族的作品。以翻译为媒介的外国文学作品在中国新文化运动乃至在整个民主革命过程中所起作用早已被大量论及，但我自己对此比较深刻的认识则似乎还是始于这套《播火者译丛》，也因此对自己所做的这份翻译出版工作有了一种新的责任感。

　　正因为这个原因，我对鲁迅文学奖设置翻译奖项抱着感激之情，并非始于自己这次获奖，而是长期以来一直如此，既是作为一个翻译出版工作者，也是作为一个普通的业余翻译者，因为这个奖项的设立和存在既表达了政府、作协和整个社会对文学翻译工作的重视和肯定，同时也是对文学翻译者的一种实实在在的鼓舞和激励。

　　这次我有幸被约译这本《小说周边》，而这本书的文字风格乃至从文字中透出的作者性格又似乎与我自己有相似之处，于是我译得比较开心，比较顺心，比较满意，大概这也是译文能被评委认可的一个原因。我愿将这视作一种幸运，更愿把这次获奖看作是对江苏这个外国文学翻译研究实力雄厚的省份以及译林这个外国文学出版重镇给予的应有肯定，尽管这个奖对江苏和译林来说可能来得稍晚了一点，但相信还是能起激励作用，今后江苏会有更多的译作获得这个奖项。

小说周边（节选）

（日本）藤泽周平著　竺祖慈译

暑　夜

我家的空调像是来客专用的，仅在客人从外面挥汗而至时稍开一会儿，平时几乎不用，于是我的书房窗户敞开，只拉上防虫的纱窗，我则仅着一条短裤写作。

夏天炎热天经地义，不热反倒令人困惑。于是似我这种不用上班的人，可以开着窗吹着风光着身，傍晚时冲一把澡，嘴里嘟哝着"真热真热"，想着马上就可凉快了。

尽管这么想，可是书房在二楼，白天温度升到三十四五度，窗外吹来的是热风，所以不管怎么顺其自然，也还是太热。

到了我这个年龄，体温好像不能像年轻时那样顺利地自然调节了，最近如果冒着炎热工作，便会上火，而且到了傍晚也不见好转，一试体温，37.2 度，有点发热的状态。

无奈，只好下楼午睡。二楼跟楼下房间的温度相差三度，我一般习惯午睡一小时左右，以备晚间的工作。天热以后难以入睡，就索性取消了这个习惯，大概这也是发热的原因之一。虽于心不甘，但到底到了勉强不得的年龄。

但是午睡后再看看电视上的相扑比赛，天黑之前就什么正事都不能干了，于是吃完晚饭就迫不及待地坐到书桌旁，可是书房还是热，

小说周边（节选）

再加窗外又传来社区组织的盆舞①的声音。举行盆舞的地方好像离我家有步行十分钟的距离，但是如果顺风，录音机放出的音乐声、鼓声和话筒传出的声音，简直就近在耳边。

尽管如此，那伴舞的音乐，分明还是我女儿上小学低年级时流行过的盆舞歌。如今还在用，是因为后来再无适合孩子的盆舞歌代表作，还是因为主办盆舞活动的社区职员的懈怠呢？

我想起唱这首盆舞歌的是 I 氏，当时人气绝顶的这位歌手如今已从电视上消失，最近在从事什么工作呢？面对稿纸，我不觉在为这些事分神，所写小说则毫无进展。

既然如此，好像不如索性关上窗子，打开空调，可是我并没这么做，心想盆舞 10 点结束，还是再等等吧。

我这样写，并非标榜自己是自然主义者。我不特别以主义论事，说得稍微夸张点，只是对所谓的科学进步，从心底怀有一种固执的不信任感，觉得对种种文明的利器也不能一味礼赞。

我想这种不信任感始于人类拥有核武器之时。核技术的开发也许是科学的伟大胜利，但把核武器悬在头上而进退维谷的人类，却只能是一种漫画的形象。我丝毫不想否定科学给人类带来诸多恩惠，但是核技术以及最近的遗传工程学之类的出现，却不能不让我想到科学消灭人类的可能。从根本上说，科学可以不依存人类而行，于是有时就会侵犯神的领域。

当然，空调与神的关系倒更单纯些，我的神从上空隆隆而至，一场阵雨降临，像在显示天然空调宜人的优势。

（《小说春秋》1981 年 9 月号）

冬 眠

我近来很少去市中心，一年约莫只去五六次，一般都是像冬眠的

---

① 盆舞：盂兰盆节（阴历七月十五）举行的集体舞表演。

狗熊一样宅在练马①的深处写东西，偶尔去一次市中心就会觉得疲劳。

要说为何疲劳，首先是因为人多。以前夹在杂沓的人群中走路，会有自己属于其中一员的感觉，并无不好的心情，可是现在立刻就会疲乏，于是快快地走进吃茶店之类的地方。

此外，房子变高了，高速路出现了，市中心的空间渐渐变得狭窄，这也是疲劳的原因之一。要说高速路，深夜乘车回家这样的时候，比走下面的马路省一半时间，当真是个宝贝，可是如果由于什么原因而在下面的马路走走，就会因一种奇怪的压迫感而疲劳。我明白这也很自然，因为高速路是为车设计的，不太会把下方行人的问题考虑进去。

一去市中心就累，无疑是因为自己年龄越来越大，而且现在已成了一种习惯——我是这样想的。六七年前，我在新桥上班，乘西武池袋线去池袋，然后转山手线到新桥。从家到西武线车站要乘十分钟左右的巴士，所以算上换乘时间，路上大体要花一个半小时，那就是我的通勤时间。

高速路就是那时出现的，虽然挤占了市中心的空间，但记忆中当时我并没特别在意。我习惯了市中心的杂沓，并未因此有特别疲劳的感觉。

现在却完全不行了，去市中心办点事就觉得是个大工程。这也难怪，不上班以后，我的行动半径大大缩小了。

平时出门所去的地方，是步行最多十到十五分钟距离的吃茶店或书店，再走远点，便是乘巴士五六分钟或步行三十分钟距离的地铁站前。手上活儿多时，站前也不会去，顶多就是在附近的吃茶店喝杯咖啡而已。如此这般，怕去市中心也就理所当然了。

银座也难得去了。在银座附近上班时，会逛逛街上的商店，去画廊转一圈瞅瞅，到了当下这季节，会去四丁目拐角的三越百货看看圣诞装饰。那时银座就是身边的一条街，现在则偶尔在夜里参加聚会的回家路上去七丁目的酒吧坐坐。

夜间银座的氛围，至今我也并不讨厌，但若从练马深处去那里，怎么看也不像银座的客人，只是一副早早撤退走人的模样。银座似乎

---

① 练马：东京都内的地名。

渐渐于我远去。

看看报纸，有我想看的电影或戏剧，还登着我想瞅一眼的画展之类的广告，尽管想去看看，身子却不动弹。

有时不巧是跟工作撞车而不能去看，但从根本上说还是懒得出门去市中心。今年几乎没看过电影和展览，只是像只獾子缩在家里。刚才说是习惯使然，其实自己对此也渐生疑问，觉得无疑还是一种老化现象。

旅行也是难得的了。因为写小说，有时不能不为取材而旅行。今年4月也从京都到滋贺、岐阜，独自走了四五天，这是今年唯一的旅行。

至于讲演，我也是一概回绝，最后大家都不再指望，谁也不找我了。住在千叶县利根川附近的堂姐家里盖了新房子，来电话叫我去住住，我也没去。

我是每年要回老家山形一趟，今年也没去成。本想等报纸连载的小说结束之后回去一次，给乡间的哥哥写信也说秋天回去，可是那小说写完之后又滴滴拉拉地接上了其他工作，到底还是失去了回乡的机会。

这种时候最要紧的是决心。如果抱着随遇而安的心情，是很难回去的。秋天的山形空气清澈，风景美丽，若能下决心回去，会有重生的感觉，可是旅行的准备又让我觉得麻烦，真是没救。来年夏天，我过去的弟子邀我参加他们的同班聚会，于是我想不妨那时再回去。

所谓弟子，是我三十年前在乡间中学教书时的学生。三十年过去，说是弟子，现在已是中年男女，女生中据说有的人孩子已经大学毕业。

不过，不管到了什么岁数，弟子还是弟子，师生关系不会改变，所以我现在还是摆出一副老师的嘴脸，只要被邀参加学生聚会，便会舰着脸去。其实见到旧日的弟子，就会想起他们三十年前孩时的面孔和声音。他们经历过人生的艰辛，作为一个平凡的自立者出现在我面前，让我不禁感佩而又悯恤。我想称赞他们的努力，可是有时又会因他们所说的种种艰辛而落泪，与他们执手而泣。

我是个端不起师长架子的老师，但我从教的1950年代初，师生之间还留存一种牧歌式的关系。学生是名副其实的弟子而有别于一般的他人，菜鸟老师也会愿意为自己的弟子做任何事情，校内暴力之类当下的社会现象那时是难以想象的。

有点离题了。反正我今年到底就此冬眠了，哪里都没去。

早上10点时分，我便沿着巴士线路往北步行。10点是吃茶店开门的时间，我一般都是这家店最早的客人，在没有其他客人的店里，边看体育报边喝咖啡。在回家的路上，我会看看书店，去一下邮局，便大致解决了一天的需要。

在适宜的季节，我会拐进住宅区，边观赏别人家里开着的花卉边散步，如果天冷则懒得散步，快快回家回到书桌前。这种全似隐居的冬眠般的单调生活，应该还会持续一段日子。

（《银座百点》1982年1月号）

剩余价值

我这人也许比较顽固，听到"熟年"①这个词，便觉得这是个麻烦的说法。我自己属于初老之人，所以可以言之无忌，但还是觉得"熟年"之类，说的无非就是上了年纪。

确实，如果运气好，心身都并非不可能老得华丽，我自己也并非没有祈求这种幸运的心愿，但可能结果还是眼花健忘，腿脚疲弱，难逃全面老化的现象。

我自己也是离了眼镜就无法读写，偶尔外出就难以置信地疲劳。

健忘也很严重，在二楼想起有事下楼，到了楼下又想不起有什么事情，只好重新上楼去回想。

实在不觉得有什么可为"熟年"之类而矫情的场合，上了年纪，就只有凡事不便的实感。

再往前走走，首先就必定成为一个痴呆老人。年老不是件好事，对此无须任何掩饰。

① 熟年：日本1980年代开始流行的词语。无明确定义，一般认为指壮年与老年之间的年龄段，大概在四十五岁到六十岁之间；有时也被认为是对老年的一种委婉的说法。

一方面这样认识，另一方面我又觉得人的老化属于自然现象，惊慌失措也没用。这样说并非十分矛盾，人要是年轻得过久，也会让人为难。

总之，随着年龄而变得老丑，从另一方面讲，不也是人所应该欢迎的一件事吗？

这样想开，就觉得年老虽然确实是件不愉快的事，但这种不愉快也并非到了难以接受的程度。事实上，我发现年老带来的也并非尽是不好和讨厌的东西，寿命的延续也会带来所得。

约一个月前，我在某杂志的布告栏登了一篇文章，寻求一本年轻时读过的书。

这本书是很久以前读过的，内容关于特洛伊、埃及的古遗迹发掘，仅仅是留下了很好的印象，但书名和作者名都已忘了。虽然忘了，仍存着有一天找来重读一遍的心愿。

可是，寻求此书在我的人生中并非重要部分，我还另有无数非做不可的事情，腾不出手去找这本书。这次写文章询问的就是这样一本书。

虽只是一本模糊记得内容，书名、作者和出版社都已全然不知的书，却从四面八方寄来亲切的信件。有人说可能是 C.W.Ceram[①] 所著《神·墓·学者》，还有人说可能是某套纪实文学全集中的一册。其实既非 Ceram，也非全集中的一册。

然而，最后由横滨的 I 先生寄来的明信片说，可能是 A.T. 怀特所著的《被埋没的世界》。果真是这本书。

这本长年执拗地停留在我记忆中的书，居然属于岩波少年文库，也就是一本面向儿童的书。我为此茫然。

但是，I 先生让我得以在三十年后重逢这本梦幻之书。

另外，日前从老家来了一封信，写信的 A 氏是我恩师 M 先生的初中同学。M 先生年轻时死于疯病，我以前曾写过关于他的散文，一篇不足十五页稿纸的文章，但其中充满我对 M 先生的悼念之情。

A 氏在信中说读了我的文章，并说 M 先生的不幸至今仍留在他的

---

① C.W.Ceram（1915—1972）：原名 Kurt W. Marek。德国小说家、评论家。

心头。信中还触及我所不知的 M 先生不幸的原因。

A 氏的信消解了恩师的不幸在我心中长年留下的阴影，因为我得以知道有人比我更关注着 M 先生的不幸人生。

这种长期的心结在某日突然消解，也可视作"时间的恩惠"，大概只有靠寿命的延续才能得到。我们一生过得忙忙碌碌、无暇他顾，也许只有踏入老境之时才终于能领受人生的剩余价值。如此看来，年老并非一无可取，老后并非一片黑暗，这里好像充满了有别于年轻时的另一种光明。

（《别册潮》1982 年 8 月，总第 1 期）

牙疼和运动

牙疼和运动理应毫无关系，但因最近一个月，这两样是我什么工作也不能做的主要原因，所以就放在一起说了。不过，牙疼是自己的事，运动则是我在电视中看别人做的事。

先说牙齿。我过去对自己的牙齿一直毫不关心，虽去看过一两次牙医，但没镶过牙，遇牙疼也是尽量忍着，能拔就拔掉。

于是大体就这样对付着过来，也并无特别的不便，可是这次的疼痛不同于往日，过去熬上一天就大致能压下去的疼痛，这次过了两三天还是不消。尽管如此，我还是不去看牙医，因为不喜欢去。当然，大概不会有人喜欢牙医，但我的情况则是有点过分，几乎对牙医有一种恐惧感，其中是有理由的。

大概是在五年前，我去附近的牙医处看病，当时正逢在给周刊写连载。像我这样的非力量型小说家，除非是月刊，手上若有了一份这种连载，就会疲劳困惫。

许是由于这种不良状态，说一声"拔牙"并被打了麻药之际，我突感不适，血往头上涌，心跳如鼓擂。

"医生，我不舒服……"

那位文静的医生吃惊地盯着我，问：

"很不舒服吗？"

"是的，很不舒服。"

"不能忍吗？"

"……"

"那怎么办呢？"

"今天让我回去吧，改日再来。"

我被从椅子上解放，回到家里。打了麻药后还逃遁的患者，大概也就只有我这样的人了。牙医默默地在就诊条上写上下一次的预约时间，心中肯定觉得我是个不可救药的患者。

可是到了下一个预约日，我还是没去，只是让妻带着盒装点心去牙医那里致歉。不知妻是怎么打招呼来着，反正我再也没去。至今我经过那家医院门口时，还不由自主地低垂着头。

由于有过那样恐怖和屈辱的体验，我这次也硬挺着不去医院。可是疼痛不见缓和，终于扩展到半边面部，根本没法干活。无可奈何，我这次去了附近另一位牙医处。医生说非拔不可了，我又被打了麻药。我想起了之前的事情，不过这位年轻气壮的医生根本不在意我的感觉，转眼间便拔掉两颗牙，然后让我每周去看一次。

再说运动。我在这方面的兴趣是从电视上的相扑比赛开始的。这次的秋场所①，从赛程过半到大关②隆之里③取胜都没啥看头，胜负结果在事前都可预测，让人兴趣减半。

我关心的是自己所偏爱的出羽之花，一到他出场的时间，就坐在电视机前黏黏糊糊地看到最后。可是，这位出羽之花也在关胁环节就落败，比赛越发无趣了。

相扑结束后便是职业棒球中央联盟的冠军之争。我难得在电视上看职业棒球赛，因为播放时间与我忙着干活的时间重叠，实在不能在电视机前坐两三个小时，要是每晚如此，就连饭都吃不上了。

唯独这次却看了不少。由于"中日"队的拼死奋战，改变了往常由"巨人"队轻取的局面，比赛好看了。我这么说，并非意味自己特

---

① 秋场所：每年9月举行的日本大相扑比赛。
② 大关：与下文的"关胁"都是相扑选手的等级。
③ 隆之里：与下文的"出羽之花"都是日本著名相扑运动员。

别反对"巨人"队，或特别力挺"中日"队。

我只是如前面写到的那样，坚定地相信胜负直到最后才见分晓的比赛才具有醍醐之味。所以，如果"巨人"大胜，也许会让"巨人"的粉丝开心，我却一点也不开心，从这个意义上说，我就是反"巨人"派，因为"巨人"获胜的概率最高。

我的这种心理，无疑与所谓的棒球迷略有不同。球迷爱自己心仪球队的传统、球员、球衣和球帽，所以不管是否轻取，只要胜了就是万岁。

我倒不想对球迷的心理吹毛求疵，因为每个人心里大概都藏着一个能让自己烧香跪拜的偶像。

至于我，则纯粹出于一种近似嗜赌的心理，能够提心吊胆地看到最后就能得到满足。因此今年我支持"中日"队，这个"中日"队尽管疲惫不堪，却还在坚持战斗，所以我的稿子也就迟迟不能完成了。

（《现代》1982 年 12 月号）

邮局拐角

妻说要去邮局，我正好想喝咖啡，便决定一起出去。

"请你喝咖啡。"我说。

妻并无开心的表情。

妻不像我那样爱喝咖啡，而且跟我一起去吃茶店，结果都是她忙着点饮料和付账，遇我心不在焉时，还得帮我放糖，总之，显见是个打杂的角色，所以对我请喝咖啡之类伪善的巧语，她报以听够了的表情。

而且，那种把人生过得无比快乐的年轻夫妇权当别论，像我们这种已看腻对方面孔的初老夫妇，在吃茶店面面相觑时并无多话可说，只有看着对方的头发说一声"白了很多"，一边默默地啜着咖啡。

既然如此，似不如不邀别人，自己一人出去更好。可是到了这个年龄，若没人相邀，自己好像连出去喝杯咖啡的精神都提不起来，其深处是有着一种依赖于人的心理，也就是所谓的老化现象吧。以前并非这样，对外出喝咖啡有着热情，一到时候就麻利地走出家门，在常去的吃茶店固定的位子坐下，那表情恰如被人请来似的。这种时候只把妻子什么的当作累赘，是不会有兴趣邀来喝咖啡的。

那种精神饱满的黄金时代已经过去，我现在正茫然地站在邮局外的拐角处，等着可能是因为人多而迟迟没出来的妻。

小小的邮局位于有信号灯的十字路口的拐角。我站在邮局前面人行道一角的电线杆旁，红绿灯每一转换，眼前斑马线上便人来人往；在站着等信号灯时，也会有人盯着我的脸看，像是纳闷这老头干吗一直站在这种地方。

我于是转过身去，由面对车道改为面对邮局旁边的人行道。于是我看到了 F 牙科医院，不仅看到医院的房子，还看到像是诊察室的房间开着窗，室内有人走动。我又把身子转向右边。

大约一年前，我去 F 医院拔一颗蛀牙。当时是因疼痛难忍而直奔医院，拔牙时把 F 医生当神看待。因为以后要装义齿，医生嘱我拔后一段时间还得去医院看，我却再没听他的话。好了疮疤忘了痛，既然已经不痛，牙医那里可就不是我那么喜欢去的地方了。

话虽这么说，却连自己都觉得过于现实。我愧于自己的现实主义，以后走过 F 医院时，总是抬不起头来。如今面对那里的诊察室，我不得不转过脸去。

转向右边，我又看着过街的行人，这时一位骑自行车过来的少年突然向我点头致意，然后骑了过去。那是邻家的 Y。孩子上了中学之后，便不再在家门口玩耍，我已很久没见 Y，惊讶于不觉间他已长高了很多。

目送 Y 远去的背影，这时我发现旁边一位女子正吃力地要把停下的自行车拖到人行道上。邮局建在一片地势略低于人行道的土地上，骑自行车来的人因为前轮落到低处而要把车刹停，眼前这正与自行车格斗的人好像也是这样无意中刹车的，但因为自行车重，一旦想把它拽上来就不容易了。那是一位五十来岁的瘦小女子，我看不过去，便帮着把自行车拽了上来。

几天前有这么一件事。我偶然在自家附近一家拥挤的超市门口走路，听到身后一声响，接着就是孩子爆发的哭声。我回头一看，一个幼童仰面躺在地上大哭。

孩子在哭，那母亲模样的女性一手抓着自行车，一手压着所带的东西，站着不知如何是好。仅根据这种状况，我瞬间便想那孩子可能是从自行车的书包架上掉落，头撞上了人行道。当时我好像只是望着那哭泣的孩子。

正在这时，有人抱起孩子并跟母亲说话。周围有很多女性，她们似乎都在跟我一起看着这瞬间发生的状况，而我则跟那位母亲和孩童靠得很近，却根本没有出手相助。

我离开后，还能感受到这事给自己的冲击，感叹自己的反射神经变得迟钝了，但又知道仅此难以解释，觉得就算能写出打动人心的小说，但若不能抱起跌落在眼前路上的孩子，仍是一个无用的人。这种过度的自责现象或许也是老化现象的一种，但不管怎么说，这件事让我意识到自己作为一个人而呈现的衰弱状态，并为此无语。

这次出手帮助这位拖自行车的女性，也是因为瞬间想起了上次的事。面对她的道谢，我面红耳赤，觉得做了一场拙劣的表演。我匆匆回到原先的位置，这时妻也总算出来了。

（《潮》1984 年 8 月号）

岁末杂记

手上的事不觉间多了起来。想读的书和要回复的信件积压很多，看来有待年后了。贺年卡自然还没写，看来也要成为元月的工作了。买贺年卡的时候本来还安排好了日程，记得是以为 12 月半可以写好的。眼下这样忙乱，想必还是在那之后的安排有不当之处。

当然，要说忙碌的内容，主要的工作就是：篇幅不算太长的连载小说两部、短杂文两三篇，此外还有单行本的校样要处理，仅此而已。这有啥好忙的，我自己也百思不得其解，但现实情况就是手上的事全无头绪，无奈只好给出版社打电话，恳求把预定来月截稿的小说宽限一个月时间。

究其原因，多半是与以前相比自己的执笔能力衰退，或是天冷而懒得去写去思考了，总之是伏案而无效率。在这种情况下，这段时间我的行动半径极端狭窄，如果不算两次去赤坂的诊所，平时顶多就是往返于书房和家门口的吃茶店而已。再忙也还希望确保外出喝杯咖啡的自由。

上午10点，我便出门去吃茶店。我所住的G街，热闹的地方也就是门口的巴士路而已，周围还留有农田和草地。去吃茶店可以沿着巴士路一直北行到一家S店，也可顺着相反的方向南行，超市里有一家J店。家里人对去S店无所谓，但不太喜欢我去J店。

那是因为J并非专门的咖啡店，还卖冰淇淋和烤章鱼之类，是一家面向孩子的店，要先付款再拿货。一份咖啡S店是二百八十日元，J店是二百日元。家里人不喜欢我去J，大概是讨厌我挤在孩子堆中倚着柜台边的栏杆啜咖啡的形象。

不过在J店，咖啡是用磨得很好的咖啡豆沏成，味道也不差，价钱还便宜，对于实质重于形式的我来说又何尝不可。可是再想想，一个白了头发的小老头，手攥两枚百元硬币在等咖啡的样子，在旁人眼里也许十分凄惨呢。虽这么想，如果时间不够去S店，我还是去J店，因为这店离家两三分钟的距离，顶多十五分钟，就可以在那里喝完咖啡回家。

12月中，若说超出上述半径的活动，就是去已故的植物学博士牧野富太郎的旧邸牧野庭园，以及去地铁站方向的超市，在那里看一部卓别林的《大独裁者》。

牧野庭园在地铁大泉学园站的南侧，现在去，只有茶花还开着，但有必要去看看那里鹅耳枥①、瑞木、朴树冬天的身影。12月的林中，树干的朝北半边因寒冷而显僵硬，朝南半边则在阳光下给人暖洋洋的感觉。

位于地铁站方向的新超市，外观到处都是金属板和镀镍层之类，是一座与安息香树之类的树木十分相称的超现代风格建筑。这里的五楼有一间摄影室模样的房间，经常放映老电影。

我这已经是第三次看《大独裁者》。看了三次，还是因独裁者辛克

---

① 鹅耳枥：一种桦木科落叶乔木。

尔玩弄地球仪时孤独的芭蕾场景感到卓别林技艺的超群，而犹太人理发店里和着《第五号匈牙利舞曲》而出现的剃须场景，则仍然使我忍俊不禁。不过，也有以前不曾怎样让我感动的场面，这次却让我潸然泪下，并因而窘然，例如犹太姑娘汉娜对冲锋队员的义正词严以及理发匠最后的大段演说。

我当然并非无条件地被大段演说感动，多半是因为上了年岁泪点下降。这么说也是因为如今的民主主义社会已经没有了卓别林创作《大独裁者》时那种蓬勃活力；另一方面，社会主义社会又与其追求的世界距离尚远，我们生活的时代与卓别林演说所唤起的素朴的感动，似也存在一些距离吧。

看完《大独裁者》出来，寒风吹起。这个时期，日没的太阳在秩父向丹泽绵延的群山上空不断向南偏移，过了冬至后，如今又回到北边。这是走向春天的一步。与人类相比，大自然的活动似乎更是不会有瞬时的停滞。

（《朝日新闻·夕刊》1984 年 12 月 28 日号）

冬天的散步道

只要不下雨，我总尽量在早晨出去散步。我既不打高尔夫又不会跑步，大抵就是坐在桌前写东西或读书，再就是听听音乐磁带，所以每天三十分钟的散步便成了我唯一的运动。

出了这条街，沿着中学旁边的路一直往南走，便到了一个小公园。公园里有杂木林和广场，还有为数很少的儿童游乐器具。林中有栎、枹、松、枥、榉、樱等树木，还有形状奇怪的接骨木。

冬天扫过落叶的公园，一眼可以看到树林深处。虽有寒风穿过，但只要天好，阳光就无处不在。冬天的杂木林比夏天更明亮，也是被这明亮吸引，我会一直走到杂木林的深处。

关越高架公路横架于公园上方，我从公路下方穿过，走到向阳的南侧，便看到公路的混凝土粗柱上写着"不要政府"，旁边则用更大的字写着附近飞车族的姓名。这些涂鸦显示着社会并不完善，社会本身存在着挑动反社会情绪的要素。

沿着关越公路往西走，途中便可离开那些喧嚣的混凝土建筑并进入住宅区，上坡就是小学的拐角，运气好的话，还可看到孩子们在课间生气勃勃地玩耍。

走出小学区域，便是一条有着大片草坪的路，草坪对面是一大片农舍和漂亮的大榉树。冬天的树木具有一种去除一切虚饰，以其本来思想而立的意趣。

再稍老一些，我也会变成那样，应该做好思想准备了——带着这样的念头，我沿路再往右拐，爬过变电所旁边的小坡，又是一条左右都是草坪的路。有风的日子，正面迎风时会冻得流鼻涕。

二三月是猫族恋爱的季节。一个暖和的日子，走上坡道时看见草坪一隅有三只猫中的两只猛地出奔，追赶的那只猫眼看逼近距离，一场乱斗即将发生时，被追的那只以一个漂亮的冲刺脱险，在墙根后面消失身影。追它的那只猫蹲在墙根这边伏守，一副执着的模样。看来它们是三角关系。

我又继续走，看到一只猫出现在路上，大概是引起刚才那场争斗的雌猫，长得意外地难看。我不禁莞尔，想到漂亮女性跟魅力女性大概不是一回事。正当我归纳出这点感想时，出发点附近的巴士路已出现在眼前，我的散步也将结束。

（《妇女与生活》1986 年 5 月号）

"啊噗啊噗"

孩时的我可能有"水难"之相，反正经常掉进各种有水的地方。大概三四岁时，我掉进了传吉家的"溜壶"。我出生于山形县的乡间，村子里每家的房子都有屋号，"传吉"是附近一户人家的屋号，本文下述也都同此。我家屋号叫"太郎右卫门"。

所谓"溜壶"，是承接厨房污水的地方。我整个人掉了进去，拼命挣扎，幸而被隔壁传左卫门家的妈妈看见，她从墙根钻进，把我救出。

那天我是被母亲带去传吉家的，在她跟传吉家奶奶喝茶聊天时，我一人绕到屋后，掉进了溜壶。

被传左卫门家妈妈的叫声所惊，母亲跟传吉家奶奶奔了出来。我被臭骂一顿，带到传吉家的净水池脱光了从头到脚冲洗一遍。

我在传吉家又一次掉进臭烘烘的地方。农家的堆肥叫作"肥冢"，呈圆柱形，旁边都积着堆肥沥成的水滩。所谓堆肥，是把秸秆和屎尿混合后堆积，使之腐蚀发酵，所以那水奇臭。雨后，雨水混着粪水，在肥冢周围积了起来，那是绝不亚于溜壶的肮脏去处。我记得掉进过那里，自己爬了出来，回家后挨骂也是自不待言。

然后就是掉进嘉太夫家的池子。嘉太夫家是我家邻居，面朝路的墙根内侧有一养鲤鱼的池子。我觉得好玩，常去那里看。一天，我在路上把头伸进墙根探看池子时，整个人就滑进了跟路有相当落差的池中。至今还记得那一瞬间鲤鱼摆动红身子的样子。它们一定在为这怪伙伴的不期而至惊讶。

这次是嘉太夫家的爸爸相救。后来经过嘉太夫家的池塘边时曾想起过当时的事情，却又纳闷：池子这么浅，怎么会在这种地方溺水，被水淹没呢？

村东有一条宽五六间①的河流，村里的孩子们从上小学前开始，到了夏天就在这里游泳。

并非有河就可游泳。水流很急，若冒失找错了地方，转眼间就会受到水流冲击。我见过有孩子踏进以为水浅的地方，却被困住动弹不得，只能哭鼻子。水深虽然只及孩子的脚脖子，可是想拔腿上岸时，就因水流的力量而无法迈步，一边挣扎一边哭泣。孩子们就是在见识和经验这种场合的过程中理解河流的，使他们知道无论是浅及脚腕还是深至脖颈的河流都要试过，才能具备常去深水游泳的魔力。

我们的游泳场所因此而确定。为了防护河岸，有的地方要放置石笼。所谓石笼，就是把大石头垒在一起，用金属网包起来，像防波堤一样突出在水流当中。石笼周围就是我们的泳场，但也并非只要有石笼的地方都行。石笼内侧的水很深，然后缓缓地过渡到浅滩，而且浅滩附近是干净的沙地，这些都是泳场的条件。具备这些条件的最佳泳

小说周边（节选）

---

① 间：日本长度单位，1 间 ≈ 1.818 米。

场离我家最近，夏季中整天都可听见孩子们游野泳的声音。

到了暑假，即使家中有事，我也听不得那声音，听到就会丢下手中的活儿，趁大人不注意一溜烟跑到河边，当然事后少不了挨骂饿饭。泳场水深处可以没及成人脖颈，会水的人在这里游泳、扎猛子，浅滩上则是光腚的幼童群互相打水仗。我在这里溺过水。我们乡下非常写实地把溺水叫作"啊噗啊噗"，记得我是在上小学时"啊噗啊噗"的。当时二三十个人在一起，所以"啊噗啊噗"不时发生，但总有高年级的同学立即相救，所以泳场从未有过孩子淹死。就似一种不成文的规定，高年级学生在这里游泳，同时就自动负起了这样的责任。我上了高年级时也是这样，想到今天只有我一个高年级生在，内心就会被一阵小小的紧张揪一下。

不过乡下的家长也真能放得下心，把有可能"啊噗啊噗"的孩子成天放在河里不管。也许会多少有点担心，但从未见过有家长为此而来看看。偶尔会有母亲涨红着脸跑来，却并非因为担心，而是来找逃避做家务的孩子。母亲手脚麻利地从水中抓起孩子，兜头就是两三巴掌，然后抓去帮着干农活了。我溺水的时候是跟一个叫朝治的邻家孩子一起，他长我一岁。我俩都离学会狗刨式还差一步，只能把脸埋在水里朝前挪动。我们比赛看谁能这样前进的距离更长，突然我看不见眼下方的蓝色河底，紧接着就"啊噗啊噗"了。在我就要失去知觉时，看到高高的石笼上一个高年级同学跳下水来。救我的人叫竹治。我被竹治按压胀得像青蛙一样的肚子，吐了几口水，就又回到河中。

我也救过人，那是当学生时。离村子一公里处的下游有个叫赤坂的地方，那里有好泳场。一处像拦河坝一样的地方，水从高处冲下，深处据说能淹没一根电线杆，其中随处可见可怕的漩涡。我去时，浅滩上只有四五个小姑娘，我感到一阵久违而怀念的紧张。

我登上高柱准备跳水时，一位姑娘溺水了。她被水流带向漩涡，事情突然变得难以置信。我立即跳进水中救起她，在河堤上按压她鼓起的肚子。这时我想起了自己被竹治相救的情景。

（《潮》1973 年 11 月号）

"都市"与"农村"

算是旧话了。我从某报看到，国土厅 1976 年夏天曾做过"农村与都市的意识调查"，佐藤藤三郎先生①为此而怒。

佐藤先生住在山形县上山市从事农业，并以农村问题评论家而知名。介绍到这里，我还想加上一条——"山彦学校"②学生。尽管他本人也许不喜欢这个身份。

佐藤先生为何而怒，是因为针对这么一种说法：大多数国民都希望孩时在农村度过，青壮年期在都市工作，老后重返农村生活。

我也从报纸上看到过国土厅的调查报道，记得确实说高达百分之七十多的受访者希望老年后回归乡村。佐藤先生斥之为农村出身而现住都市者的自私任性。

对于高度经济成长政策之后农村的变化，我们只是睁眼看着，其实变化的实态已到了乡村之外的人难以把握的程度，无论生产方式还是生活、风俗和意识，都已全无昔日农村的影子。

佐藤先生发表的文章和著述对我来说，都是一面理解农村现实的宝贵之窗。读了他的评论，我这样的人也得以理解农村现在发生的事。作为一位身居农村，现正艰难从事农业生产的人，他的话具有说服力。我因此而非常理解佐藤先生这次的愤怒，觉得合情合理。

人口正不断流向都市，农村因此面临荒废的危机，剩下的人为了维持农村的生产和传统节日、祭祀活动而饱受艰辛。走出乡村住在都市的人希望留住自然和田园风景，但又不希望自己被附加保存村祭等传统仪式和供给新鲜蔬菜的责任。佐藤先生说：那些身强力壮时在都市生活却不曾给农村任何回馈的家伙，上了年纪又想回到农村安度晚年，也太如意算盘。

---

① 佐藤藤三郎（1935— ）：日本农业家、农业问题评论家、作家、诗人。

② 山彦学校：山形县山元村（现上山市）中学教师无着成恭把自己所教初中生的作文编辑成文集，取名《山彦学校——山形县山元村初中生的生活记录》，2008 年，岩波书店出版该文集。"山彦"是日本民间传说中的山神。

读到佐藤先生这篇文章时，我条件反射似的想出这么一番情景：一对年轻的父母，带着两个孩子在走。父亲西装笔挺，系着领带，母亲也衣着时新。父亲出身脚下这片土地，但母亲和孩子对这里的方言都听不懂也不会说，孩子都用城里人的习惯称呼爸爸妈妈。父亲从村里出去，长期住在遥远的都市，这次是回到久违的故乡过盂兰盆节，带着好多礼物，正在去扫墓的路上。

途中遇到熟人时，父亲便打招呼，介绍妻子，这时的心情带着几分爽爽的感觉。

他向自己出生的屋子走去，一面对妻子夸耀着在她眼中并不出色的风景。他是这个村子中的一户人家生下的次子或三子，抑或是排行更低的男孩，总之不是长子。他现在一路上看着久违的故乡，觉得还是自己出生的地方好。他的心中充满一种从都市生活那种严苛的生存竞争中解脱，回归生他养他的土地时的安乐感。

这番情景多半是我自己年轻时的经历，也是我在故乡时常见的。对于这种情景，我如今已不能不感到某种羞愧。现在回村时，我总是不能不保持一种低调的感觉，这也许是因为自己对长年累月在村中留守者的心情已有几分理解。

身着优质西服，手提大量礼物，带着都会装扮的妻子回来，村里人也许会说他"发达了"，但同时也会觉得他已经不是村里人。拖着鼻涕四处乱跑的时候，他倒是村里人。

然而，他走出村庄，现在已不用面朝黄土，而是穿着西服上班，这就不是村里人了。留在村里的人还得过着刨土求食的生活，除非特别的日子，平时是不穿西装的。这种差别应该严格而清晰。

身着西服的他也许并没考虑那么多。虽在都市生活，他却还以各种原因而与村子相联。说话的口音、吃东西的嗜好都是联系的因素，他也确实不时会留恋地想起那片生他的土地，若有近亲的庆吊之类，他也会乘火车赶回。村子依然活在他的意识中。

他已不是村里人，却又不能完全成为城里人。这种半吊子的他，如今在都市中应属多数。尤其近年来都市的生活不像以前那样舒适，奔波于上班路上，空气污染，一定有人会担心自己在这种状况中渐渐老死，从而变得忧郁。也许正是像他这样的人，会对国土厅的调查给出老后想在农村生活的答案。

佐藤先生斥责这种想法有点一厢情愿。这是正理。离开村子的人是舍弃故乡的人，是不顾来日的人，是向往西装革履的人。他上班虽说辛苦，但与面朝黄土的农活相比，工作却是干净而舒服。

况且，年纪轻轻就能身穿西服，操着都市语言生活，相对留在村里的人，他难道就不曾有过一点自矜？

设若如此，人到中年时尽管会觉得都市的饮食不合口味，却也不能说是想吃村里的酱菜。他不必絮叨如何怀念故乡的风景以及村里的节日气氛，对于企业侵入以及公害的担心也都于事无补。只有那些含辛茹苦地留守乡村的人才有权利决定村子变成何样，别人不该死乞白赖地想回乡下养老。我也这样认为。

但是从国土厅的调查和佐藤先生的文章出发，我又想到了别的问题。

过去，农村的家庭都是多子女，老二老三一个个地生出来，父母对生育几乎无计划，而且也极少像现在这样让孩子升到高一级学校读书。农村中次子三子的前景是：极幸运者走出村子去做蓝领工人，剩下的大多数到地主家做雇工，同时寻求去做上门女婿的机会或者到部队当志愿兵以及参加警官考试。

在有军队的年代，次子三子的存在本身就意味着服了预备役，一旦战争爆发，他们就被大量驱往战场，立刻成为战斗力。军队对他们来说也是有利的就业去处，他们在那里被提供衣食，领取薪资，身体不适于军队的人成为征用工，有人脉关系者可能被留在企业当蓝领工人，战争结束后也就不回农村了。他们被村里人视作少数的幸运者。

但若除去这些少数的幸运者，战争结束后，农村的次子三子被剥夺了两大职场，即军队和因战后土地改革而消亡的地主阶层，剩下的只有做农家的赘婿，但这就像抽中宝签，是坐等不来的。

我的小说中常会写到武士家中在等入赘机会的次子三子，如若机会不来，他们就只有作为"部屋住"①，一辈子过着很没面子的生活。

---

① 部屋住：日本旧制下尚未继承家产的长子或无权继承家产的次子以下者与家长同居的状态。

农村中始终都有让次子三子有饭吃的余裕，但若无人赘或就职的机会，次子三子还是会一生成为家庭的累赘，这就是"部屋住"一族。不断出生的次子三子一时成为重大的社会问题。

但他们还是一个个、一点点地走出了村子。我的小学同级同学或稍长一级的同学，曾一时有四五人离开村子。不知他们有什么关系，听说去横滨当了消防官。那是 1950 年左右的事。

听说他们当消防官时，我觉得挺能接受。农村的小伙子不仅是干农活的好把式，也能成为干练的消防员。

消防团组织遍及每个村落①，我的兄弟也曾在睡觉时把消防用的一套衣服和头巾放在枕边，做好随时应急的准备。那里的训练如军队般严格。

那时不像现在有消防车，他们拖着堆着水泵的车子，在路上一里、二里地奔跑，健步如飞，不惧危险。我的同班同学到都市当了消防官，但用消防车进行的消防作业应该比拖着车子跑二里路省力。

于是，他们在某一天离开了村子，但我想说他们并非舍弃村子。"缘由百般无　长子家门迈不出　恋巢老蟾蜍"，中村草田男②曾这样吟叹家中长子承担的命运之重，但是作为次子三子的他们，也并非心甘情愿地离开村子。

他们这些人历经漫长而疲惫的都市生活，即使希望老后能在乡村生活，难道就该受到非难？

近年的情况我不太了解。我们曾有过实行普及教育和经济高度发展政策的时期，人们都从农村流向都市，农村出现不外出挣钱不行的变化，次子三子自不待言，连长子也不想继承农民的家业了。

他们这些新人也许是离弃乡村，或许今后仍将继续离弃。我最近回村，曾为孩子们的身影之少而惊讶。村里有时寂静无声，这在我孩时是没有过的，那时村里的孩子乌泱乌泱、闹闹哄哄的。现在这种现象也可看作乡村正被离弃的证据。

不过，表示要在农村养老的应该还不是这些新人，这些新人大概

---

① 根据日本的消防组织法，在各市町村设置消防团，由一般市民、村民担任团员。

② 中村草田男（1901—1983）：著名俳人。

还要更晚些时候才会这样想吧。

我总觉得在"在农村养老"这个选项上画圈的应该是我旧时的朋友，是当了消防官的 I，是当了海员而离开村子的 K。这次调查久违地触动了他们对乡村所抱的潜在愿望。

然而，是否因为画了圈，I 和 K 待年纪更大些就会回归乡村呢？我想不会。住房、家庭、职场如今都把他们束缚于都市动弹不得。急救车载着病人辗转于十多家医院之类的无情报道让人不寒而栗，他却还是不能离开这样的都市。我想，他现在多半已经忘记自己在调查表上所做的选择，而是在一天天的生活中随波逐流了吧。

（《回声》1977 年 2 月 1 日号）

留在心中的人们

那还是在很久以前的 1953 年。那年我在现在的东村山市的保生园医院接受外科手术，割掉一部分肺，并切除肋膜，从上面按压，是个大手术。

当时我在山形县的乡村学校当教师，为了治疗在学校集体体检中发现的肺结核，来到离东村山不太远的米川，住进筱田医院疗养。

筱田医院被杂木林和麦田包围，是个风景秀丽的疗养所，但没有手术设备，所以需手术的患者被送到保生园，做完手术并能行动后再回来接受预后治疗，直到出院。我也是作为这样一名患者，从筱田医院转到保生园接受手术。

近年结核病已非那么可怕，可在当时却是性命攸关。有疗效的新药虽层出不穷，仍有很多患者非动手术不可。

可是手术也无绝对把握。开胸成形手术之后问世的合成树脂球充填术当时也被认为是失败的，我要做的肺叶切除手术则属于一项刚刚定型的新技术，因此不免还是有一种对于死亡的不安。

不过，手术如果成功，之后的恢复将会很快。从筱田医院转到保生园的患者，同样都带着对治愈的希望和与之等量的对手术的不安。我乘西武新宿线的电车在东村山站下车，穿过站旁一条长街就是农田，前方能见山丘，保生园就在山丘中腹处。

　　我大概是 1953 年 5、6 月之交转来这家医院的，当时进入了梅雨季节。二十多年前的保生园，在我的记忆中的印象是病房周围郁郁葱葱的绿叶和连绵的雨天。起先住的病房只有我一人，我在天花板很高的大病房里，伴着白天也开着的台灯灯光，听着雨声，等待手术。

　　地处山丘中腹的医院，走廊成为登山路，供人从山麓上山。以这走廊为中心分出几栋病房，就像树干分出的枝杈。病房分别以隔田寮、相模寮、常良寮等河名以及高尾寮、筑波寮、秩父寮等山名命名。记得我开始住在相模寮，术前检查结束后转到了更高一层的常良寮。

　　手术开始时，我就是在这栋病房与那些至今难忘的人们相遇。

　　手术期间，一位姓川端的女性在我身边看护。我不曾从乡下找人，母亲听说要动手术而担心，还是来医院守在我身边，但只能手足无措地看着我，术后从吃饭到大小便都是川端在照应。

　　如前所述，我的手术是大手术，一次不能解决问题，一共做了三次。第三次结束后，我像马上要被击倒的拳击手一样筋疲力尽，但其实也就在此时，我总算摆脱了疾病对我的精神折磨。

　　不过，在三次手术期间，我一定是一次次坐在死神身边的椅子上。后来听母亲说当时以为我要不行了，可见我的病状必是极其严重。

　　可是我本人却不曾意识到这种情况。能在不曾感觉的情况下过来，我想多半是靠着当时常良寮的众护士。那是一群技术精良、行动敏捷的护士。她们性格开朗，常开玩笑，但又有一手扎实的技术，看到她们充满自信的动作，我唯一的想法就是完全可以把自己的身体托付给她们。

　　熟练的技术并非仅指静脉注射之类。

　　至今我还带着惊奇回想起刚做完手术时的一幕：把我从手术台搬上手术车时，一位姓下平的主任护士说了一声"抱住"，让我抱住自己的头，然后一下子把我抱起搬到旁边的手术车上。下平长得瘦小，让人觉得不会有多大力气，却能做这样的事。

　　前面说到，保生园医院的房子分布于山丘中腹，以一条走廊作为联结点，走廊就是坡道。诊疗楼位于山丘下，所以每逢手术或诊察，护士和川端护工都必须用手术车把我推到下面，然后又推回上面的常良寮，其中有的地方必须一鼓作气才能上去。我忘不了那些上气不接下气地推着我在走廊奔走的人们。

下平、土井、后藤、佐野、中川、矶村，还有川端，我常常念叨、想起她们，因为难忘，她们的面影始终鲜明。

我母亲当时六十岁，在我身边时，她不经意间在护士中颇有人气，当我的病情稳定后，她们带她去狭山湖游玩，于是她还想入非非地要把其中一人收作儿媳。那是题外闲话了。

（《妇女生活》1979 年 10 月号）

雾中羽黑山

当山出现在自己身边时，有时会发现意外的风景。例如在我孩时，觉得水墨画中的山色或云状毕竟就是绘画而已，但在某年的梅雨季节，突然看到水墨画中的世界在自己眼前展开。

我记忆中的羽黑山也沉浸于水墨画的世界之中。羽黑山并非以秋天的红叶或 5 月的嫩叶而堪赏美，它的魅力在于成片的巨杉和深山中的晦暗。这样的羽黑山，毕竟还是小雨和山雾最与之相宜。

苍郁繁茂的杉木林中，铺着苔藓延伸的台阶与树梢相望，这石道上曾有芭蕉①踏过，更有着数千修验者②的坚实足迹。那座幻影般的五重塔也在旁边的杉林中，据说巴西建筑家奈特曾对它终日凝望。

这样的风景被小雨笼罩，被雨后的雾笼罩。雾停聚在杉树梢顶，雾沿石阶而下，雾让塔影半隐半现，耳中所闻唯有溪流和山鸟的声音。这样的日子里，羽黑山似也让人得以一窥古来修验之山的神秘身影。

（《家之光》1981 年 6 月号）

① 芭蕉：即松尾芭蕉（1644—1694），日本著名俳人。
② 修验者：日本宗教修验道的修行者。修验道由密教和日本固有的山岳信仰、神道等结合而成，追求在山中修行。

再　会

年轻时，我一说自己因肺结核而有过几年的疗养生活，听者大多会有一副同情的表情。这是当然，没有比不生病更幸运的事了。

可是，在东京郊外那所被麦田和杂木林包围的疗养所中度过的日月，如今回头想想，起着一种透过岁月之幔而看的美化作用，除去动手术的一段时间，整体来说并非不愉快。想到当时父母兄弟如何为我的病情担心，我无论如何不能说疗养生活有意思，但若实说，还真是有意思。

疗养所里什么都有。有一套完整的图书借阅制度；有俳句会和吉他爱好会；围棋和日本象棋盛行，每年举行两次淘汰赛；甚至还有文化节，吉他演奏会自不待言，甚至还有专业水平的单口相声和歌舞伎爱好者演出的玄冶店^①剧目，而且演技真的很棒。

我在这里除了读书，还学了俳句，学了吉他和围棋，甚至还学会了花札^②并终日乐此不疲。

来疗养所之前，我是个乡村初中教师，一个未见世面的守旧者，以为落语^③之类都是下三滥，但在疗养所期间，我也喜欢上了落语。

在疗养所这样的地方，社会身份几乎没有意义，在患有同样疾病这一点上，大家都是平等的，要说差别，也就是病情的轻重稍有不同而已。这种不问身份的交往令人心情舒畅，原来以乡下人自居而认生的我，在这里也与各种各样的人有了交往。我觉得疗养所对自己来说是一所大学，不谙世事者也可在这里有一点社会学方面的收益，多少成为一个自立的成熟者。即使也会学到不少不好的东西，但也无疑远远胜过对这些东西全然无知。

可是，正如大学有毕业时，疗养所也有出院之日，我痊愈出院了，而且理所当然地直接回到老家。我没打算在东京就职，也没有这样的

---

① 玄冶店：著名的歌舞伎表演地，后也泛指这里所演的传统剧目。
② 花札：一种两人玩的纸牌游戏。
③ 落语：一种日本传统曲艺，类似滑稽故事表演。

关系。回到老家，如果可以就回归教职，如果不行，打算就随便找个事情做。

然而，这次再就业并不顺利。很久以后我才意识到，当时自己受到了极其冷漠的待遇。

我自己觉得身体完全恢复，对于体力也有自信，但在别人看来，我只是一般的初愈，能否真的派上用场自然就有疑问。不过当时我去求职的那些地方，态度都热情有礼，致我一时不能意识到已被拒绝。这也应该算是在疗养所大学学得不够吧。

不过，即使后来已经意识到，我也并未对当时的那些人有过怨怼。我理解对方的困惑，因为如若立场反转，我也会觉得为难。

正在这时，东京来了一张明信片。这明信片跟医院无关，而是一位住在东京的熟人O先生寄来的。O先生在信中说有一份商界小报的工作，问我愿否试试。我便返回东京，到那家商界报社上班。当时，只要能上班挣钱，哪怕是打临工我也愿意。我那时三十岁，这个年纪还没工作没钱，当然就没住房没结婚对象，在社会上只能算一个无能的人。

我对商界报纸全无了解，但被动笔杆的工作吸引，觉得比打临工多少有点知性感，而且写东西挣钱也不赖。在这家商界小报，我不仅写报道，后来还被派去拉广告，不过工作还是比我预想的适意。说得夸张点，在写新闻报道时，我会有一种如鱼得水的感觉。

工作虽然有趣，但毕竟是商界小报，所以经营发生问题，并因此而常有不愉快的经历。由于这些不愉快，我对O先生那张明信片所怀的感激之情也渐渐淡薄。可是到了今天，那时的明信片却又渐渐增加了分量，我曾想过，如果没有O先生那张明信片，我现在会在这里写小说吗？

之所以这样说，是因为我之后又换过两家公司，结果共在商界报纸工作十多年，依然觉得这份工作适意。采访、写报道之类的工作适合我的性格。我转写小说半属偶然，然而每天每天写报道与我现在写小说的生活之间，无疑在某处是有联系的。

我供职十四年的商界报纸，是一家多数时候有十多名员工的小公司，但氛围不错，全无所谓商界报纸那种多余的色彩，社长以下是一众完美的通情达理的人。我在这里写报道并拿一份平常的工资，然后结婚生子，从这样的生活中求得小小的自足而无特别的不满。想到出院时的身无长物，夫复何求？只要衣食无虞，我觉得就已足够。

我在这种情况下写起了小说，正如前述只是半属偶然。人在自己的人生中有可能被推向自己没想到的方向，我也仅仅是碰上了这种没想到的变化而已。

有句老话叫"衣锦还乡"。说实话我不喜欢这话，但在一次获得某文学奖之后，被邀在故乡的镇上演讲时，不能不想到这话。我汗颜而不知所措，但故乡又确是不该在灰头土脸时回去的地方，于是我不得不归乡四处演讲。

我也去了二十多年前教书的中学，在那里遇到了令我顿时百感交集的情景。我在那里只工作了两年，短短两年就因病离职，并因此告别了教职。

会场听众席前排有我当年的学生，有男有女，都已年近四十，我却仍能认出他们学生时的模样。

我刚开口，女弟子们就掩面落泪，我也在台上说不出话来。她们这时也许不仅是惜念我的归来，也在见到我的身影听到我的声音时，历历在目地回想起当年我和她们一起时的情景了吧。

演讲刚结束，我就被弟子们围住，有人直接责问似的说："老师，这些年你都在哪儿了？"一幅"父亲归来"①的情景。这应是做教师最幸福的时刻了。

弟子问我在哪儿了，这话刺痛我心。我并未忘记他们，他们每个人的模样和声音都始终鲜活地留在我心中。但我供职报纸，在租住屋中自足于小小世界时，确实无心高声宣示自己的所在。那样的我，于弟子来说，也就无异于行迹不明的老师了吧。

商界报纸记者和小说家，哪个更为幸福，我无法在此做出简单结论，但唯在那个时候，我感到了成为小说家的幸福。

（《相遇》1981 年 6 月号）

---

① 此处似借用日本作家菊池宽的同名剧作比拟。

幸　子

我孩时曾被发怒的母亲突然关进仓房监禁。那次好像是我干了很坏的事情，母亲把我像一个物件一样横着抱起，穿过院子，丢进仓房，并从外面上了锁。

仓房很大，天花板很高，只堆放了一些平时不用、落满灰尘的脱谷机、农具之类，门很结实，任我推任我敲都纹丝不动。我被一种恐怖控制，担心自己一辈子都走不出这个昏暗的屋子了。我已全然不记得母亲为何动怒，唯有当时的恐怖留在记忆之中。我哭闹之际，正好附近的主妇来找我母亲，便帮我走了出来。

不仅是这次，我记得自己屡遭母亲叱骂，印象中她对孩子管教严厉。

可是母亲有她脆弱的一面，听别人说话时，会跟人家一起哭起来。或许是因为她的这种性格，我家常有附近的主妇们过来聚会，喝茶聊天。不管哪家总会不时有一些让主妇伤心的事，母亲倾听这些诉说时总会设身处地替对方感叹。不仅是附近的主妇，就连一些熟悉的小贩，也会卸下背负的货物，在我家扯上一段长长的闲话后才离去。

记得幸子来我家是在我上小学五年级时。那天是村里的节日，我们也从早晨开始就穿着盛装玩闹，过了中午，我家院子进来一辆车。那时汽车之类还很稀罕。

开车的是我堂兄，但从车上下来的是一抱着婴儿的女人，让我吃了一惊。那个像猴子一样长着红脸的婴儿就是幸子，肤色白皙的瘦小女子是幸子的母亲。从那天开始，幸子成了我家养女。

幸子怎么会来做我家养女，我后来好像听说过，但还是忘了。幸子的母亲出身于深山的村落，我母亲小时候也曾被送到那个村子附近的亲戚家当养女。我觉得就是这种关系。

幸子的母亲如今在鹤冈市的餐厅工作，被男人欺骗，成了现在所谓的未婚母亲。她在孩时的我看来已是大人，但大概也就二十过半。反正就是因为这种情况，母亲决定接受幸子。

关于养女，好像有过每个月寄若干养育费的约定，但幸子的母亲好像并未守约。我母亲有时会像对自己的女儿那样生气道:"真没想到××江这么靠不住!"父亲好像不太赞成收养幸子,母亲对他似乎有点忌惮。

就这样过了一年,幸子被送到一个离我家步行需两个小时的远村当养女了。为这事我家好像有过争议,母亲觉得养了一年,有了感情,留在咱家也挺好。不过父亲和亲戚都反对,幸子去了远村。

不记得过了多久,母亲因为记挂那孩子,过去看了她,一回到家就哭了起来。我们老家那里把婴儿放在一种稻秸编成的摇篮中,母亲去了一看,那家没人,幸子一人在摇篮里,见了母亲立刻哭了起来,一边把手伸了过来。幸子变得更加瘦小。母亲忍无可忍,在这没人的家中翻箱倒柜,找到奶喂了后才回家。她开始怨恨收养幸子的人家,觉得他们肯定是为了钱,这样下去幸子会死掉的。

我想这时的母亲已经处于半狂乱状态。她再次远赴那个村子。等她回家时,背上背着幸子。不知她跟那家人说了什么,也不知会不会是趁着那家没人把孩子抢了出来,反正母亲带回了幸子。这次父亲和亲戚们都惊得啥都不说了。幸子从这天开始成了咱家的孩子。

话虽这么说,幸子还是不算过继,只是寄养而已,但也一直在咱家住到初中二年级。我下面本有一个妹妹和一个弟弟,幸子便以幺女的形式在兄弟姊妹中最受娇惯,她本人自不待言,我们大家也从无一人把她当作外来的孩子。

可是,要问在咱家住到初中二年级的幸子后来怎样了,结果是她又回到了亲生母亲身边。

也许因为我母亲是擅自把幸子带回来的,幸子的母亲没再来看过孩子。她后来跟新潟县的人结婚,离开了鹤冈。十多年杳无音信的她突然找来我家,说出想把幸子带走的话。母亲自然大怒,但因为幸子并未正式过继,亲生母亲有权要她。幸子去了新潟。

我的母亲八年前去世,在她的葬礼上,我遇到了久违的幸子。三十多岁的幸子已经一副成熟主妇的模样,说是已结婚并有了两个孩子。我想起小学五六年级只知玩的时候,最讨厌被指派看守幸子。此时,我不由得想到了人生中的种种邂逅。

（原题《我的顽童时代》,载《绝妙女性》1982年6月号）

绿色的大地

只要没有特殊情况，对于背井离乡者来说，大概没有地方能像生养自己的故乡那样令人思念。

我也是这样。在东京已住三十年，时间超过在故乡生活的年头，但是至今仍难摆脱把东京生活视作临时的感觉，难改常常回想故乡的四季移变和食物美味的习惯。

其实，我的故乡山形县庄内地区是一片冬天积雪、来自大海的西北风肆虐的土地。

如今若要回去住，想到那里的冬天，就会有点望而却步，而且听说吃的东西也不是当年那味道了。既然如此，我对故乡的思念之中，一定会有一部分相悖于当下现实的一厢情愿或一部分错觉。但不可否认的是：正是这种一厢情愿，使得故乡越发让人眷恋，成为我永远的乡愁对象。

我的故乡山形县庄内地区是东边的出羽丘陵和西边的日本海之间的平原及低山地带的总称。出羽丘陵由横空出世、山形美好的鸟海山、月山蜿蜒而成，北端的鸟海山临海，是山形县与秋田县之间的县境，山脉南部与广袤的磐梯朝日山系相接，所以庄内平原形成三面靠山，一面临海之势。

庄内地区简言之是稻米之乡，也有果树和蔬菜栽培，近年还有农家致力于畜产，再加有渔港收获水产，但基本还是依存于来自庄内平原的稻米，属于稻作地带。与平原北部海岸相接处有商港酒田市，靠南部山地处有城下町①鹤冈市，广袤的平原形成围合这两个城市之势，成为这一地区的生命线。

我生于鹤冈市郊外的农村，所以从小到大，从早到晚见到的都是田园风光，初夏是绿色，秋天是成熟的黄色，冬天回归于土地的黑色。这片平原的尽头横亘着包括鸟海山、月山以及以修验闻名的羽黑山、汤殿山在内的山脉。鸟海山是标高 2200 米的典型锥形火山，月山是标

① 城下町：旧时以诸侯的居城为中心发展起来的城邑。

小说周边（节选）

高一千九百八十米的典型盾形死火山，都既非高得可以欺人，又非矮得可被人欺，四季都有美好的山影可见。

此外，若想游泳，旁边便有河流；若想看海，从鹤冈乘电气列车出城，二三十分钟就可到达海岸。正因这样的风景至今仍烙在心中，因此每想到家乡便会油然而生一种自豪感，觉得很少有地方能把风景搭配得那么恰到好处。

比如说，我现在住在东京，周围见不到山，会有一种欠缺之感。也并非完全看不到，上二楼朝西看，可见平缓的奥多摩山，晴朗的冬天早晨还可看到富士山，可是这些山都太远，难以窥得山本来应有的亲善或威严，也就是类似于山的气息那样的东西。

另外，如果像长野或山梨那样周围有很多山，对于在平原长大的我来说，又会有一种压迫感，也还是难觉踏实。

还有，濑户内海边的香川虽然受惠于气候温暖，却无水利之便，在从邻县的吉野川上游引水的水渠完成之前，灌溉大半依赖以满浓池为代表的水库。与之相比，庄内平原有最上川和赤川两大河流横穿，从两大河流引出的大小河川无远弗届地滋润着农田果园，真是一片得天独厚的稻米之乡。

当然，在想到这些时，我的头脑正如前面所说，已经在很大程度上形成了一种为家乡自豪的结构，这种自豪的本质缺少一些客观性，其真相正如本文开始所说，仅仅是因为离井背乡而对生养自己的土地产生的唯一性认可。

在我的眼中山水搭配恰到好处的美丽风景，在外地人看来也许平凡而无趣；日本海的水产确实美味，但那也并非只有庄内海岸才有。

但是另一方面，辞乡三十载后，自己其实已不仅仅是一味怀念家乡，对于家乡的好处，也形成了一些客观的思考。

我常接触一些与自己工作有关的人，他们有的指出了庄内人的稳重之处，并有人问过这种注重细节的稳重性格究竟来自哪里。

听到这样的提问，我想到庄内人中也有坏人，也有不好相处的人，便有点不好意思。不过说这话的，有些是跑过好多县采访的报社记者，他们的话在某种程度上也许是普遍性的印象。如果是普遍的性格，那就不是昨天或今天形成，而应来自历史和风土吧。

庄内地区从德川初期^①到幕府末期，一直是由一藩统治。从所留的形迹看，为政者酒井氏族在封建制的江户时期实行了相对稳健的善政。

例如天保时期^②发生的阻止藩主转封事件就是个著名的例子，农民向江户大举进发进行驾笼诉^③，结果转封的幕命被收回。收回成命是没有先例的事，即使农民的请愿不是其唯一原因，但可以肯定的是，这个事件的动因是农民方面冷静地考虑到了撤换藩主酒井氏对自己的不利。

明治初年的戊辰战争^④时，攻打秋田、新潟的四千五百六十名庄内藩兵中有一千六百四十名农民兵和五百七十名商人兵，他们进行了勇敢的战斗。那个时代，有些地方的农民在藩主与官军对抗时，发生过反对藩政的起事，庄内却从来没有。

过去简单地把这归为顺从权威的本性，其实应募的农商兵中据说有很多是自带武器参加的，由此也可视作藩主与属民的一体感，或者说两者之间没有对立，反倒存在一种类似宽缓的共存感的东西。

有数字可作佐证。明治以后对庄内地区的耕地做了重新测量，实测面积为旧藩时代的 1.99 倍，即近两倍。用严苛的丈量地亩压榨农民，这是统治者的常用手段，但庄内藩除了藩政初期，后来就没再这么做。

这个数字也许隐藏着治政上的理由，具体说就是：不那么严苛也可勉力维持藩财政。庄内地方的富庶也由此可见。庄内地区在藩政时代曾有过多次灾年，其中贞亨^⑤、天保年间的尤为严重，但在多次灾年中，只有延宝二年^⑥的那次饿死过人。即使在被称为历史性大灾荒

---

① 德川时期即德川家族于公元 1603 到 1867 年在江户（今东京）建立幕府统治的时期。与下文的"幕府时期""江户时期"为同一概念。

② 天保时期：公元 1830—1843 年。

③ 驾笼诉："驾笼"即座轿，驾笼诉即拦轿投诉，江户时代的一种越级上诉方式。

④ 戊辰战争：明治天皇在即位后的公元 1868 年（戊辰年）宣布废除幕府，幕府将军德川庆喜不从，于是发生天皇军和幕府军之间为时两年多的战争，最后以幕府军失败告终。

⑤ 贞亨：日本年号，公元 1684—1687 年。

⑥ 延宝二年：公元 1674 年。

的天明饥馑①时，庄内与屡屡饿死人的南部、津轻相比，水稻产量的歉收比例控制在三成以内，反而向来自其他地区的饥饿者伸出过救援之手。

也许与奥羽山脉、出羽丘陵并走的两个山脉阻挡了鄂霍茨克海吹来的夏季冷风。这虽只是我的推测，但庄内地区作为稻作地带，无疑具有得天独厚的条件。那种注重细节的稳重性格，不也可以认为是这样的历史和风土所培养的吗？

可是，作为得天独厚的稻作地带，庄内地区近年也跟其他地方一样，仅靠农业已无法生存。我一直担心着农业的前景，但也知道，不管农业怎样，家乡的人们都不会离弃那片满目成绿的大地。这种强烈的执着正是庄内人的天性。

（《地上》1983 年 6 月号）

长冢节②·生活与作品

无论书还是画册，都有一些是看后暂时放在脑后，但过了若干年，又从书架深处找了出来，想再翻翻。

对我来说，属于此类的小说有欧文·达比③的《北区旅馆》、契诃夫的《在峡谷里》、施托姆④的《在圣尤尔根》，还有水上泷太郎⑤的《大阪之宿》、神西清⑥的《恢复期》和其他短篇小说以及岩波写真文库 166 辑《冬天的登山》。平轮光三⑦的《长冢节·生活与作品》无疑也属这类与我相交已久的书。

---

① 天明饥馑：发生于公元 1782—1788 年。

② 长冢节（1879—1915）：日本和歌诗人、小说家。

③ 欧文·达比（Eugene Dabit，1898—1936）：法国小说家，代表作有《老姬》《北区旅馆》等。

④ 施托姆（Has Theodor Woldsen Stom，1817—1888）：德国小说家和诗人，代表作有《茵梦湖》《白马骑士》等。

⑤ 水上泷太郎（1887—1940）：原名阿部章藏，日本小说家、评论家、剧作家。

⑥ 神西清（1903—1957）：日本小说家、文艺评论家、翻译家。

⑦ 平轮光三（1907—1980）：日本和歌作家和研究家。

这本书平时并未被我放在手边，过了几年，不知何时就被挤到了书架深处，待想读时，就要移动很多书，费很多事才能找到。尽管如此，我还是锲而不舍地找出来读了。它就是这样一本书。

长冢节是与伊藤左千夫①并肩的歌人，还是小说《土》的作者。平轮光三的这部著作就是关于他的传记，绵密地记述了传主从诞生到死去的短暂生涯。

长冢节二十二岁入门子规庵②，三十七岁病死。他晚年被茂吉③、赤彦④等"阿罗罗木"派青年歌人敬为精神支柱。他本人作为歌人，达到了如其杰作《如针》那样的境界；作为农民文学作家，他有小说《土》等作品；作为大地主的后人，他热衷于农事改良。他还是一位大旅行家。这本书精心地记述了这样一位长冢节本人以及他与周围的关系。

记述之详细，作为一本传记也许是题中之义，那么，该书的魅力也许就在于作者的文本以及对传主的记述形式。

平轮的记述，深处有着一种对于长冢节的非同寻常的倾倒或说是尊敬，可是作者又尽力抑制这种感情，用淡淡的记述铺陈事实的分量。正因如此，像在短歌集《如针》的作品中所表现的与黑田照子之间的悲恋，就具有打动读者的力量，而长冢节最后的日向⑤之旅，更让读者感受到一种令人畏惧的执着。

当然，作者并没直接用"执着"之类的字眼，而只是记录了长冢节曾三赴青岛⑥的事实，他曾在那里两度因被认作肺病患者而被拒投宿，而这样的文本背后，浮现出了长冢节像幽灵般徘徊在日向大地上的身影以及长冢节自己所说的烟霞之癖⑦的严重程度。同一支笔在写到利根川河畔、栎林以及被农田包围的下总国冈田郡国生村的风景时，

---

① 伊藤左千夫（1864—1913）：日本著名小说家和短歌歌人，曾创办短歌杂志《阿罗罗木》。代表作有《野菊之墓》等。
② 子规庵：日本著名俳人、歌人正冈子规（1867—1902）生前居所。
③ 茂吉：即斋藤茂吉（1882—1953），日本著名歌人，代表作有《赤光》等。
④ 赤彦：即岛木赤彦（1876—1926），日本著名歌人，代表作有《柿荫集》等。
⑤ 日向：日本地名。
⑥ 青岛：日本宫崎市的一处地名。
⑦ 代指游山玩水的癖好。

甚至能将读者驱往对明治、大正这些已逝年代的乡愁。

我是在太平洋战争末期拿到这本书的。在那当时和在那之后，我没写过一首短歌，今天却还没把它丢掉，是因为它能显示写书的人和被写的人之间一种了不起的契合。

（《月刊经济学家》1976 年 2 月号）

耿湋的《秋日》

小时候，也就是小学五六年级的时候，家里曾有一本诗集。爱书的人在这种年龄时大多会有一本特别珍爱的书，对于我来说，这本诗集就属于这一类书。

不过，这诗集要说是书却也有点不好意思，既薄又做工粗糙。我的大姐爱读书，这诗集大概就是她的妇女杂志中的附录之类。写到这里，大家想必大体想象得到这本诗集用糙纸装订而成的寒碜模样了。

可是，诗集的内容确不寒碜，如今想起，仍堪称十分豪华。

诗集分为两部分，前半是日本的近代诗及译诗，后半是汉诗。近代诗部分起自蒲原有明①、薄田泣堇②，罗列了岛崎藤村③、土井晚翠④、三木露风⑤、北原白秋⑥、佐藤春夫⑦等风靡明治、大正诗坛的一流诗人的代表作；译诗部分有以"秋声悲鸣／犹如小提琴／在哭泣"开头的保尔·魏尔伦⑧的《落叶》以及勃朗宁⑨的《春晨》等。后半

---

① 蒲原有明（1876—1952）：日本象征主义代表诗人。

② 薄田泣堇（1877—1945）：日本诗人、散文家。

③ 岛崎藤村（1872—1943）：日本诗人、小说家。

④ 土井晚翠（1871—1952）：日本诗人，名曲《荒城之月》的词作者。

⑤ 三木露风（1889—1964）：日本象征主义诗人，名曲《红蜻蜓》的词作者。

⑥ 北原白秋（1885—1942）：日本诗人、童谣作家。

⑦ 佐藤春夫（1892—1964）：日本诗人、小说家、评论家。

⑧ 保尔·魏尔伦（Paul Verlaine, 1844—1896）：法国象征派诗人。

⑨ 勃朗宁（Robert Browning, 1812—1889）：英国著名诗人、剧作家。此处所说《春晨》一诗，中国多将题目译为《一年之计在于春》。

部分的汉诗中有无当为嫡宗的中国的李白、杜甫已不记得，却能记得罗列了日本的汉诗，尤其是幕府末期的藤田东湖①、赖山阳②、梅田云滨③、云井龙雄④等人的名作。

也就是说，这本诗集是当时在我国被视作一流作品的名诗选萃。我在热衷于立川文库⑤和《少年俱乐部》⑥的小说的同时，反复读了这本诗集，以至能够背诵其中大半近代诗和汉诗。

我为何要从这本诗集写起，可能因为那是我初次接触汉诗。

那是真正的汉诗，但汉字都有假名注音，并且附有日文语序的训读方式，所以并不难读，而且其中很多气势雄壮的作品对昭和十年代的男孩颇有吸引力。

东湖的作品自然收的是《和文天祥正气歌》，山阳的汉诗我想大概是那首"鞭声肃肃"的《题不识庵击机山图》⑦或《蒙古来》，好像就是《蒙古来》。曾被我的同乡汉诗诗人土屋竹雨称为山阳绝句压卷之作的《舟发大垣赴桑名》虽比"鞭声肃肃"之类更佳，却没收入这本诗集。我顺便读了一遍《舟发大垣赴桑名》，转抄如下：

> 苏水遥遥入海流
> 橹声雁语带乡愁
> 独在天涯年欲暮
> 一蓬风雪下浓州

这么说来，我那时虽然喜欢并背诵东湖的《正气歌》和山阳的《蒙古来》等，却不等于这本诗集专门选录豪放风格的诗篇，其中的汉诗

---

① 藤田东湖（1806—1855）：日本幕府末期学者。
② 赖山阳（1780—1839）：本名赖襄，号山阳。日本著名汉学家，著有《日本外史》等书。
③ 梅田云滨（1815—1859）：日本幕府末期学者、政治家。
④ 云井龙雄（1844—1870）：日本幕府末期至明治维新初期的政治家、文学家。
⑤ 立川文库：1911年由大阪立川文明堂出版的一套通俗读本，到1924年为止出版近二百本。
⑥ 《少年俱乐部》：面向少年读者的杂志，以刊载小说和漫画为主。
⑦ 《题不识庵击机山图》的首句为"鞭声肃肃夜过河"。

好像也有安积艮斋①的《偶兴》和广濑淡窗②"君汲川流我拾薪"之类的诗，在近代诗方面，更还收了藤村和春夫的抒情诗。

不过在汉诗方面，多为幕末志士的作品。所谓志士，就是一些在诗中寄托、表达慷慨之志的人。他们的声音跟堪称日本过激民族主义滥觞的昂奋情绪合拍，发展成为所谓的时代之声，并在诗中表现。

当时是我读小学四年级的1937年，日本发动对华战争。那是个过激民族主义的时代，也可说是个适合爱诵幕末志士诗篇的时代，因为那些诗篇与时代的平仄相合。因此，爱诵东湖、山阳的诗，并非因为诗集有问题，而是时代和读诗的我本身有问题。

我有清晰记忆可为佐证：在近代诗方面，土井晚翠也比藤村和春夫更能吸引我。我不太记得这本诗集有没有收进赞颂蜀相诸葛亮的长诗《星落秋风五丈原》，但我那时爱诵晚翠这首每节结尾都重复一句"可怜丞相病危笃"的诗，而且觉得与晚翠相比，藤村和春夫的诗显得女性化和柔弱。

我自己素无勇气，却还是憧憬勇武，连小时候都觉得要远离女人腔。当时的我从心理上说，是个小军国主义者。

日本战败之后，我对诗歌的这种价值观发生了逆转。这时我总算意识到那种过激或豪壮的语言中所具有的空虚、脆弱，并注意到一些不起眼的描写男女爱恋的诗句中那种不寻常的力量。说得体面点，那是因为我在军国主义消沉的时候正好对女性有了正常的兴趣——战败那年我十八岁。

这篇文章属于"漫步中国古典"一类，所以我还要随便谈谈与汉诗有关的事情。

我读初中时的国语教师是秋保亲孝先生和春山壮太郎先生。一次，春山先生在黑板上流利地写出了一首汉诗。

"桃之夭夭……"他吟诵道，"……灼灼其华。之子于归，宜其室家。"

这是《诗经》中的《桃夭》之篇。

---

① 安积艮斋（1791—1861）：日本幕府末期儒学家、诗人。
② 广濑淡窗（1782—1856）：日本儒学家、诗人、教育家。

春山先生不是汉文教师，汉文教师另有其人。不过春山先生是鹤冈当地的士族出身，常以一丝不苟的和服礼服和裤裙现身于教室。明治年代出生的士族一般都具有自如解读汉籍和汉诗的素养。

那天的《诗经》讲授非常突然，而且春山先生自己似也很享受，以至于我想：先生的专长虽是国文学，但他或许偶尔也会希望展露一下自己胸中的汉学蕴蓄。

那天一小时的课，先生在没有教材的情况下讲授了《诗经》，告诉我们《诗经》有"风""雅""颂"三部分，"风"是诸国无名的民歌，《桃夭》收在"国风"中的"周南"部分。他还讲解了《诗经》中其他几首作品。

当时我大概是初中二年级，后来我曾纳闷，先生觉得我们这些初二学生对他当时所讲《诗经》能理解到什么程度呢？我又想到，当时春山先生五十多岁，也许马上就要有女儿出嫁了吧。

之所以这么想，是因为在吟诵"桃之夭夭，灼灼其华"后，先生解释说，这是描写一位父亲在他美丽的女儿就要出嫁时的心情。先生在讲解这段时表情非常投入。

但是，根据现在我手边的驹田信二[①]的近著《汉诗名句——语言中的故事》，把《桃夭》解释为："赞美年轻女子成熟肉体之歌——固然也可解读为对行将出嫁的女儿的祝福，但若看作是作者赞颂年轻而又已成熟的女儿并稍带情色的诗歌，似乎也是很自然的。"

读着驹田的解释，我不禁想到了春山先生谨严的表情，接着便觉得自己无意中涌上一种不恰当的笑意，这是因为此时产生了一些不相干的想象：先生偏偏没有女儿，在吟诵"桃之夭夭"时，他的脑海中也许浮现出了另一位健康、性感的姑娘吧。当然，这种想象与先生谨严的表情绝对不符，这种落差让我觉得有趣。写到这里，也许会被先生斥之为小说家的想入非非了。

总之，我后来会不时想起，今天又在这里写出，说明当时那堂《诗经》课给我印象之鲜烈，堪称"文化冲击"（culture shock）。说句不该说的话：春山先生其他的授课几乎都已忘却，唯有这一小时的课鲜

---

① 驹田信二（1914—1994）：日本作家、中国文学研究家和翻译家。

活地留存在我记忆。

为何会这样？我那时在读日本的汉诗，同时又看了一些李白、杜甫的诗，于是一定产生了先入之见，认为汉诗大体如此。《诗经》中的诗（歌）却一下子打破了这种观念，它们素朴而美好，表现的素朴有时会蕴藏一种力量，我得以窥见超出汉诗范畴的中国诗歌整体那种非同寻常的深邃。

受那堂课的触发，我之后读了《诗经》，读了《唐诗选》所收诗人们的作品，还更进一步读了宋诗等。我现在的状况大致保持在翻看岩波文库版三册《唐诗选》的水平，虽说对汉诗多少有点关心，但我的兴趣本来就属浅薄的涉猎（dilettante），有这几本诗集在手边就完全可以满足。

读《唐诗选》时让我感叹的是其中语言的洗练。正如我前面提到的山阳或云井龙雄的诗作，日本的汉诗也有出色的作品，但读了《唐诗选》中的诗篇，便觉得对文字和语言的感觉似乎还是不一样。我可轻松地找出一些例子，说明中国诗人所用语言对于所写场景的描绘是最为贴切的。

例如"推敲"一词的出典体现了诗作的苦心，但其在作品中出现之处，则体现了巧致、洗练的最高境地。我一直认为这正是汉字的个性，简直是先天地具有一种本能，能够找到它们在语言中的最恰当位置。

这样的例子不一定非举李白、杜甫不可，比如我现在随手翻到的这一页是贾至的《西亭春望》：

> 日长风暖柳青青，
> 北雁归飞入窅冥。
> 岳阳城上闻吹笛，
> 能使春心满洞庭。

关于这种语言的使用方法，也就是关于汉字的表现力，请让我仍然引用驹田《汉诗名句——语言中的故事》。驹田以李白的五言古诗《子夜吴歌》为例，在做了简洁而出色的解说之后指出，像首句"长安一片月"那样广阔的叙景，是不可能移译的。他这种断言确实尖锐。

"长安一片月"这样的表现力，让人觉得只有汉字民族才有可能获得。我等唯有站在唐代长安的街路或者高楼的台阶，脱帽仰望悬挂在万户之上的一片明月，并向这诗篇致敬。

让我们把话题转向本文标题所说的耿湋的《秋日》。

> 反照入闾巷，
> 忧来与谁语。
> 古道无人行，
> 秋风动禾黍。

《唐诗选》中诗人们的作品极尽巧致，写绚烂光景时一片华丽辉煌，咏寂寥时则油然而生一种噬骨的寂寥感，这就是诗人之艺吧。诗人多走仕途，在语言艺术方面照理达不到匠人的地步，但如果把这类诗歌语言说成匠人之艺，怕也无甚不当。

但在读诗时，偶尔也会倦于这种匠人的技巧，就似吃多了宴席。带着这种感觉，当我在李白、杜甫、王昌龄、孟浩然这些诗人之间徜徉时，与耿湋这首五言绝句的邂逅让我有了耳目一新之感。

《秋日》是一首简明的诗，写的是村边的风景以及诗人站在空无一人的路上时的孤独身影，仅此而已。这诗之所以吸引我，也许是因为我从这无技巧的简明诗句背后，看到了如今已消失殆尽的孩时的田园风景。

8月过了二十天之后，连日喧闹的河里不见了孩子们的身影，这是夏天结束了。之后的河流，水位渐渐增高，湍湍而流。没有了人气的水面颜色发暗，时有鱼儿跃起。北国这个季节的寂冷无以形容。

秋意迅速加深，暗冷的雨日暗示着冬的临近。遇到晴日，苍白的日光下谁家庭院飘来菊香。树叶红了。地上那瞬间的繁华一旦结束，万物开始凋枯。

如今的农道在广袤的田野中成一直线，而从前则比较弯曲。走在那道上，确实能遇到道旁农田中半枯的玉米叶随风而鸣。我喃喃一句"忧来与谁语"，竟仿佛从中看到自己二十岁前后的身影——带着莫名的孤独感，且又无奈于自己一种想与人亲近的暧昧感伤——那种似有隐情的样子，现在回想起便觉有点滑稽，但当年本人却是极为认真的。耿潇的《秋日》似乎唤醒了我对这种一去不返的岁月和风景的乡愁。

（《夫人》1982 年 12 月号）

格雷厄姆·格林

若把格雷厄姆·格林列为自己希望了解的作家，就像是在坦白自己的无知。不过，某作家有名或某作品有名，并非自己就一定要读。被某作家吸引或热衷于某小说，这是要靠机缘的。

格林与我之间好像缺少这种机缘。关于格林，我过去除了读过一本田中西二郎所译《文静的美国人》，再就是看过电影《第三个人》而已，对这个作家基本等于一无所知，所以将其列为希望了解的作家也理由充足。

之所以在这里说到格雷厄姆·格林，是因为最近的翻译间谍小说热潮中，这位作家的《人性的因素》引起我极大关注。从推理小说到间谍小说，抑或把它们都包括在内的悬疑小说一类，我是只要有空就会随便看看的，《人性的因素》我也是作为间谍小说在读。

这一读可了不得，先下个结论吧：这几年读过的众多此类小说中，要说还留在记忆中的，应该首数这本《人性的因素》，其他如福赛斯①、福里曼特尔②、皮埃尔·诺尔③、H. 哈拉汉④、肯·弗莱特⑤已全都不在话下。

我不想说格林跟福赛斯才华有别。我只认作品，遗憾的是在《人

---

① 福赛斯（Frederick Forsyth, 1938—）：英国作家，以国际政治题材的悬念小说见长，主要作品有《豺狼的日子》等。

② 福里曼特尔（Brian Freemantle, 1936—）：英国作家、记者，代表作有《失踪的人》等。

③ 皮埃尔·诺尔（Pierre Nord, 1900—1985）：法国间谍小说、推理小说作家。

④ H. 哈拉汉（William H. Hallahan, 1926—）：美国作家。

⑤ 肯·弗莱特（Ken Follett, 1949—）：英国小说家，代表作有《针眼》等。

性的因素》之前所读的《豺狼的日子》已印象淡薄，《恶魔的选择》①
也仅记得连环漫画了。拜格林所赐，我觉得自己已在很大程度上失去
了无所用心地阅读间谍小说的乐趣。

（原题《希望了解的作家》，载《别册小说现代》1982 年 5 月号）

读书日记

× 月 × 日

编辑 S 氏有事来访，顺便受总编 A 氏之托送书，有克莱夫·卡
斯勒②的《找寻曼哈顿特快列车》、理查德·尼利③的《俄狄浦斯的回
报》《在日本告别的女人》等。

A 氏是个大忙人，却能见缝插针地在工作之余觅空看戏看电影，
并精于用麻将挣得零用钱，还读了数量惊人的推理小说。他知道我爱
读推理小说，常常给我送这类书，并说真不该见新书就上，有的读了
很失望。

他应是相信我的鉴定眼力并等我提供信息，但实际情况是：我看
了广告匆匆赶去书店，后来却自己咽下苦果。这样的情况不止两三次，
所以现在反倒变成我期待着 A 氏的电话，结果是读到新书的时间可能
迟了一些，但并不要紧，要紧的是作品的质量。

《找寻曼哈顿特快列车》依旧是擅长于大格局的解谜游戏，娱乐读
物非此不可。尼利的《在日本告别的女人》看点在于最后的情节逆转。
作为小说，还是《俄狄浦斯的回报》有味道。我想起这本书其实是自
己以前看过而又中途放弃的。我因为只读译本，所以一旦译文让自己
费了神便读不下去。《俄狄浦斯的回报》也属这种情况，但我这次耐着
性子读了两三页后便读进去了。幸好读下去了，精彩之处在于父子相

小说周边（节选）

---

① 《豺狼的日子》和《恶魔的选择》均为福赛斯作品。

② 克莱夫·卡斯勒（Clive Eric Cussler，1931—）：美国作家。

③ 理查德·尼利（Richard Neely，1941—）：美国推理小说作家。

杀的主题，再加一位叫露西尔的恶女。詹姆斯·凯恩①的《邮差总按两遍铃》里有一个科拉，我对这个类型恶女的纯情缺少抵抗力，结果就会站到她们一边去了。

×月×日

要去银座办事，先给A氏打了电话。我手边的小说，有时也会有A氏没读过的。跟他确认了后，我在大小合适的纸袋里装了露丝·伦德尔②的《如果杀了一次人》《蔷薇的杀意》，还有罗伯特·特雷弗③的《审判》、华伦·基弗④的《凯撒里亚的纸莎草》等四五本老书，提前一点出了家门。平时在家里，我拿起比笔重一点的东西就会口出怨言，所以这时妻子问我能行吗。

先到B社，把书交给A氏。他说5点半要去筑地有事，我在银座的约会也是5点半，于是就决定坐一会儿，然后搭A氏的便车。

伦德尔的两部作品虽算不上杰作，但其可读性在于女性的精雕细刻和有趣的解谜过程。《审判》无疑是名作，也证明了判案小说完全可以成为上等的推理作品。《凯撒里亚的纸莎草》对于无兴趣于考古学的人来说可能不怎么样，可是我却读得情趣盎然，仅凭"纸莎草"这个词就足让我兴奋——原因就这么单纯。

×月×日

克里斯托弗·菲茨西蒙斯⑤的《反射动作》好看，我便买回了这位作家的第一部作品《预警》接着读。

两书的男主人公都被追杀，追杀的理由描写得非常细致，让人觉得合乎情理，并由此产生悬念，让人乐于不断对后面的情节牵肠挂肚，因此尽管结局有点狗血，仍可不予苛求。

---

① 詹姆斯·凯恩（James M. Cain, 1892—1977）：美国著名推理小说作家。
② 露丝·伦德尔（Ruth Rendell, 1930—2015）：英国犯罪小说作家，写有韦克斯福德警官系列小说。
③ 罗伯特·特雷弗（Robert Traver, 1903—1991）：美国推理小说家。
④ 华伦·基弗（Warren David Kiefer, 1929—1995）：美国推理小说家。
⑤ 克里斯托弗·菲茨西蒙斯（Christopher Fitzsimons, 1931—）：美国小说家。

然而，读这牵肠挂肚的小说时，我手上的活儿也到截稿的期限了，实在不知所措。尽管 A 氏不负责任地说"这种时候也就只有读完它了"，但截稿日毕竟就在眼前，当然不能听他这话，不能把看悬疑小说作为误时的理由。

于是我就打算只在上午看书，下午认真写稿，可是那故事到了中午渐入佳境，无奈，便决定看到傍晚，晚间再写，并以白天不出状态为由自解。可是到了傍晚，还剩下最后最精彩的五十页。

结果还是全部看完了，然后便是焦头烂额。其实这种时候自己就是下意识地逃避眼前的工作，所以断无中途作罢的可能。

× 月 × 日

离家步行五六分钟处新开了一家图书馆，在急需查找资料时十分重要。

今天也是要查资料去了图书馆，随便看了看书架，有米奇·斯皮兰①的《我是审判者》，便借了。我是因为看到报道他的作品被拍成电影，所以想到借阅这书。其实斯皮兰并不合我口味，过去只读过两三本，但没读过这本处女作。

然而要说读后感，只是进一步证实了我平时的感想：正统的硬汉派（hardboiled）自哈梅特②开始，经钱德勒③和麦克唐纳德④，最后终于麦克唐纳德。

一副能从世界感受到诗意的心肠，一双能深察人间的明眼，再加主人公玩世不恭（cynic）的脾气——这几者的平衡便成就了一部硬汉派小说。这是我个人武断的解释，根据这种自创的解释，麦克·哈默⑤就缺少诗意和洞察人的深邃，有的只是膨胀的憎恨和暴力。毫无疑问，一味杀戮并不能成为硬汉。

---

① 米奇·斯皮兰（Mickey Spillane，1918—2006）：美国犯罪小说作家。
② 哈梅特（Dashiell Hammett，1894—1961）：美国侦探小说家。
③ 钱德勒（Raymond Thomton Chandler，1888—1959）：美国侦探小说家。
④ 麦克唐纳德（Ross Macdonald，1915—1983）：本名 Kenneth Millar，美国侦探小说家。
⑤ 麦克·哈默：米奇·斯皮兰系列小说中的主人公，私人侦探。

小说周边（节选）

×月×日

下雨了，手上的稿子也告一段落，于是在看 P.D. 詹姆斯[①]的《无辜的血》，这是我一点小小的幸福时间。我希望能按这样的顺序读推理小说。

开始读《无辜的血》，是因为我记得这位作家的《不适合女人的职业》好看。前面三分之一处是该小说极为惊悚的部分：女主人公是一位美貌的学生，其父强奸过少女，其母因杀害该少女而在服刑中。父亲已死，母亲马上就要获释出狱，而一个男人为了向这个母亲复仇，已辞职并买了带鞘的菜刀等待。这一切在前面这部分已全部展现。

然后好像都是追逐戏了，有点乏味，但最后又藏着另一个震撼性情节——虐待幼童。这是冲击性的逆转，读后让我想起亨利·邓克尔[②]的《女医生科费尔德的诊断》，尽管故事不一样。中途有点乏味，仍是一本适合梅雨天读的书。

×月×日

A 氏送来了托马斯·布洛克[③]的《超音速飘流》。怕乘飞机的我仅看书名就脊背发凉，没有什么比飞机无法降落时的场景更可怕了。当然，英文原书名是代表求救信号的 *Mayday*。

飞行在六万二千英尺亚宇宙高度的巨型客机斯特拉顿 797 被卷入美军的秘密导弹实验，机体遭洞穿。三百名乘客和乘务员还没来得及知道真相，就有一部分被吸进洞中，剩下的都因缺氧而失能，机内无伤者只剩三人：一位业余飞行员、一位空姐和一个十二岁的少女。

得知导弹误射的军方想要隐瞒这个事实，而多数乘客成为不可逆转的脑障碍者，使航空公司面对负担他们终身保障的责任。想要隐瞒误射事实的军方和想要保全企业的航空公司，各自开始考虑要让飘流的事故飞机消失。本书让人窒息的悬念从此开始，也就是军方、航空

---

① P.D.詹姆斯（Phyllis Dorothy James，1920—2014）：英国推理小说女作家，曾任英国作家协会主席。

② 亨利·邓克尔（Henry Denker，1912—2012）：美国小说家。

③ 托马斯·布洛克（Thomas Harris Block，1945—）：美国小说家，以空难小说见长。

公司还有读者都面临着人的内在良心是否存在的考问。这才是悬念的实质所在，本书并非单纯的灾难小说。

本书另一成功之处在于托马斯·布洛克写出了一种应称为"神的视点"的东西。未受伤的乘客哈罗尔特·斯泰因抱着失能的妻子跳出机舱，此处数行译文的描写足以吸引读者目光。事故飞机和三位幸存者结果如何，我在这里就不剧透了。

（《小说新潮》1982 年 10 月号）

影视与原作

从去年开始，我写的东西也陆续被搬上荧屏，然后我开始注意到电视和原作完全不是一回事。

我当然不会是现在才知道这一点，作为常识，我想自己大体是对此认可的。但不可否认的是：如果读了某小说再去看由这小说拍成的电影，发现电影的情节跟原作不同，并出现了小说中没有的人物，也还是会不满，认为有什么地方遭到了背叛。

也就是说，即使承认影视和原作不是一回事，对我来说，也就是认为影视有影视的着力点，它跟原作的着力点不会一样，仅此而已。要谈影视与原作的关系，那些距离原作太远的影视，仍会被我认为是对原作的冒渎。

如果仅谈小说的情节，那很简单，但小说并非仅凭情节而成立，围绕情节还有一些空间、时间等方面的细微笔触，共同导致了小说的完成，其中当然有一部分是用文本才能表现的。

影视对于原作这些细部的再现，大概是不可能完成的。因为表现手段的不同，这种不可能是理所当然的。所以说实话，我最近也终于意识到了影视不必忠实再现原作。

在电视上看自己写的东西，也就是站在原作者的立场，情况就变得微妙。这时原作者被置于一种暧昧的立场：既非普通的看客，又非需负责任的制作者，只有目瞪口呆地看着电视上出现自己无责却又并非无关的东西。

若要概括这时的心情，我开始的体验大体便是惭愧二字。电视若与原作相距甚远，我便大惭，然后就想：啊，原来说好的，我不负责任。

如果电视忠实于原作，也并非好事，我还是会惭愧。对于小说，我是打算一直负责到细部的，因此对于小说的缺点和不尽如人意处，我都认账。在忠实于原作的影视作品中，这些部分都直露无遗，而且分外鲜活，一些在文本中注意不到的地方，到了影视中就有可能成为瑕疵。

于是，我就一边看着自己原作改编的影视剧，一边独自羞惭，可是影视也有厉害的地方，我有时会遇到一些出色的影视作品，让我忘却自己原作者的立场。

不过分拘泥于原作，也不过分脱离原作，在这样的位置上对原作进行自由的料理，描绘出只有影视才能表现的东西——一旦遇到这样的作品，原作者便会从半为看客半为作者的立场完全切换为一个幸福的看客，也就应该脱帽致敬了。

影视不应作为一种再现原作的媒体而存在，而是应该被原作触发，由此构筑起一个完全不同的世界示人，为影视自身而存在。优秀的影视作品应与优秀的文艺批评一样，从原作以及原作的意图出发，进而更深刻地读取原作，由此获得自己新的生命而飞翔。

（《普门》1981 年 7 月 15 日号，总第 13 期）

混沌的世界

按照时代的划分，从镰仓幕府①成立到德川幕府灭亡——或者把下限稍微提前到织丰政权②或德川政权的成立——叫作"中世"。对此

---

① 镰仓幕府（1185—1333）：日本历史上以镰仓为全国政治中心的武家政权。由武将源赖朝建立，标志着武士登上历史舞台，结束中央贵族对政权的控制。
② 织丰政权：公元 1573 至 1603 年之间，织田信长和丰臣秀吉先后实际掌握日本政权。这个时代又称"安土桃山时代"。

我虽无特别的异议，可是自己头脑中的"中世"却好像与这种时代的划分有点差别。

差别何在？"中世"这个词在我头脑中首先引出一幅混沌世界的图景。在这个世界中，外在的秩序发生崩溃，农民暴动、海盗、土豪现象横行。若把这看作"中世"，其序幕则非武家政权的成立，而是作为我国第一级秩序的王朝一分为二，试图形成南北朝并立的时代。

另外，若把中世的结束定为织田信长以恢复秩序为目标的事业进入轨道这一时期，那么我的中世观的偏差也许就是相当大而非一点点了。

总之，我的"中世"呈现的相貌如同发生环食的太阳，时代自身热气腾腾，世界得到的光亮却微乎其微。而且，我对中世的兴趣限于能[①]、狂言[②]、茶道、花道、连歌[③]之类，它们也都是黑暗时代的产物，且与后世日本人的精神生活有着深厚的联系。

这些东西不知是摆脱了外在秩序的中世人某种自由精神的产物，还是对恢复现实世界秩序已绝望的时代精神追求形而上的秩序时迸发的产物。不管属于何者，都是只在混沌时代才会有的产物，由此可见人类的不可思议性。

而且，这些文化产物，其中的国民性或风土性都不具有阿波罗那样的光明倾向（像《万叶集》[④]那样），而是把美的极致隐藏在非睁大眼睛而不能把握的幽暗之处。因为它们诞生于中世，所以这也是我把中世认定为混沌与暗黑世界的理由。

（《同时代批评》1985 年 5 月号，总第 13 期）

---

① 能：又称"能乐"，日本的一种传统舞台表演艺术。

② 狂言：又称"能狂言"，日本的一种传统舞台表演艺术，以台词为主的滑稽剧，插在能乐幕间演出。

③ 连歌：日本的一种传统诗歌形式。

④ 《万叶集》：日本最早的诗歌总集，所收诗歌年代自公元 4 世纪至 8 世纪中叶。

德川家康的德

战国末期，出现了信长、秀吉、家康①以及各具性格、才能的人物，他们相继达成天下统一的霸业，堪为历史奇观。我对这三人的关心随年龄而变化。

小时候我是一边倒地倾向秀吉。起于匹夫，制服天下，秀吉的经历本身就是一部故事，让孩子的内心感觉有似看到一幅华丽的绘卷物②。他是一位易于理解的人物。

信长有桶狭间之战③，我只知道他是位勇敢的武将，其他方面则有很多难于理解之处。至于家康，我则持积极的厌恶态度。

关于家康，我只知道他在大坂冬之战④之后，破坏了仅填埋外濠的约定，把内濠也填了，最后灭了丰臣家，被称为"狐狸老爹"。除了单纯的正义感，我通过立川文库读了太多关于真田十勇士⑤之类的故事，便在感情上站到了丰臣一边。

到了二十来岁时，我对信长有了好感，因为知道在战国末期那样的时代，信长能接受基督教，积极地理解东渐的西欧事物，是位理智、开明的人物。这也许是因为我受和辻哲郎⑥《锁国》一书的影响以及身遇日本战败、美国文化流入的时代。昭和的战争和战败也可远溯至锁国寻找联系，这是事实。

以这个时点而言，家康是实行锁国的德川政权的创业者，这点让我印象不佳。

但我现在关心的是家康，虽说不上好恶，至少他是我最感兴趣的

---

① 指织田信长（1534—1582）、丰臣秀吉（1537—1598）、德川家康（1543—1616），史称"日本战国三杰"。
② 绘卷物：日本独特的绘画形式，通过画面表现连贯的故事内容。
③ 桶狭间之战：桶狭间是地名，公元1650年，织田信长在此奇袭今川义元，义元战败而死。
④ 大坂冬之战：公元1614年冬季发生在大坂（今大阪），交战双方为德川幕府和丰臣家族。
⑤ 真田十勇士：立川文库编撰的历史小说人物。
⑥ 和辻哲郎（1889—1960）：日本近代著名哲学家、伦理学家。

人物，觉得他比信长、秀吉明显更胜一筹。

我喜爱信长的时期比较短。他具有的开明精神确实堪称时代奇迹，是一位不惧破坏旧事物的智性人物，但无论怎样的战国时代，也不能一味杀戮。信长具有一种对人的傲慢，这是先知者对后知者的傲慢，被路易斯·弗洛伊斯①在书中称为魔鬼的傲慢。他最终的悲剧并非没有道理。

秀吉并非一般的立身出世主义者，而是满腹经纶、才略纵横的人物。他凭自己的才略制服天下，却又并非自然地受到天下人拥戴，而是靠大把抛撒钱财和土地、许以重利而让别人集于旗下。他有制御别人的能力，晚年却不知何故而返回愚昧。

家康的非凡之处或说是可怕之处，在于他在无言之中便能让人集于周围。不仅是在秀吉死后，其实秀吉在世时，家康就已隐然成为一方盟主。

家康出身名门望族，是信长的盟友，再加身为诚实勇敢的三河武士②之首，条件甚好。可是具备这些条件并非一定就有号召力，一定就能获天下人拥戴，此外还需必要条件。这个条件何在，我想大概就是一个"德"字。

这个夏天我回到久违的老家，偶然听到村里的长者在议论哪个年轻人今后能成为村里的中心。他们认可的那一位平时默默地做一个本分农民，却自然而然地成为村民注目的焦点，我想也是唯德使然。

德乃信长所缺、秀吉所无，唯家康而有。秀吉不喜欢人们聚集在家康周围，大概就是因为明白这一点吧。

（《周刊现代别册》1982 年 11 月 20 日刊）

小说周边（节选）

① 路易斯·弗洛伊斯（Luis Frois，1532—1597）：葡萄牙天主教传教士，曾在日本传教多年，并与信长相识，著有《日欧比较文化》《日本史》等。

② 三河武士：因德川家康的家乡三河而得名，代指家康所率部队。

大石内藏助随想

大石内藏助良雄^①似有两副面孔。

例如，后来细川家的家士堀内传右卫门在书中说，内藏助平时一般都是小声说话，貌似驯顺。后世还有一种也许是附会的说法，把赤穗事件^②以前的内藏助称为"昼行灯"^③。此外，他在山科隐栖时代^④曾沉溺于狎妓作乐。这是他的一副面孔。

然而就是同一个内藏助，在幕府收回赤穗城的过程中，其出色的善后工作连幕府方面的驻藩代表都给予高度评价；退出赤穗之后，他又坚忍执着地进行主家再兴方面的工作；就在别人都认为不可能的情况下，他作为一众旧臣义士的首领指挥了对吉良家的讨伐，向天下宣示了赤穗浅野家的存在。

这两副面孔落差之大，于是一种说法认为内藏助只不过被浪士拥戴而已，或者另一种相反的说法认为他的狎妓作乐是麻痹敌人的计略。内藏助这个人及其行为的落差令人瞠目，以至不做类似的解释就不合逻辑。

但是要问哪个是真正的大石内藏助，其实并无太大意义，倒不如认为这两者的内在结合，构成了大石内藏助这个人物。

幕府在做出对于内匠头^④的处分之后，召见赤穗浅野家亲族大名^⑤，

---

① 大石内藏助良雄："内藏助"是大石良雄的职名，即内藏厅副职。大石良雄（1659—1703）是日本历史上非常著名的为主尽忠报仇的家臣。
② 赤穗事件：公元1701年，赤穗藩主浅野长矩受命接待天皇敕使，因不谙礼仪而受吉良上野介作弄。浅野受辱后愤而刺伤吉良，并因此被幕府赐死，其藩地赤穗城也被幕府易主。以大石良雄为首的四十七名赤穗旧家臣沦为浪人后发誓向吉良报仇。经过一年多的谋划，赤穗四十七浪士在大石良雄指挥下，用突袭手段手刃吉良上野介，取其首级祭奠浅野长矩之墓，然后束手就擒，其中四十六人最后切腹自杀。这事件成为日本历史上有名的"忠臣藏"故事，以各种形式代代传颂。
③ 昼行灯：白天的灯笼，比喻可有可无的摆设。
④ 山科隐栖时代：大石良雄在起事复仇之前曾隐居在京都的山科地方，待机而动。
④ 内匠头：日本旧时官职名。此处指浅野长矩。
⑤ 大名：日本封建时期的领主、诸侯。

指示他们要保证在赤穗城中不发生骚动的情况下交出城地。

内匠头即日剖腹，而吉良上野介却未受任何处分。对于这个决定，当日城中已经出现不满情绪，所以幕府也考虑到赤穗浅野家亲族不能接受这种处分，一面暗示亲族需负连带责任，同时也在寻求一种稳妥的处理方式。

当然，浅野安艺守、户田采女正等亲族大名相继向赤穗派出使者，按照幕府的意向，劝说城内以稳妥的方式交出城地，内藏助却不时对这种说项做出反弹。

在这之前，当确认了吉良上野介的存活时，内藏助曾派使者向幕府方面的驻藩代表陈情。对于浅野本家安艺守的劝说，内藏助表示：在得知陈情的结果之前，他不能接受安艺守的命令。这便是一个例子。

这种强硬的态度，明确地向浅野本家乃至向幕府表达了内藏助的意志：该说的话就得说。他不左顾右盼，也不恐惧权威。这种坚定的应对，不会让人觉得是拾人牙慧或替人代言，明确地抓住了要害和该做的事情，并具备与之对应的行动力，已经体现了领导者的厚重。

提个好奇的问题：内藏助的内心到底有没有为亡君报仇的想法？

内藏助是赤穗浅野藩的首席家老①，又是被浅野家族特别眷顾的大石一族的中心人物，沉重地肩负着藩祖以来赤穗浅野家的托付以及父祖以来作为大石一族长者的责任。

从交出赤穗城到杀入吉良邸，内藏助可说是始终站在这个立场上行动。藩币兑换、交出城地以及与之相关的诸种棘手的善后事宜，还有之后向幕府争取再兴主家的工作，所有这一切，内藏助都是出于这个立场在做。

众所周知，内藏助所说的浅野家再兴包括两方面的内容，一是希望让内匠头的弟弟浅野大学继承浅野家的家长身份，接着另一条就是：如果大学继承了家长身份，就应对吉良进行某种处分，以保证大学在城中的人际活动空间。

也就是说，内藏助的主家再兴工作并非仅仅哀愿恳求保留浅野的家名，而是把大学继承家名与处分吉良两件事捆绑提出，向幕府争取

---

① 家老：大名手下家臣之长。

浅野家名誉的重建。

内藏助的这种想法内含的观点是：幕府关于浅野刃伤吉良事件的裁断存在偏向，浅野的名誉因这种偏向的处分而受到单方面的践踏。作为首席家老以及受主家宠顾的大石一门的长者，内藏助有责任努力恢复浅野家的名誉。

再兴工作的形式是恳请，其内容却是迫使幕府修正浅野处分的一把匕首。设若幕府接受，浅野的名誉得到恢复，内藏助可以什么都不要，以出家了结。他在回复堀部安兵卫等人的信中就是这样表示的。

但如果幕府不接受他的恳求，这时就唯有袭击吉良，用自己的力量恢复浅野的名誉。为此，内藏助掌控着共同誓盟的义士。不过他的想法是：哪怕不杀上野介本人，如果上野介避居米泽①，那么杀了上野介的嫡子左兵卫义周，也算恢复了浅野的荣誉。

可是堀部等人为亡君复仇心切，内藏助的这些想法肯定难以被他们这些江户激进派接受，他们不时言辞激烈地非难内藏助按兵不动。然而最后内藏助还是平抑了堀部等人的情绪，等到再兴工作有了眉目才转而讨杀吉良。

在这期间，堀部等人尽管啧有烦言，却未轻举妄动，这大概也是内藏助的威信使然。

内藏助的寻欢作乐多半并非作假。那是一个狎妓荣耀、众道②盛行，连男人也专注于衣着发型的时代，内藏助似也有追求享乐的一面。

但也不应因此而怀疑内藏助的内心世界。出色地为遭意外厄运的藩政做好善后工作，进而又率领一众义士恢复赤穗浅野一藩的名誉，这样的事业若非内藏助还有谁能完成？事实是，除了他，谁也没去做这样的事情。

（《国立剧场宣传册》1978 年 11 月 5 日刊）

---

① 米泽：地名。吉良上野介的长子纲宪被过继给米泽藩主上杉家做养子并继承米泽藩主之位，纲宪的儿子左兵卫义周又被过继给吉良上野介做嫡子。左兵卫义周从血统而言其实是吉良上野介之孙。

② 众道：指武士之间的同性恋。

《溟海》的背景

如果不论喜欢与否，只说自己最难忘的小说，对我来说，当为获得《大众读物》新人奖的《溟海》。

四十岁前后的一段时间，我过得非常郁闷。说是郁闷，倒也并非对工作或社会有特别的不满，完全是我个人内在的问题，但也因此而对社会绝望，并对这样的自己非常厌恶。

在这种情况下，最简捷的排遣方式应是饮酒或酒后向亲近者倾诉自己的郁闷。但我也许因为受了旧式教育，总觉得这样不像个男人，自己的问题应该自己处理。当时我的精力和体力都还允许我有这样的想法。

这种想法的实行并非一定要跟小说结合，但对我来说，却跟写小说发生了关联。

《溟海》就是在这种情况下完成的小说。写的时候没觉得，变成活字读了之后，发现这俨然一个带着郁闷过了四十岁并渐渐看到未来的中年职员写的小说，主人公北斋处处都似我的自画像。

我还清楚地记得接到新人奖获奖通知的那个夜晚。之前文艺春秋社曾联络我，让我详告当晚所在。在结果揭晓的那个时间段，我一般都应在下班回家的电车中，于是我决定把上班的地方作为联络处，一边加班一边等待落选的通知。

还有其他人在加班，但过了7点后，只剩白仓社长和我两人。不记得获奖通知是什么时候来的，反正接完电话后，我瞬间茫然，然后放下电话准备回家。

这时社长也准备下班，并邀我喝一杯再回家。我和社长一起穿过昭和大街的步行桥，进了桥对面银座八丁目的一家店，那里的炸胡萝卜鱼肉饼很好吃。

我们喝了一阵之后，获奖的喜悦才涌上我的心头。我曾背负深深的抑郁，以至非写小说不可，但对这小说能否得见天日又抱着些许的怀疑，现在总算相信这已成现实。

我离席给家里打电话，但没好意思跟白仓社长说。我十分清楚自己的获奖小说是在什么情况下产生的，而且觉得不该将工作和小说混同。

和社长分手后在新桥上了电车，车上很空。我借着微醺做出上班之余一年写一篇小说的打算，并考虑应在哪里发表作品，除此以外别无他望。

（《周刊文春》1979 年 10 月 4 日号）

转型的作品

我是距今约十年前开始写小说的，那时写的都是色调灰暗的小说。别人这样说，我自己重读当时的小说时也会发现结局多为灰暗，以至于让人有些痛苦之感。男女之爱总以别离结束，武士在故事中则总是死去的下场。我不会写出光明的结局。

写出那样的小说自然有其理由。从那之前我就背负着一种无法对人言诉的忧郁心情生活。因为不能轻易向人诉说，心中的忧郁始终不得消解，因而带进了生活之中。

一般在这种场合，人们都会寻找一些转移心情的方法，以恢复精神的平衡，例如饮酒或参加体育运动之类。

可是我不大能喝酒，对钓鱼、高尔夫也没兴趣。我对博彩有点兴趣，却又因生来胆小而难以出手。我背负着难以消解的忧郁，同时既是一个靠着在公司上班领薪过日子的平均水平的社会人，又是一家之主，有妻儿有老母。唯其平凡，我不愿失去自己尽力保持平衡的社会感，不能做出什么放纵的事来。

要想放纵，又不给妻儿和社会带来麻烦，办法只有一个，对我来说就是写小说。带着这样的心境写出来的东西，自然就带有灰暗的色彩，"故事"这个皮囊中被拼命灌入了抑郁的心绪，我以此一点点地得到解助。所以我初期的小说就是借用"时代小说"这种故事形式而写的私小说①。

---

① 私小说：日本独特的小说类型。以作者本人为主人公，以自己的身边事以及心境为题材的小说。

那时我只考虑写，至于写出来的东西被别人阅读，也就是意识到读者的存在，我现在已说不准是从什么时候开始的了。一旦发现自己的作品被别人阅读，不言自明的是我的小说缺少大众小说趣味性中的要件——明快和解助，从而成为非常困扰别人的产物。一旦意识到这一点，即便自己心情中的郁闷尚不至完全消解，也就可以凭借写作得到了某种程度的治疗和释放。

有了这样的完整意识，又一不言自明的便是：如果我还继续写下去，那就不应一味吟咏郁屈，还应吟咏获得解助的自己，无论对自己还是对读者，这都是唯一正道。我最后选择了这种方式，当然这也是职业作家面对"故事"而下的决心。

至于这种内在的变化如何与小说的表现结合，我全然不知，使当时的我在过一座险桥。表现方式的改变之类，并非可以有意识地轻易做到，而是从某个时期开始极其自然地进入了我的小说，哪怕尚觉钝重，也已体现了诙谐的要素。把这作为方法而自觉运用，可以非常确定的是从《小说新潮》连载《浪客日月抄》这一时段开始的，之后的《浪客日月抄·孤剑》以及这次的《浪客日月抄·刺客》都属于转型的作品。

突然想到：我一直认为"北国人不善言表"的说法是一种偏见，那仅是在比自己口齿伶俐的外部人种面前的一时口讷，北国人自己交流时不会这样。

小时候我常在村里的集会场所听到小伙子们飙无聊话，记得他们一来一去中所含的绝妙谐趣，那些像子弹一样飞出的对话中每一句都含妙机，引得哄堂大笑。无论是说村里发生的事还是议论人物或是谈女人，无不妙趣横生。一旦我们小孩也被逗乐，就会突然遭到训斥而被赶走，那大概是因为乡野年轻人的杂谈不免会发展到有点鄙猥的地步。

到了内部的压抑稍稍淡化的时期，我的内心即使未似集会场所那些小伙子那样开放，北国式的诙谐也许已经苏醒。

我现在这样写，是因为虽然还不能十分确定，但已感到自己的小说又发生了一些变化。这种变化固然主要跟年龄有关，但从根本上说没有脱离作者本身，不管怎么写，小说还是难以摆脱作者的自我表白隐含于其中的命运。

（《波》1983 年 6 月号）

《海啸》搁笔之际

要给"时代小说"定义，其中包括了以武打为主的剑客小说，追求空想的传奇小说，描写最普通的市民、匠人阶层的市井小说，等等，若要从中举出最与现代小说接近的分野，我觉得应是市井小说。

"市井"一词缘起于中国古代，井和井田（周代的田亩制）所在处是人们聚集的地方，从而转指人家聚集处以及街市。照此解释，市井小说就是普通人的故事，若除去时代背景的差异，也就是我们自己的故事。

虽说是我们自己的故事，但因时代背景设定为江户时期之前，所以自然就不能直接成为现代的我们的故事，而要受到时代的制约。但所谓市井之人不像当时的武家阶级那样受到特殊道德戒律的约束，若除去平常习惯，他们的心理和行动当与今日的我们没有太大的距离，尤其在亲情和男女之情之类人的原初感情方面，应该与现代没有什么差别。这是我的私见，如果以此观点出发，即便并非无限接近，市井小说也是一种可能写得非常接近于现代小说的小说。

再者，说到明治，就更易于亲近了。江户时代容易让人觉得太遥远，而小说《海啸》的背景年代严格地说是文化十年[①]，早于明治不过五十五年，我就是这样把小说尽量拉近于现代的。

我一直想写一篇市井题材的长篇小说，谁知却无机会。《海啸》是从精神和肉体都易处于动荡之中的中年一代找出一对男女并追究他们的命运。但我又有点踌躇于它的发表，因为我们所处的现代是个强烈追求刺激的时代，而这部小说既无武打的热闹，又无匕首的寒光，只是一个平常人的故事。

有幸得到报纸提供长篇小说的舞台，让我完成了一直念兹在兹的

---

① 文化十年：即公元 1813 年。

（第八届鲁迅文学奖获奖作品集·文学翻译卷

190）

这个种类的小说。但也由于上述原因，读者中一定有人觉得无味。我想在这里感谢大家的长期陪伴。

老实说，我开始写《海啸》时是打算让故事主人公新兵卫和阿香双双殉情的，但也许在长期的相伴中我移情于他俩，已不忍杀了他们，于是有点勉强地让他们逃离了江户。这于小说当无不可，但这或许是因为我年龄使然，不想写得悲惨。既然好不容易逃脱，作为作者，我也就想跟读者一起，让他俩善始善终地躲到水户城下，用带着的钱开一家"帐屋"（现在的文具店）之类，隐姓埋名地过日子。

（《河北新报》1983 年 6 月 29 日号）

难写的事实

小说——即使是有原型人物的小说或历史小说——不可能原封不动地抄写事实。

即使看似叙述事实本身，其中也还是加入了一种叫作"作品化"的燃烧作用，这就叫小说。如果只是再现事实，就没有必要叫小说了。

这样的小说虽必以事实为基础，但如何把素材剪贴和加色后给读者看，这就是作者的功力了。

事实与小说的关系并非从来就这样圆满，而会有困扰作者的情况发生，比如说事件本身作为小说的素材缺乏趣味，或者写出来会对人造成伤害，这时作者面临的判断是放弃将其写进小说还是以一种责任感把它全写出来。这种判断的必要性或大或小，却始终都会出现。

不过对我来说，与写现代题材的人相比，在这一点上好像要轻松一些。即使对于同一个事实，由于中间有了时间这个缓冲物，即使与某事件相关的后人还在，也比较容易取得谅解。过去别说写，甚至连说出来都属禁忌的事情，有的后来渐渐就可以写了。

尽管如此，作者还是常常必须对写或不写做出判断。

例如，我最近写了有关一茶①的小说，在读到他记录日常性生活

---

① 一茶：即小林一茶（1763—1827），日本江户时代著名俳人。

的日记时有点困惑：如果全不触及，就无法对一茶这个人做一全貌的描述，可是长野还有一茶的子孙，再怎么说这是先祖的事，是过去的事，总还是觉得不可把这种事情明着写出来。

结果我一带而过地写了其中的一部分。有人会觉得这日记的记录有点异常，我却不觉得有多异常，处理到这程度就可以了。

再早一些时候，我在地方报纸上写了清川八郎①，八郎是个所谓"花男人"，年轻时相当放荡，而且这种行为发生在其妻女被囚于传马町的牢狱中受苦的时候，于是八郎这个人的人品就成问题了。这种事情肯定是八郎后人不希望写的，但我还是斗胆写了。

清川八郎作为学者在神田创立了学塾，作为剑客取得了千叶道场的证书，后来又奔走并献身于尊王倒幕事业，我却觉得这样一个人物在新潟狎妓一事作为其凡夫的一面是很值得诊视的。

因为难写，让我至今不能下笔的一个人物是幕末指挥庄内藩行动的菅。我老家庄内藩与会津藩并称为最后的朝敌，我希望一定要把老家的这段幕末史作为自己的一次创作素材，但由于对其中心人物菅的评价至今仍有分歧，所以写这个人需有相当的思想准备。

在把事实小说化方面，我觉得至今一直比较幸运，虽也遭受过两三次侵权的投诉，但在资料的使用方面，多数人还是给予令人欣慰的谅解，这也许因为我的原则是不以小说为借口提要求。既然要写小说，我也会碰到一些即使被拒也想写的素材，遇到这种场合，我并无自信是否应乖乖退却。如果把这当作生意，那也只能是只讲付出不讲收益的生意。

（《普门》1978 年 10 月 1 日，总第 3 号）

小说《一茶》的背景

自写小说之后，去地方上讲演，会被要求在彩笺纸上题字。这种时候我大多会写自己作的俳句，不过总是写自以为得意的那首：

---

① 清川八郎（1830—1863）：又名清河八郎，江户末期政治活动家，积极投身维新运动。

跑步出房檐

似冰寒月倚中天

独照一只犬

这首俳句很久很久以前曾受百合山羽公①先生褒奖，没有什么拿不出手的，写的时候毫无顾虑。可是给同一个人写了两三张都是这一首，立刻就露了马脚——拿得出手的就这么一首。

其他还有，例如：

桐花簇簇荣

送葬队伍踏落英

过后杳无踪

这首曾被百合山羽公、相生垣瓜人②两先生主持的《海坂》取为卷头篇，但是出于生病时的特殊心境，所以不适合写在彩笺之上。

我与静冈的俳志《海坂》保持关系是从 1953 年春到 1956 年春，大概三年的时间。1955 年 4 月发行的《海坂》上登有会员名册，我的名字也在县外会员之列，所以是个在册会员。

怎么会成为《海坂》会员，大致经过如下。

大概是在 1953 年的 2 月，我从老家山形县鹤冈市住进了位于东京西部北多摩的某医院。这里是结核病疗养所，我在老家得了结核病，一直不愈，经介绍来到这家医院。

说是结核，也就是说 X 光照片上有病灶，既不疼也不痒。无事可做之际，同为患者的 S 成立了俳句会，劝我也入会，我立即入了。

会员大概有十来人，都是像我一样的患者以及护士、职员等。医院旁边有一条据说是松平伊豆守信纲③指挥开掘的野火止川，其实也

---

① 百合山羽公（1904—1991）：日本俳人。

② 相生垣瓜人（1898—1985）：日本俳人。

③ 松平伊豆守信纲：即松平信纲，日本江户时期前期大名，德川家族的重臣。

就是六尺宽的细流，于是俳句会就取名"野火止会"，我们满怀希望地出发。

其实真正具有作句经验的只有主倡者 S 一人，其他人基本上都是刚起步实作，我也是这样。我们以 S 为典范，懂得了俳句必须要有季语，季语写在叫作《岁时记》的书中。我们以此出发，开始动手学习作句。

我听 S 指点，买了虚子①的《季寄せ》②，无论是参加句会还是吟行，这本小小的《季寄せ》都随身不离。

那医院周围现在已经全部盖了房子，全无旧时的影子，而当时则是一片茫茫的麦田，麦田前面则是麻栎、枹栎、栗、野茉莉等杂木林和村落等。

杂木林中，春有日本木瓜、堇菜花开，秋有果实落地，我们所谓吟行，就是在这杂木林中到处走。每逢句会，虽也有人讲起"根源俳句"③之类很高大上的理论，而 S 则不管这些，只是一味指导"写生句"。

看到我们作品总算具备了俳句的模样，S 就鼓励我们向他参与征稿的《海坂》投稿。他的体格堪称魁伟，却在战地患病，进这个医院前曾住静冈的医院。这就是我与《海坂》交往的开始。

可是我作俳句实足的时间大概是一年半。医院是人员流动极其频繁的地方，病人痊愈后就出院，护士也有进出，野火止句会渐渐衰落。

于是我至今把羽公先生褒奖过的一首俳句当作至宝走遍四方，由此可见作句的功力没有长进，在列入《海坂》会员名册的 1955 年，其实基本不写俳句了，因为对自己的才能已失去信心。

说是俳句的落第生也罢劣等生也罢，这样的人写小说了，所以就写了小林一茶，这未免让人觉得离谱。

可是，一切都始于野火止句会和《海坂》。

我见羽公先生批评"跑步出房檐"这首俳句的文章中引用了川端

---

① 虚子：即高滨虚子（1874—1959），日本著名俳人、小说家。

② 《季寄せ》：简略版的《岁时记》。

③ 根源俳句：和下面提及的"写生句"都是俳句界的一些理论流派。

茅舍①的作品：

> 寒月挂中天
> 银光倾泻洞穴现
> 蜷伏一黑犬

　　为了了解茅舍，我买了山本健吉的《现代俳句》，并立即成为现代俳句魅力的俘虏。

　　《岁时记》我也备齐了新潮文库的四册版，并看了《马醉木》《俳句》之类的杂志。我虽疏离了实作，却不意味着告别俳句。我的读书量反倒见长，并且涉猎芭蕉、芜村②、一茶等俳人的作品乃至与之有关的评论书籍。

　　在学生时代，我并非不曾读过芭蕉和芜村、一茶的俳句，也并非没读过芭蕉的《奥州小道》和《荒野纪行》③。

　　不过，当我被引导入门，有了手捧《季寄せ》在麦田和杂木林中漫步作句的经历，并又读了几本书之后，再回头重读那些俳句和文章，便发现了以前未见的东西。每当此时，我便体验到一种新鲜的惊讶，感叹过去的阅读未入其门。

　　满打满算，这样的经验也就是一年半的时间，但对于一个人，也就是对于我，作为在某件事情上的开眼来说，时间已绰绰有余。

　　我的阅读范围中，加进了俳谐的内容。这虽非我阅读的主流，却也留下了不曾中断的一股细流。

　　而且奇怪的是，尽管这段时间我与俳句的关系几乎仅靠读书维系，但作为实作方面的劣等生，我却丝毫没有放弃俳句创作的念头。

　　这段时间是指昭和三十一二年的光景，"马醉木"的衫山岳阳在池袋定期召开句会，我知道了，总是不接受教训，希望有机会就参加一试。

---

① 川端茅舍（1897—1941）：日本俳人。
② 芜村：即与谢芜村（1716—1783），日本著名俳人、画家。
③ 均为芭蕉的散文代表作。

不过，我终究还是一次也没出席过那个句会。我的病虽然痊愈，但已不能重返中学教师岗位，也就无法回归故里，在东京做了商界报纸的记者，在惶惶于吃住等日常生活，终日奔波的日子里，俳句唯有离我远去了。

芭蕉尚有模糊之处，没有浮现其明晰的面容；芜村则显得明快，却又因过于明快而让人觉得少了人味；于是我便朝向了一茶。一茶是一位吟有两万首俳句的俳人，另一方面又被弟子攫取了半数财产，所以属于小说中的人物。

有了这种失于轻浮和不负责任的话题，我陷入不得不将一茶写进小说的境地，那是约莫四年前的事。话题的内容权且不论，小林一茶此时突然出现，恰恰证明了我尽管已与俳句疏远，内里却仍存活着与俳句无法割断的勾连。

一茶不一定就是我之所好。相较而言，我更被芜村那端庄的句风所吸引。可是有的时候，读了有关一茶生活中两三事件的文章而非其俳句作品，一茶便作为一个在某处令我关注的人物而留存我心中。那虽是极短的文章，内容却已蓦然击碎我此前的一茶观。

话虽那么说，却非意味着我因此而着手于一茶的研究。我的差事依然忙碌，并无这样的闲暇，只是在那以后，我一看到有关一茶的报道，便会关注地寻找与先前的文章有关的部分，并渐渐得见一茶的全貌。以我看来，在众多的俳人中，一茶几乎是堪称唯一的显示其鲜明形象的人物。

与文艺春秋社编辑杂谈时，我不觉间便大谈起一茶，那一定也是因为心底持续着对一茶的这种兴趣。

没有俳人能似一茶那样富有人情味。与之相比，芭蕉较有韬晦，芜村则即便不说是作态，其俳句还是有着与人世的距离。我故作内行地指出：这因为芜村本是画家。创作小说之类的决定，往往就是在这种无须负责的杂谈中做出的，而一旦动笔，便要苦于为当时的海地胡天揩屁股。

承诺了要写，我却并未着手于这部小说，一直磨磨蹭蹭，不时地找些遁词延后，应是效颦于大方之家了。

我逃遁于这部小说，是出于两个理由。其一：写一茶的书充斥于街巷，有评论、句集、传记，也有小说，若能增加一些全新的内容权当别论，而我要写的东西则达不到这个程度。如此想来，便郁闷于自己做了一个很难实现的承诺，而且麻烦的是：这么重要的问题基本是在我做出了承诺之后才意识到。

但是在这一点上，人是人，我是我，我一定要写出一个自己的一茶来。不过，另一个理由更重要一些。

我刚才已经提到，一茶是位写有两万首作品的俳人，却被弟子攫取了半数财产，而我的兴趣毋宁说更在后半部分，在于写出一个俗人一茶。

当然，我也不可能因此而完全无视作为俳人的一茶，问题在于这方面写到什么程度为止。例如，关于被称为"一茶调"的独特句风，形成的原因似乎是有其生活中内心的曲折在起作用，但先人作品的影响也不可无视地散见于他的作品。也就是说，这里充满了作为俳人的一茶与俳谐传统之间的纠缠和结合，但若把有关资料一一塞进这里，变成描写一茶调形成的过程，就实在不像写小说了。不管怎么说，我都好像揽下了一桩麻烦事。

正因如此，我便放开一茶，拼命地投入其他工作，于是某日编辑N氏来了，说是要在杂志刊载《一茶》。

小说《一茶》最初是作为纯新书而确定的，大概是因为我始终没有动手的样子，于是便改在杂志刊载了。杂志有严格的截稿期，而作家这类人，若是有了截稿期，内容权且不论，写总是会写的。我也决心写了。

前年的1月末，我独自从上野乘了信越线的火车，是想去看雪。我虽生于雪国，还是认为北信浓柏原的雪也许跟山形的雪不同，况且住在东京，已久未见到像样的雪，在写小说之前有必要去看看。

我从车窗贪婪地眺望被雪覆盖的信浓群山，一边想着"信浓"这个词为何具有诱人的韵响。这时，我完全是突然地为自己决定写一茶而庆幸。

是年5月我又去了柏原。这次是跟N一起。从长野市驱车沿北国街道往北而行，在旧称"牟礼之宿"之处前面的丘陵地有一片桃林，山坡上满缀着桃花。

我决定小说就从这里写起。不知昔日这里是否也有桃林，这一带对小说来说是极为便利之处，至少一茶去江户时与父亲在这里的山坡附近道别是事实。

去年一年间，小说在《别册文艺春秋》连载结束。本来是要求一次登完的，却因其他的工作而分成四回连载，虽然丢了面子，毕竟还是完成了任务。

在这篇随笔写完之际，我把已发表的小说又稍做修改，交给了文艺春秋社。成书尚有待时日，正式的书名也还没有确定。

小说《一茶》无疑与二十多年前的《海坂》相关，如果没有野火止句会和《海坂》，就难以想象会对俳人小林一茶持有兴趣，因为我在《海坂》之前不曾有过一本俳句杂志。

由《海坂》产生的分枝，到了如今情况如何，该由读者诸君判断，反正那树枝的边角处，像是结了一个奇妙的果实。

（《俳句》1978 年 3 月号）

关于《海坂》、长冢节种种

因我在某报俳句栏目所载文章，我有缘得到静冈的俳句杂志《海坂》寄赠最新号刊物。

写到这里，也许读过我的小说的人听过"海坂"这个名字。确实如此，海坂是我小说中常用的一个虚构的藩名，真实的"海坂"是静冈的"马醉木"流派的俳句杂志。再揭一下老底，大约三十年前，我在给这家杂志投俳句稿件，而在写小说时，我会擅自借用"海坂"这个名字。

我记忆中的海坂应该是这样的：站在海边眺望无际的大海，水平线划出缓缓的弧状，据说那似有似无的坡状弧就叫"海坂"，一个美丽的字眼。

我给俳志《海坂》投稿的时间仅为 1953 年、1954 年这两年左右，但拥有同为马醉木同人的百合山羽公和相生垣瓜人两先生的《海坂》，是我过去仅有的一度认真写作俳句的场所，这个俳志连同其结社的亲密氛围，都让我难忘。我借用"海坂"，深层原因不仅是借用这个词汇的美丽，也因着这种内心的怀念。

搁下此话不说，前述报载小文提及我与俳志《海坂》的联系，受到《海坂》有关人员的注意，便给我寄来了最近一期刊物。夸张点说，这是阔别三十年后我与自己怀念的俳志的重逢。

我立刻写了感谢信，写信时历历想起最初见到《海坂》时的情景。

我所参加的俳句会"野火止句会"的指导老师是 S 先生。说是俳句会，其实具有句作经验的只有 S 先生一人，包括我自己的其他人都是平生初次写俳句，而且成员人数多得惊人。

我们听说俳句必须有季语，赶紧奔去买了虚子编的《季寄せ》，以此也可窥见这个野火止句会的实际情况了。

对于我们这些人，S 先生从俳句的基础知识教起，毫不厌倦。他的指导真的可谓手把手，见到什么就让我们咏诵什么，常常带着我们去杂木林和麦田，我们才知道这叫"吟行"。我们开心地漫步于早春嫩芽初绽的杂木林，像煞俳人似的起着俳号，作着俳句。

句会产生的俳句终于可以见人的时候，S 先生拿出一本俳句杂志让我们看，说经过句会选拔的俳句可以向这家俳志投稿。这本纸质低劣、薄薄的俳志就是《海坂》。S 先生自己的句历很长，从跟我们一起办俳句会之前就给这《海坂》投稿了。

野火止句会成立于昭和 1953 年 2 月，S 先生给我们看《海坂》大概是在那一两个月之后。那份《海坂》是当年的 2 月号。说起 1953 年，还是个物资匮乏的年代，这本纸质低劣的薄书就是那个时代的反映。

可是，就在这本粗劣的薄书中登载了让我这样的俳句初学者叹为观止的俳句，下列作品就特别吸引了我：

猎枪一声响
显露散在小村庄
沉寂返山乡

（冈本昌三）

高耸发射塔

灿灿金光如火发

白霜始融化

（泷仙杖）

清晨伐木场

株株原木披白霜

锯响屑飞扬

（益永小岚）

大概是见到这些俳句时，所谓的现代俳句才开始进入我的内心。

在那以前，说到俳句，我充其量也就是一知半解地读了一些芭蕉和芜村的作品，那也就是读过而已，无论是芭蕉还是芜村，都不曾进入过我的内心。我愚蠢地把俳句看作一种衰老陈旧的代表，而一茶的俳句之类根本不值一读。这种愚蠢大部来自无知，虽不能说无知一概不好，但无知常常是可怕的。

前面列举的三位的俳句，让当时的我开眼，成为引导我从现代俳句走上再读一茶的关键。

我并无资格评价这些作品作为俳句的价值，反正我能感受到一发猎枪声响消失之后，给那些散在的部落里留下的静寂，甚至见到投射在那些村庄上的微红阳光。泷先生的俳句则仿佛抓住了这样一段时间：披霜的铁塔迎受着朝日的照耀，预示着一天都将被这堪比节庆的光芒包裹。益永先生的俳句让我看到了这样一幅光景：在铺满大地的晨光中，白霜裹着木屑向空中迸射。

这是入口。之后我一面向《海坂》投稿，一面不断阅读现代俳句作品。如果说我喜欢的作家有秋樱子①、素十②、誓子③、悌二郎④，

---

① 秋樱子：即水原秋樱子（1892—1981），日本俳人、医师。
② 素十：即高野素十（1893—1978），日本俳人、医师。
③ 誓子：即山口誓子（1901—1994），日本俳人。
④ 悌二郎：即筱田悌二郎（1899—1986），日本俳人。

尤其被筱田悌二郎的作品吸引，则可看出我爱好的偏向。

一言以蔽之，我偏好于歌咏自然的俳句，因此，"皓月悄然出　印南田野翠秋趣　良苗若富余"之句让我记得了永田耕衣[1]，"田野现黄枯　院墙柴扉挡不住　蔓延至家屋"使俳人久保田万太郎[2]成为我难忘的作家。比起人事，大自然更能打动我的心扉。在之后重读芭蕉和一茶时，这种偏好也未能例外。

当然，我并非不知歌咏人事和境涯也有佳作，村上鬼城[3]是我喜爱的俳人，中村草田男[4]和富田木步[5]也不会令我讨厌，但一旦把筱田悌二郎的"夜阑静悄悄　落叶时把屋脊敲　月光分外皎"拿到面前，那几位至少会在我的心中渐渐失去光彩。悌二郎的俳句不仅美，且能因捕捉美而迫近自然的真相。

只要对我所熟记的俳句的数字做个比较，就可非常清楚地表明我在俳句方面的偏好。我能脱口而出的俳句，大半属于歌咏自然的作品，而对其他俳句，虽然看到就能立刻想起，却又随即就会忘掉。

我对俳句有这样的偏好，对于短歌世界的隔膜也许就很自然了，这大概也是一种偏见而已。我觉得短歌的真谛似乎在于把胸中之物毫无掩饰地吐露，至少能打动我心却又觉得不适于俳句也无法在小说中描述的短歌，其内容好像概莫能外，而那些一般的叙景歌则无以令我感动。

与之相比，即便同样是讴歌爱或为贫苦而咏叹、恸哭，俳句的表现让人觉得比短歌更有着某种克制力。即使不能一概而论地说短歌主情、俳句主智，我还是深感：至少短歌因着较多地咏叹人的真实心情而产生一种震撼人心的魅力。

说到这里，我不由得想起了诸如以前在朝日歌坛见到的满田道子的作品"娇好小姑娘　慈母朝夕亲梳妆　秀发溢暗香　感恩先人思绵绵　不堪舛途心神伤"，或如最近的作品"信念坚如钢　灿烂明天似曙

---

[1]　永田耕衣（1900—1997）：日本俳人。

[2]　久保田万太郎（1899—1963）：日本俳人。

[3]　村上鬼城（1865—1938）：日本俳人。

[4]　中村草田男（1901—1983）：日本俳人。

[5]　富田木步（1897—1923）：日本俳人。

光　奋勇登屋上　誓死屹立到最后　直至红旗漫天扬"（道浦母都子[①]《无援的抒情》）等。

不过，由于刚才所说我对诗歌爱好的偏向，这些作品带给我的感动也不曾长久地留驻我的记忆，常常是终于渐渐忘却。

从前在读旧式师范时，我曾选修《万叶集》攒学分，授课的是秋保光吉教授。这位秋保教授某日用去整堂课的时间给我们朗读一本新出版的和歌集——吉野秀雄[②]的《寒蝉集》。我很兴奋，特别把其中堪称绝唱的数首反复诵读，暗记在心，可是这些优秀之作也在不觉间从记忆中脱落，如今只能记起只鳞片爪的一点点。

斋藤茂吉是一位植根于乡土的伟大歌人，可我现在能记得的茂吉的作品也仅剩几首，例如他晚年的"晦暗阴云多　暮色凝重夜将何　或降暴风雪　亘古最上川水急　狂风逆吹掀白波"等。

这确实有我对诗歌的爱好偏向所致，但或许也是因为野火止句会和《海坂》让我认识了俳句的世界，而在短歌方面我却没有得到这样的机缘，因此对于短歌依然处于一种无知的状态。不管是什么原因，反正我不曾作过一首短歌，至今与短歌保持一种极为淡漠的关系。

即使这样，却也有唯一的例外，有一位歌人让我一想起便能有十几首作品脱口而出，他就是长冢节。

我得到平轮光三所著《长冢节·生活与作品》应该是在太平洋战争末期的1944年或1945年左右。我清楚地记得在老家鹤冈的旧书店得到这本书时的情况，但由于这书是在1943年1月出版的，所以虽说是旧书，我仍能想起当时这书留存着某种新书特有的味道。新书定价三元半，我买时的二手定价是两元一角六，几乎是半价。这从我用铅笔在封底衬页所记可以得知。

所谓名著，难道不就是指这样的书吗？数年前，我应《月刊经济学家》的"我所推荐的书"栏目写稿，开头的一句话就是："无论书还是画册，都有一些是看后暂时放在脑后，但过了若干年，又从

---

① 道浦母都子（1947—）：日本和歌女作家，曾积极投身1981年的学生运动并以之为题材创作和歌集《无援的抒情》。

② 吉野秀雄（1902—1967）：日本歌人、书法家。

书架深处找了出来，想再翻翻。"《长冢节·生活与作品》就是这样的书，之后的近四十年期间，我的生活反复发生过剧变，但这本书仍在手边。

此书为何能如此吸引我？我是1944年买到此书，当时十六岁，也许已经因名著《土》的作者而知道长冢节的名字，可是即使是因此而买下它，似也不至成为吸引我的理由。我觉得吸引我的是书中列举的节的短歌作品。

这本书中所述节短暂的生涯以及他与黑田照子的悲恋，我在节的短篇小说以及长篇小说《土》中都读到过，但其中有我不能理解之处，我能读懂的是节的短歌，从《初秋的歌》开始，经过《忆乘鞍岳》的昂扬，直至《如针》的境地。

对当时十六岁的我来说，人生只显示出一种混沌的身影，而人则更是一种模糊的存在，但自然却是清晰可见的。孩时对于人世间所持知识仅为偶尔窥见的一斑而已，而对于自然，倒会比大人更能正确相处。节的一些短歌，例如"溶溶月夜深　稗花率先落纷纷　轻扬若纤尘　万籁俱寂野茫茫　寥寥新秋悄然临""秋来悄无声　宛若微小螽斯虫　细须随风动　双睑合闭天地开　冥想乾坤见清澄"，我都不难理解，而且觉得亲切，是因为从中看到了自己甚为熟悉的自然被作者以一种准确到位的感觉展现了出来。

节是茨城人，我是山形农村人，但不知怎的，节的短歌中总让我觉得投落着我所见过的明治、大正的时代之影，至今仍具有一种力量，唤醒我内心中少年时代的种种风情，例如田园风景、田间小路和垄埂，还有那青鳉成群的小河以及大街上的运货马车等等。

我老家有一位名叫上野甚作①的优秀歌人。他已经故去，生前二十五岁左右成为前田夕暮②主持的"白日社"社友，后又师事"自然诗社"的尾山笃二郎③。他生于1874年，所以比节小七岁。从以下短歌可以窥得上野甚作作品世界之一端。

① 上野甚作（1886—1945）：日本农民歌人。
② 前田夕暮（1883—1951）：本名前田洋造，日本歌人。
③ 尾山笃二郎（1889—1963）：日本国文学者、歌人。

白日晖熠熠
昂首向东望天际
深深吸口气
骏马刹那轻抬蹄
步履矫健疾走起

口中不离歌
张嘴即出是山歌
亦有流行歌
腾身跃起跨裸马
回家午餐一路歌

身在山峦中
内心杂念全抛空
一片纯真情
随兴高唱山乡曲
声调婉转音色清

山野尽头边
皑皑白雪全盖严
巍峨鸟海山
各人皆怀忧愁事
他人事也与己无关

　　工藤恒治所著《农民歌人·上野甚作》称：这位甚作年轻时曾走访节所居住的茨城县冈田郡国生村，当时长冢节好像也还没怎么出名。旅行回来后，甚作说了一句："到底还是亲眼见到才懂呀。"

　　节的《初秋之歌》完成于1907年9月，刊载于翌年1月的《马醉木》最终号。上野甚作是在1911年成为前田夕暮的"白日社"社友。去走访茨城节所住村子时，甚作想必已经读过《初秋之歌》，而且可能在想：对贴近身边的自然的感触能如此歌之咏之，这位长冢节到底是个什么样的人呢？设若如此，这就类似我初读节的短歌时的感想了。

可是，甚作好像没有专门去见节，大概是没感到有见的必要，只是去看了产生节的短歌的风土，并且理解了节。

工藤氏的著作中还记述了节与甚作之间发生的联系，那是在鹤冈举行的欢迎桥田东声①的讲演会上，上野甚作也出席了。桥田是《土之人·长冢节》一书的作者，并曾高度评价节的连作《忆乘鞍岳》十四首。这位东声在讲演会上即席称赞节的短歌，并顺带了一句："上野今后也会成为节那样的。"这本是一句夸奖的话，谁知工藤氏在书中写道："甚作听了霍地站起说：'节是节，我是我！'弄得满座尴尬。"

上野甚作应该是认可节的，但似乎具有这样一种气概，认为在讴歌农村方面，自己应有自己的作品。甚作在历任村里的要职后当了村长，后来被恳请作为满蒙开拓团团长去了满洲，败战时死得壮烈，等同于战死。

甚作曾说："我讨厌加藤完治②先生所谓的开拓精神。农民不是因为'为了国家''大东亚建设先驱者'之类的大话而行动，他们只是为了开心而去满洲的。"（后藤嘉一《上野甚作之死》）

甚作绝不希望将尸骨埋在满洲。他好像说过：如果不是带着在面朝日本海的土地上耕作的心情，开垦之类是不会成功的。

具有这样的见识，甚作又为何会去满洲？我以为他或许想在短歌中咏诵遍染满洲原野的红日。后藤嘉一也曾说过这样的话，不过他的话也许有别的意思了。

总之，上野甚作是个地道的农民，一位无可置疑的农民歌人。也许正因如此，工藤写道，有时谈到长冢节，甚作会说："长冢节以我看来还差着呢。"言外之意无非是：驾驭裸马，挥舞镢头，额头冒汗，如果是歌咏这些，还是我更行。不过，节也并非那种抄着手在村里转悠

---

① 桥田东声（1886—1930）：日本歌人、经济学家。

② 加藤完治（1884—1967）：曾在二战期间积极推进日本移民侵略政策，组织满蒙开拓团。战后未受审判，依然活跃在日本的政治舞台。

的富农少爷。

这方面的证据不是体现在节的短歌中，而是可以在其小说《土》中发现。他这样描写《土》中的人物勘次开垦杂木林的场面："镢头的宽刃砍进树根时，似乎觉得他的身体也猛地劈穿了那树根。擅长掘土是他的天性。"关于勘次开垦竹林的场面，他是这样描写的："一坪见方被竹根板结的土地，他能只用四镢头就全部掘起。"这是对身体瘦小、贫穷且有偷盗习惯的主人公的赞辞。勘次在农活方面的熟练受到认可，这无疑是对农民最高的赞辞，但若非自己握过镢头，是不会写出这种赞辞的。必须承认节是一位真正的农民歌人、农民作家。

可是，这种农民体验却未写进他的短歌。《土》不是仅凭见闻而写出的小说，也许节在小说中完整地投射了作为农民的自己。在短歌中，节却没有采取这种方法，而似乎是专注于自然，希望寻求其存在的意义。

《如针》的开头有两首名篇：

> 俊俏白瓷瓶
> 细润如玉晶莹莹
> 雾霭朦胧胧
> 拂晓井边去汲水
> 水凉愈显瓶清冷

> 轻轻牵缰绳
> 强健骏马色枣红
> 系牢不开松
> 麻栎林深染秋色
> 马儿渐融红叶中

到了这两首，就能看出节已经试图以象征的世界去还原自然的本色。

关于节与自然的关系，还有一件不可忽视的事情。1914 年 6 月，他第三次去九州旅行。这次是为了去福冈的九州帝大附属医院接受久保博士给他做喉头结核手术，而此行的前一年和前两年他都去过九州。

前两次的九州之行，他从九州走到了各地，以至不知他是为了治疗还是为了旅行。节在最后这次九州之旅中也还是去了日向，看来仍是被自然的魅力吸引。可是他的病情已经发展到不允许再做旅行，以至从宫崎去青岛时，他被旅社的人看出患着肺病而被迫另找住处。如此憔悴的节此后还是两次去过青岛，平轮光三所著《长冢节·生活与作品》中淡淡地描绘了他像幽灵似的徘徊在日向大地的身影。

我虽然不知节的这次旅行是为了寻求创作短歌的材料，或仅仅是如他给斋藤茂吉的信中所说"内心无以安定，只好游走"，但我总认为，作为大旅行家的节因此次的日向之行，他自己所说的"烟霞之癖"已经让他的样子变得不忍目睹。执着于自然的节，他的命运难道真的就是被自然夺去了生命吗？

节的自然最后以如此狰狞的面目出现，可是节的作品中所表现的自然却又无可比拟地令人眷恋。歌人当中，我只记得节一人以及他的作品，也许就是因为在他的作品中看到了一幅幻影般的图景，其中有家乡尚未像今天这样逐渐破灭的自然环境，有机械尚未出现时村庄里随处可见的那种堪称人神和谐的情景。

无论是歌人上野甚作远行走访茨城节所住的村子，还是我始终保存着平轮光三的著作，都有一个根本缘由——我们都受过乡野的养育。也许正是由于自己生于乡野，所以对节的作品所散发的光芒能有些许理解。今天虽已越过人生巅峰而步入晚年，但对我来说，人，包括我自己，还是混沌而不可解的，稍可理解的只有自然。

（《别册文艺春秋》1982 年 4 月 1 日号，总第 159 期）

留存心中的秀句

所谓古今秀句，似乎还是指那些始终留存脑中，遇到机会就会脱口而出的俳句。大概是因为最初与这些俳句相遇时所受冲击，它们就留存记忆了。

若以这个意义而论，我常常想起的饭田蛇笏①的俳句中，还是当推以下两首脍炙人口的作品：

片片芋叶青
朝露映照峦峰影
山脉姿端正

黑铁小风铃
伴随爽秋响不停
声声显凄冷

我家西侧的空地现在栽着小梅树，以前则是一大片草地。不过，尽管是东京的片隅之地，毕竟属于都内，空地总有一天会建起房子。

现在从空地侧二楼的窗户，近景可见巴士路，远景可以看到巴士路直通的丹泽和秩父群山，还有从群山后面冒出头来的冬日富士以及山间的落日，可是到了那个时候，这一切应该都看不到了，我们现在所享受的空地带来的恩惠是岌岌可危的。

在空地的另一侧，有一座比我家大得多的二层楼，虽不是有意窥视别人家，却也可见那二层楼的三边都有玻璃窗，冬天家中定也明亮温暖的。

我搬来这里时，常常隔着草地听见那家风铃传来的声音。夏去秋来，那风铃仍挂了一段时间，风起之夜，铃声颇有几分肃杀的音色。这种时候，我常会想到蛇笏，想到秋天中那黑铁的风铃。

这一两年，即使到了夏天，风铃也不响了。转念一想，自己搬来大约有十年了。无论什么理由，对于一个风铃从响到不响，十年已是一个足够的岁月。

我去山梨做过采访旅行，采访的地方是从韭崎开始的北方一带，最终目的地是须玉町的津金附近。我和文艺春秋社的I君一起，一大早从站台上空无一人的新宿站出发，结果当晚还是赶不回去，在甲府

---

① 饭田蛇笏（1885—1962）：日本俳人。

住了一夜。

第一天从韭崎绕到武川村，看了实相寺的神代樱、万休院的舞鹤松，第二天去上津金，一直到最远处看了海岸寺，实现了一次颇有风情的旅行，甲府市内自然也都参观了。

在这次小小的旅途中，大概是在往复于韭崎与津金之间时看到的与西方天涯相接的山脉令我难忘。那山是凤凰三山或是与它后方的甲斐驹、仙丈岳相接的山脉的一角，抑或根本是其他什么山，我记得当时是用地图查过的，但现在已记不清了。

只是我在见到那山脉时联想到蛇笏的俳句"片片芋叶青　朝露映照峦峰影　山脉姿端正"，并且带着一丝疑问。

疑问在于：我出生于山形地区，那里没有险峻的山脉，因此从这首俳句中获得的印象，应该是横跨在平原芋田背后不太高的紫色山脉，可是作为甲斐①俳人，蛇笏在这首俳句中关注的，也许是更加高大而充满威严的大山。

当然，越是优秀的俳句，就越应具备允许多样想象翱翔的普遍性，而不特别拘泥于某种具象事物。尽管如此，当时的疑问至今仍隐留心间，这也许是缘于这次小小旅行中甲斐给我留下的强烈的山国印象。

（《山梨日日新闻》1985 年 4 月 13 日号）

小说周边（节选）

---

① 甲斐：日本古国名，范围大致相当于现在的山梨县。境内山多平地少，四周被大山环绕。

获奖译作《风的作品之目录》译者薛庆国

薛庆国简介：

薛庆国，北京外国语大学教授，博士生导师，中国阿拉伯文学研究分会副会长，中国作家协会会员。

主要从事阿拉伯现代文学、阿拉伯文化与思想等领域的研究。已发表各类著译作品二十余种。其翻译的纪伯伦、马哈福兹、阿多尼斯、达尔维什等现当代阿拉伯文学大师作品深受中国读者欢迎。另曾将《老子》《论语》《孟子》等中国文化经典译成阿拉伯文出版。经常在阿拉伯世界主流媒体撰文传播中国声音。曾获卡塔尔国"哈马德翻译与国际谅解奖"，第八届鲁迅文学奖·文学翻译奖，第五届袁可嘉诗歌奖·翻译奖等荣誉。

获奖译作《风的作品之目录》作者阿多尼斯

阿多尼斯简介:

1930 年出生于叙利亚,1956 年移居黎巴嫩,开始文学生涯。1980 年代起在欧美讲学、写作,现定居巴黎。

阿多尼斯是作品等身的诗人、思想家、文学理论家,在世界诗坛享有盛誉。他对诗歌现代化的积极倡导、对阿拉伯文化的深刻反思,都在阿拉伯文化界产生深远影响。迄今共发表 30 部诗集,并著有文学与文化论著、杂文集 20 余部,还发表了许多重要的翻译、编纂类作品。

阿多尼斯曾荣获布鲁塞尔文学奖、马其顿金冠诗歌奖、法国让·马里奥外国文学奖、意大利格林扎纳·卡佛文学奖、德国歌德文学奖、金藏羚羊国际诗歌奖等数十项国际大奖。近年来,他一直是诺贝尔文学奖的热门人选。

获奖感言

薛庆国

荣获第八届鲁迅文学奖，我深感荣幸，也有几分感慨。

获奖的消息公布后，曾收到不少朋友的祝贺。我曾经度过整个少年时代的家乡——也是卞之琳先生的家乡——江苏海门的一家媒体，也报道了我获奖的消息，并视我为家乡的骄傲。在媒体推送的留言栏中，我意外发现一位已失联数十年的儿时朋友也留了言，说我老家就在他家隔壁，小时候我奶奶去田头干活时，经常把我背在背上。这位朋友的留言让我想起了陪伴我长大的奶奶和爷爷，惭愧的是我竟然很久没有想起他们了，竟然很久没有想起一直把我当作命根子一样疼爱的奶奶。但是我知道，我这一生无论走得多远，都走不出家乡的那个小镇。有时我甚至觉得，奶奶，用她的大爱，仍然在背负我前行。因此，我最想用这个喜讯告慰的，是已经去了另一个世界的奶奶、爷爷和父亲。

荣幸和感慨之余，我还感到意外和幸运。

意外的是，我翻译的这本篇幅不大的诗集，竟然能从每年出版的那么多译作中脱颖而出，荣获国内外国文学翻译的最高奖项。我揣测，这是评委专家们对我十多年来坚持译介阿拉伯文学、特别是阿多尼斯作品的肯定，也是对我日后继续努力的期望，还是对我国阿拉伯文学翻译界的一个鼓励——毕竟，这是我国阿拉伯文学翻译从业者首次获得鲁奖。谢谢各位评委专家，我已领会了你们通过此奖传达的信息，也一定不辜负你们的好意和期待。

幸运的是，我是凭借翻译阿多尼斯的诗作而获奖。我总是对前来祝贺的朋友说：自己是沾阿多尼斯的光而获奖；这个奖固然是颁给我的，但也是颁给阿多尼斯的；阿多尼斯的诗作在中国受到那么多读者的喜爱，这固然有我翻译的一点功劳，但首先要归结于诗人原作的高质量。

因此，也可以说，这是阿多尼斯在中国获得的又一个奖项。我说的不是谦词和客套话，因为，假如我译的不是阿多尼斯而是其他人的作品，我的译作恐怕很难被这么多读者喜爱，进而产生这么大的影响。因此，在过去的十多年里，能够结识阿多尼斯，将他优美的诗歌和深邃的思想引入汉语的怀抱，是我人生的一大幸事。他的诗文作品中呈现的风骨、卓见和智慧，让我本人和广大中国读者一起，受到太多的启迪和激励；就此，我要利用这一机会，向我尊贵的朋友阿多尼斯表示衷心的谢忱。

最后，我想起几年前阿多尼斯跟我一起漫步上海街头时对我的一句忠告："你已过了中年，以后要集中精力，留下一些有价值的东西，证明你到这世上来过一趟。"他的这番话经常在我脑海中浮现，让我玩味琢磨。我已经取得的这些小小成绩，是否足以证明我到这世上来过一趟？我不能确定这个问题的答案，但可以确定的是，为了证明我到这世上来过一趟，还得继续努力，还得瞄准下一个目标。

风的作品之目录（节选）

（叙利亚）阿多尼斯著　薛庆国译

身　体

你的身体是你道路上的玫瑰，
一朵同时凋零和绽放的玫瑰。

你是否曾经感到
早晨已容纳不了你的脚步？
那就表明，你已经醒来，
你的身体充满了爱。

浇灌着灵魂之源泉
最美而最纯净的雨，
降临自身体的乌云。

每一个清晨
都有无形的身体
向你张开儿童的怀抱。

她说：

身体是意义的初始。

灵魂最亲近的朋友——
光明；
身体最亲近的朋友——
影子。

爱情是身体，
它最钟爱的衣裳是夜晚。

我的身体是一些词语，
散落在我日子的簿册里。

"没有什么比我更加密实。"
身体说道，
"也没有什么比我更加透明。"

她说：
白昼是身体的殿堂，
夜晚是祭品。

他说：
她的身体不停地旅行，
在我身体的迷宫里。

他说：
对身体的欲望
是一种母语。

她说：
只有身体才能书写身体。

他说：
词语的天空
容纳不下身体的绚丽。

身体是一本书，
可以从头读到尾，
可以从尾读到头。

岁月——
在身体的平原驰骋的骏马。

他的梦想是飞鸟，
在他身体上方盘旋，
还在窃语："天空真是狭窄！"

有时候，
为了赋予诗歌身体的色彩，
他抹去词语的色彩。

他——
依然没有张开身体迎接死亡，
难道因为他依然不懂得生命？

身体之书，
是欲望之字母表
最广阔、最高远的天空。

性是肚脐眼，
它让黑夜和白昼
成为同一具身体。

理智是累积，
身体是肇始。

身体，
同时是水仙花，
也是湖泊。

时光的皱纹

一
（田野）

风刮来，
腋下夹着一本天空之书。

他爱风，理由有许多
他只列举了两个：
1. 不用去区分
风的形式和意义；
2. 通过风，
他了解了诗歌之光芒
将他导向的深渊之深度。

那个无形而朦胧的家伙，
扛着一面风的旗帜，
正从远方袭来。

天空皱着眉头，
因为风没有告诉它

将在何时、何处放下行囊。

太阳告诉阳光：
请抓住风的绳索，
以便稳稳地
在树梢起舞。

风远去，
背后留下
时光的大军。

时光——
风手持的擦子。

时光，
收集人类的泪水，
将它蓄满风的谷仓。

我几乎要相信
石头乃是风的初始。

风对我强调
夜晚有着另一张面孔。
我不能确定——
那是你?
还是我?

风，
用同一种颜色
缝制了同一件衣裳，
献给宇宙的家属。

风启程，
搭乘树木和植物的舟船，
万物随之出行，
它们不知将要流浪还是观光。
远和近混为一体，
夜与昼模糊不清，
岸陆在摇动，
只有偶然才是停泊的港口。

风是道路。
在这条路上，
灰尘更换了衣衫，
乌云穿上了远行的皮袄。

天际的身材是一面镜子，
风揽镜自赏，
为飘逸的长发得意扬扬。

弯腰的小树，把头夹在两臂之间，
颤抖的鸟儿，
飞行的门，
不盖被褥入睡的窗户，
花瓣散落的玫瑰树——
这些，是傍晚书页中的几处标点，
由风之笔
留在我家门前。

从风的肩头，
距离的铃铛垂下；
在它面前，

青草的儿童做着游戏。

风，用它的睫毛，
抚平时光的皱纹。

把所有财产
都托付给风的那位，
怎么不会浪迹天涯？

风开口了，
但不落言筌：
万物的蜃景
呈现于意义的沙漠。

风，
紧抓住我的手，
和我十指相扣。

日子——
风耕种的田野。

二
（星星和它的宾客）

风刮来，
形式的大门紧闭，
意义的大门洞开。

在风的面前，
尘土拒绝祷告，
除非是为启程而作祈祷。

为什么，即使在风中，
光也要藏身于
曲折的道路？

我忘不了风的面容——
前天，它叩响我家大门，
把头靠在门上，
把所有行囊都卸在门槛；
它的面孔是绿色的，
而它的肩头
还顶着破碎的天际。
夜晚，自从听到风的敲门声，
就走进我家的木材和铁器中，
走进书本和纸张里，
走进床榻，
被褥
和身体。

风的列车尚未启动，
车上坐满了乘客，
他们几乎忘了自己的姓名，
要去做一次无名的漂泊。

风搭起了帐篷，
搭在田野的怀抱，
青草是摇动的枕头，
植物的舞蹈多么美妙，
树的脖子多么颀长！

为什么我不喜欢去握

不和风握手的手？

风教导他：
要把自己的影子
当作另一个自己相处。

就连天空
也在抓住风的绳索。

风，
同时是面孔
和面具。

风不会遇见
如我岁月丛林里的树枝那样
为它鼓掌的树枝。

风中的一个声音说：
它就是你！

如何能让她相信他的爱情
——他和爱情一样
都已落入风的股掌？

风——
所有的元素
都在其中融为一体，
所有的生命都是同一排浪。

风吹来，
它不再愿意

风的作品之目录（节选）

去往
星辰今晚为它们的宾客
敞开的大殿。

三
（树木，为喘息的天空撰写历史）

风：
飞舞的树叶啊，
那从树的喉咙升腾起的歌，
向你倾诉什么？

大地遍布
太阳之手已经遗忘的伤口，
唯有风之手
为它们贴上药膏。

太阳长长的爪子
挠破了风的脸。

人们不懂，
其实风
也是一件作品。

风——
只有赤着脚
才会行走。

只有靠在风的枕头上
我才会真正地阅读
自己的时光。

昨天，我希望
能够错过风的列车。

风——
一串灰尘的项链，
挂在天空的颈项。

风，
把双手放在天际额头，
天际身披云的衣裳，
汗流满面。

太阳来到风的居所，
在门槛前站立，
不知如何敲门。

风不知道
如何计数自己下榻宫殿的台阶。

在风的面前，
天际
几乎在鞠躬行礼。

玩耍的儿童，
戴上了一副
风的面具。

天际——
如同一个新生儿，
从风的子宫降生。

不要熄灭，
夜晚的风啊！
黎明的灯盏尚未点燃。

有时候，
风邀请我来到它的楼阁，
让我从阳台上
观察它如何拓展空虚的疆域。

风和尘土
亲如手足。

他的伤口有许多秘密，
风的吉他
不知如何将它们演绎。

天空和尘埃
用任何语言都无法和解，
只有在风中才是例外。

我是谁？
我的足迹
为何要让风的眼睛看到？
尽管如此，
我要用风无法遮蔽的太阳，
覆盖我行走的脚步。

风合上眼帘睡去，
树木
在为喘息的天空

撰写历史。

四

（远去的童年的风琴）

太阳、雪、风，
出现在同一个瞬间。
有人说：大自然就这么简单！

风患了不育症，
它的床榻发誓：
未曾沾上一滴
风的精液。

你如何剪去
风的爪子？

风在拨弄着
远去的童年的风琴。

鼓荡于风的翅膀上，
这些蓝色的精灵
来自何方？

但愿我能看到一滴
从风的眼里掉下的泪珠；
我以前曾见过风的头发和双乳，
还有紫色的火焰，
拥抱着风的腰肢。

风和我，我们相遇，

风的作品之目录（节选）

就这么一瞬间，
它几乎忘了
把手从我的手中抽出。

风，
张开翅膀，
把我的身体当作枕席。

不，风啊，
你没有足够的肢体，
无法将我的云彩尽纳入怀。

（1997 年 3 月，普林斯顿）

雪之躯的边界

一

火焰和我，我们之间的秘密，
被雪公之于众。

雪有各种形态，
如同朦胧之鸟长着多个翅膀。

时光踉踉跄跄，
仿佛和雪一起飘落。

雪露出牙齿，
笑个不停。

雪——
死亡的白色的名字。

今天早晨雪做得漂亮——
它的静默战胜了风的喧嚣。

雪为大地扣上衣襟，
同时解开了天空的衣衫。

我认为：雪啊，
我比火
离你更远，
却比水
距你更近。

二

雪——
我在其中看到闪电
在学习如何欺骗乌云。

记忆——
只有在它的面前，
雪才会宽衣解带。

雪——
就连乌云，
也不知如何将它阅读。

去注视雪，
你们看到的，

是永远在融化的生灵。

雪——
是对雨的禁锢,
还是对云的解放?

雪,
正是它教授我们
如何同它搏斗——
这恰是强者的禀赋。

今天,我握了一下雪的手,
我感到了雪的温暖。

雪,
如同由疲惫拖拽的
没有尽头的车队。

今天,天空的身材
显得苗条而修长,
因为雪为它解下了
乌云的腰带。

雪啊,
那是你的手,
正在书写
水的篇章?

看哪:
雪的身体
倒在路上,

上面布满了伤口一般的窟窿。

我仿佛听到
小草的心脏
在雪的身躯下
呻吟。

银装素裹的一棵树，
是一间高高的书斋，
其中只摆着
白色的笔。

一块石头——
白发苍苍的头颅，
疲惫地，
搭在雪的肩头。

雪说道：
"我向阴柔的万物承认：
我给它们平添了
年迈的模样；
我承认，并且致歉。"

（普林斯顿，1996 年 12 月 20 日）

流亡地写作的日子

起来，告诉你的日子：
"你的脸是一首歌，
我的身体是歌词的字母。"

你的日子起床了，
脱下衣服，披戴你的细胞——
忧伤的洪水几乎将它席卷，
冲刷城市的街道。

我的日子是个译员，
他为什么译不出
我和时光之间的对话？

我的日子疯了吗？
我听到它和油灯的对话——
它说：
"用不了多久
我会假托飞蛾的身体
来做你的客人。"

我如何对我的日子说：
"我住在你那里，却未曾抚摸你，
我周游了你的疆域，却未曾见过你？"

但愿我能够
将岁月播撒在田野，
犹如播撒麦子。

黑暗，但不是夜晚；
光明，但不是白昼；
我的日子是裸露的，
却不知如何编织自己的衣衫。

如果太阳打听我的日子，
我只会在夜晚作答。

犹如一朵朵玫瑰，
世界在这日子的花园里凋零。

你为什么向我打听那个日子？
我不是说过我写了？
我的写作曾是自由的，
但它像一块石头，
从语言的巅峰滚落，
被话语之剑击打。

我释放了我的日子，
在它头上裹起农民的头巾，
任由它在城市的街巷漫游。

明天，正如医生所言，
我身体的日子，将始于
紫外线的拥抱；
从此以后，
我想象我的身体
如何描绘，
通向白色玫瑰的道路。

我尚未理解那朵玫瑰
和我的日子交谈的话语。
我的日子把玫瑰
贴近自己的左脸颊。

是谁在传述
据说是我说过的话：
"日子犹如人类，

也在互相吞噬？"

这样的日子真是奇怪——
在它的齿间，
约拿和鲸鱼①在翻滚；
似乎它的皮囊里，
塞满了死者的头颅。

日子，
成群结队的生物，
拄着空气的拐杖。

今天，
我看到时光行进，
犹如蜘蛛的大军。
城市的智者为它不眠，
给它喂食乌鸦的脑髓，
训练它进入各种辞典。

日子——
苔藓的空间，
无声无息，除了距离在呻吟。

日子——
空无一物，空无一人，
我不彷徨，我不抱怨。

日子——

---

① 根据《圣经》传说，先知约拿违背神的旨意，神为惩罚他，让一条鲸鱼将他吞进腹中。
约拿在鱼腹中向神悔改祷告，神遂令鲸鱼把他吐出，约拿得以再生。

它炽烈的太阳，
犹如第二种语言，
属于夜间的另一个夜晚。

倘若我的日子
喜欢在寒冷的疆域旅行，
那倒不是为了
更好地了解温暖的领地。

日子，
是清洗大地的雨。
那么，为什么，来自哪里
这厚厚的灰尘的帷幕
遮挡着日子的脸？

日子，
犹如一个农场，
狐狸进去了，出来时
变成一群啼鸣的公鸡，
在露天的鸡场长大。

带走这具尸体，
不要问这是谁的尸体，
不要提及任何人名字，
但是，用它提醒
那些沉默世家的子嗣们，
然后，把它搁上担架
一起扔进"今日"的坟场。

日子——
一块狡猾的岩石，

风的作品之目录（节选）

235

被诗歌的羚羊用犄角顶撞。

"今日"过去了，
没有拍打任何人的肩膀，
没有对任何人示意；
只有孩子们
在它的背上翻滚，
在玩弄一个名叫"太阳"的圆球。

突然，
罗网的线绳断了，
那是我准备了
撒入"今日"之湖的罗网。

日子的窗户，
不停地化身为
日子的沙漠。

日子——
纸做的羊群，
关在"今日"的栅栏里。

从"今日"最狭窄的峡道，
我穿过
嘴巴和脑髓汇成的洪流，
对于其间的恐怖，
我欲语还休，
最不堪者，莫过于
爬行于舌头的蠕虫。

爱情——

一只鸟儿
从"今日"的手掌里溜出。

日子——
扼住"今日"喉咙的屠夫。

日子的生客，
聚集在关隘和山谷，
准备流向
去向不明的河口。

日子——
如同一根芦苇，
时间的蚂蚁在上面爬行。

日子——
用罂粟的爪子，
挠着自己的皮肤。

日子——
私密的，
亲切的，
属于我一人。
是否因此，我在其中看见了众生？

出于爱情知道的某个原因，
"今日"无法
写出一行文字，
写进它和风合著的作品。

日子——

憔悴而脆弱，
被忧伤之手切割，
一如丝线被切断。

我醒来，走出家门，
见我所见，
我返回。

我的日子是缓缓的，
缓缓的，
未能登上
它的欲望的山峰。

我不用"今日"的眼睛观察，
不用"今日"的耳朵听闻，
也不追随"今日"的脚步。
你们爱说什么都行，
你们这些在"今日"的床榻上
站着或坐着的人们！

只有风的雕塑，
才配得上"今日"的博物馆。

今天，
我看见太阳
正在清洗日子的伤口。

日子——
光的记事簿上又一个错误。

我现在明白了：

为什么那个日子，
不过是献给豺狼节日的
祭品——
羚羊和牛。

流星的传说

这个瞬间多么美妙：
我身上燃起的一团烈火，
从古老的火山口升腾。

不必让诗歌脱口成章，
让你的愿望信马由缰。

历史，
只有通过凶残的语言才能呈现。

每当我试图抓住
白日之手，
夜晚之手先把我抓住。

为了解开我身上
绝望的捆绑，
我在时光的腰间
系上永恒的呓语。

这里的雪真是奇怪——
用温暖的墨水
书写大地。

他的日子结束了，

可他尚未在太空的手掌
阅读自己的运气；
他的思想和生命
来自流星的传说。

我不会听从你，
我无法低垂；
高昂，
是执掌我肢体的主人。

城市——
一扇扇门窗
在互相窥视，
在暗中拥抱。

心灵的风暴，
隐匿于
身体的沟壑之下。

历史，
被虚幻的粉笔书写：
白昼尚未成熟，
黑夜只煮了一半。

城市——
街道的乳房在丰沛地产乳，
只不过流出的是鲜血，
而天空便是容器。

城市——
虔敬的天使

在行人的上方搏斗；

在他们脚下，

我看到一位天使

在残杀邻家的儿童；

搁置于角落的炉子，

散发出时代的气味，

其中炙烤的，

唯有尸体，

唯有苍天。

城市——

钢铁和教谕砌成城墙，

城门用口水清洗；

城市的身体

从头顶到脚底，

布满蜡烛的博物馆；

有一些源泉，

却无法从中汲水。

瞧，爱恋城市的那位被逐者，

那位魔术师，

支起了蒸馏瓶，

所到之处，

他都要清洁空气。

风的作品之目录（节选）

图书在版编目（CIP）数据

第八届鲁迅文学奖获奖作品集．文学翻译卷 / 中国作家协会鲁迅文学奖评奖办公室编．—北京：作家出版社，2022.11

ISBN 978-7-5212-2063-6

Ⅰ．①第… Ⅱ．①中… Ⅲ．①中国文学—当代文学—作品综合集②世界文学—作品综合集 Ⅳ．① I217.1

中国版本图书馆 CIP 数据核字（2022）第 197993 号

第八届鲁迅文学奖获奖作品集·文学翻译卷

编　　者：中国作家协会鲁迅文学奖评奖办公室

责任编辑：秦　悦

装帧设计：薛　怡

出版发行：作家出版社有限公司

社　　址：北京农展馆南里 10 号　　　邮　　编：100125

电话传真：86-10-65067186（发行中心及邮购部）

　　　　　86-10-65004079（总编室）

E-mail:zuojia @ zuojia.net.cn

http://www.zuojiachubanshe.com

印　　刷：河北京平诚乾印刷有限公司

成品尺寸：152×230

字　　数：227 千

印　　张：15.75

版　　次：2022 年 11 月第 1 版

印　　次：2022 年 11 月第 1 次印刷

ISBN 978-7-5212-2063-6

定　　价：58.00 元（精）